瀲灩江山

下

誰道無情勝有情

楚妝——著

目錄

瀲灩江山

（下）誰道無情勝有情

第三卷—箭指吳越

第三十一章 和親 006
第三十二章 破壁 018
第三十三章 崖邊 026
第三十四章 圍城 036
第三十五章 攻心 047
第三十六章 琉璃 057
第三十七章 船戲 066

第四卷—情殤人殤

第四十二章 玉瑕 130
第四十三章 夜奔 141
第四十四章 兵變 149
第四十五章 明志 159
第四十六章 跪塵 167
第四十七章 若仙 176
第四十八章 刺秦 184
第四十九章 君臣 191

第三十八章 燕子 076
第三十九章 傾城 087
第四十章 傷心 095
第四十一章 婚禮 109
番外：松兒 120
番外：碧君 122
第五十章 錦囊 203
第五十一章 疑忌 210
第五十二章 騙技 224
第五十三章 利箭 235
第五十四章 病狂 248
第五十五章 情殤 258

末卷—團圓一夢

第一夢 遲遲鐘鼓初長夜 270
第二夢 任意車 282
第三夢 傳說中的宮鬥 287
第四夢 小菜 296
第五夢 苦心 304

第三卷

箭指吳越

天下之大，可以有千百個永嘉，四海之內，卻再無第二個陶花。

她說：「永嘉如此難攻，請將軍三思。」

他說：「攻城為下，攻心為上。」

第三十一章 和親

等到來年開春，天氣漸漸暖和起來，陶花的寒症才慢慢好轉。離榻之後第一件事就是去練箭，而後又把羅焰叫進宮來演習了一遍推雲手。

陶花一邊拆招，一邊低聲詢問：「他還好嗎？」

羅焰點頭，「還好，只是話更少了。」

當晚趙恆岳留羅焰在宮中飲宴，把秦梧也叫了來，陶花才知道他二人已成眷屬，只是因她在病中而沒請她去婚禮。

席間，四人說起吳越國事，秦梧口口聲聲說想要出兵討伐。

趙恆岳笑道：「是你想出兵，還是你兄長想？」

秦梧也是一笑，「我眼下還不能獨自領兵，自然得帶著他去才行。」

羅焰大笑起來，「好，是你帶著他，從小到大，都是你帶著他，不是他帶著你。」

秦梧不惱這諷刺之語，倒是順水推舟更加得意道：「那是當然，他除了戰場上爭先，其他時候都慢吞吞的，又說過天下不定便不婚娶。我再不催著他去，奶奶要著急壞了。」

羅焰聽到此處，斜覷了秦梧朝她使個眼色，秦梧卻不退縮，硬硬回瞪他一眼。

陶花輕輕咬唇，側頭問坐在身旁的趙恆岳：「吳越之事，大王有甚打算？」

趙恆岳柔聲道：「這裡沒有外人，你不用叫我大王。羅焰是你三哥，秦梧是你新嫂嫂，又是我的表妹，咱們都是一家人。」

陶花改口：「好吧，小滿。」

趙恆岳卻沉默不言。

陶花等了片刻，見他依然無語，只好嘆口氣道：「恆岳，吳越割據已久，此番興兵須當從長計議，也要找一個合適的由頭。」

趙恆岳這才點頭開口，「我也這麼想，一直在苦思找個好藉口，巴不得吳越先來犯邊境。這一戰又是大仗，憑秦家兄妹兩人是不夠的，鄧將軍要留駐幽州以防契丹，李涵慶的老母親臥病在床，不宜叫他，阿陶你恐怕要出陣領兵了。」

陶花即刻點頭，「那是自然，收復吳越亦是我的心願，自然得奮勇上前。」

趙恆岳微微一笑，「這收復吳越如今已是眾人心願。吳越不服，秦將軍不娶，孤王這臥榻之側，便總有人酣睡。」

陶花聞言微微皺眉。

趙恆岳伸個懶腰，「既然你們幾個都去，那我自然得跟著，免得……」他後半句話硬生生被陶花給瞪了回去。

羅焰趕緊出聲打破僵局，「聽說吳越朝中同樣憂心此事，有大臣獻計和親呢。」

陶花一哂，「憂心別國來犯，應當勤加練兵，先去想什麼和親之策，已經輸掉一陣。」

羅焰點頭道：「這吳越皇帝生在深宮，長於綺羅，聽見刀兵就先害怕。聽說主戰的官員都不被重用，倒是這和親之策甚得他歡心，只不過……」他頓了一頓才說下去，「吳越國中只剩下一位未出嫁的公主，據聞是位稀世美女，乖巧伶俐，品貌才華都是一等一的。吳越皇帝愛若掌珠，竟然頗不捨得，這才留她到如今都未出閣。」

趙恆岳淡淡揚眉，「眞要不捨得倒正好，咱們以此爲由發兵，讓吳越國中都去埋怨那個皇帝。」

陶花聽到他開口才回過神來，問眾人：「這和親……是給誰的？」

秦梧和羅焰一起微笑，「當然是給大王。」

陶花側頭，趙恆岳即刻傾身過來，伸手在案下重重握住她的手腕，低聲道：「阿陶，我不會當眞娶她的。」

陶花忙大力搖頭，「恆岳，你也到了年紀，娶吳越公主是一樁般配的好姻緣，只是不知她能不能忍下將來的滅國之恨。」

趙恆岳臉色有些黯然，沉聲對羅焰說：「我剛剛接到信息，吳越皇帝已經派了使臣送公主出界，看來他是終於決定和親了。咱們此時出兵十分不妥，有傷人和，還是好好待這使臣，盡快迎娶吳越公主。等她嫁過來，我自然有辦法把她逼得逃回國去，到時候咱們便師出有名了。」

陶花皺眉道：「好好的親事，你怎麼現下就想著要害人家？她只是一個弱女子……」話還沒說完，趙恆岳已恨恨起身離席。

這該吃醋的時候不吃，也是一樣會惹惱人的。

數日之後的清晨，陶花照例起了個大早出去練箭，身邊只帶著林景雲和他在赤龍會中的三個親信屬下。

到了郊外她日常練箭的那片樹林，陶花剛剛下馬，就聽見前面傳來一陣笑聲。接著有道紫色身影走過來，一邊下拜一邊說道：「人言公主麗色如花，今日一見乃有過之而無不及。」

他話音未落，林景雲已經飛身衝出，隔在他和陶花之間。

那人一笑，抬頭道：「林七爺忠心可嘉，但在下並無惡意。」

陶花看了他一眼，忍不住心內稍稍吃驚，對方是個豔麗至極的少年男子，眉目間盡是風流之態，顧盼橫波，華光耀目。這一笑之間，竟讓人心神蕩漾不已。

林景雲看見他面容後，退回陶花身邊，輕聲道：「這是謝懷暢，吳越國使臣，聽說是今年吳越國的探花。」

陶花又看了那人一眼，淡淡開口說：「既是吳越使臣，該當拜見大王，為何在此處攔住本宮？」

謝懷暢仍是一臉春風笑意，再次下拜，「在下曾是金榜探花，這探花之意，自然是要探訪名中有花的公主。」

陶花被他這番牽強解釋給逗得一笑，又想到此是敵我交鋒，頓時收住面上笑意，帶些促狹說道：「你吳越國不派狀元、榜眼，倒是遣了排第三的探花，本宮還以為是怠慢我國，原來竟是為了我這異姓公主。」

那人也不以為忤，笑著回答：「公主雖非趙氏出身，卻比那趙氏公主多得了三千寵愛……」

陶花當即大怒，「什麼叫做三千寵愛？本宮未嫁，你敢如此口出狂言！」

謝懷暢盡顯江南才子風流，也不跟她動氣，一笑說：「公主跟在下申明未嫁，究竟何意啊？」

陶花氣到最後張口結舌，一時語塞不敢接話，反倒苦笑起來，「你找我所為何事？」

謝懷暢再次下拜，神色掩在衣袖中看不清楚，只聽見他低低的聲音：「我昨夜剛拜訪過秦府，帶去了吳越國寶『綠綺』，將軍愛極，撫琴至黎明。琴聲淒切，密密相思，想必公主心中也明白。」

陶花緩緩地下了馬，想要開口卻不知道該接些什麼。

謝懷暢走近幾步，「在下有些話想告訴公主，卻不知……」他抬頭看了看跟在陶花身邊的侍衛。

陶花把林景雲叫在身邊，而後揮手讓其餘人等退開。

謝懷暢這才開口，「吾國聖上是性情中人，不喜刀兵，尤愛惜將軍與公主這般的英雄美人，亦願良緣天成。聽說公主如今陷於深宮之中，聖上爲你二人憂心，這才遣了靖玉公主遠嫁。只是麼，靖玉公主雖然也是美人，卻乏把握能得周王之寵，還要請公主教個計策才好。」

陶花點點頭，已然明白吳越此番來使是做了周密安排的。遣公主遠嫁自然不是爲了她陶花，然而要讓吳越公主得到周王之寵、平息吳越兵禍，卻需她這周王跟前的女子來指導了。若在平時，她是傾力也要爲之，巴不得趙恆岳能與旁人墜入情網，她和秦文從此高枕無憂。可是此刻她面對敵人，心思便不能不多一層。

陶花沉思無語時，謝懷暢又悄悄進言：「就算美事不能成，我們也有意安置公主和秦將軍於吳越國中。」

陶花大驚，「京郊大軍十萬人，你一個吳越來使，怎敢妄出此言？」

謝懷暢微笑答道：「我自有辦法送公主出城，到時你二人進可列於吳越朝堂，退可居於江邊水鄉，便似世外桃源一般。」

世外桃源，陶花忍不住心馳神往，目光游離了一陣。她又低頭沉吟片刻，輕聲道：「你暫等幾日，要走也得安排一下。靖玉公主之事，須容本宮幾天想個好計策。」

謝懷暢大喜點頭，「但聽公主佳音。」

陶花上馬回宮，路上她問林景雲：「此人多大年紀？」

林景雲回道：「今年的新科探花，聽說還不到弱冠。」

陶花點點頭，「還好，雖然機靈，到底仍不是十分世故。」

林景雲笑道：「原來您剛剛說的話都是騙他，只充作緩兵之計。」

陶花本非心思複雜之人，只是久在戰場朝堂，就是看也看出了些門道。這謝懷暢卻不同，雖然聰敏，但到底是新科探花，沒經歷多少實戰場合。剛剛陶花探問過他吳越國爲何派新科探花前來，他卻並未實答。

陶花帶點駭怕說道：「他安排如此周密，我要是不允，誰知道在林子裡有沒有埋伏。」

林景雲卻搖搖頭，「這倒未必，您練箭的這片樹林，大王早就派了重兵保護，只是怕擾了您的興致，一直沒告訴您罷了。今天他能進來，恐怕是……」

他頓住不語，陶花側頭看他，以眼神命他說下去。

林景雲於是輕聲續道：「恐怕是拿有朝中重臣的腰牌，林中的衛兵便放行了。」

陶花皺住眉頭，「你是說，朝中藏了內奸？」想到此處，她心裡驟然焦急，雙腿一夾火雲追，馬匹縱躍出去。她回身對林景雲吩咐：「速速回見大王。」說著一人單騎飛身而去，拋下侍衛們在後追逐。

陶花進了長寧宮內還有些氣喘吁吁，急急問侍從大王下朝了沒。侍從答說大王在書房，陶花又疾步跑出長寧宮，往書房奔去。路上碰見才剛緊趕慢趕過來的幾個侍衛，她也不及說話。

書房外侍衛的警戒線有十數丈之遠，陶花一看即知有事，立刻二話不說便往裡走。

侍衛領頭者過來低聲阻她，「公主，大王交代……」

「交代什麼本宮也得進去！」她用推雲手一帶，把前面一個侍衛推到後一個身上，正好閃身而過。

那兩名侍衛並非如此膿包，只是不敢眞與她動手罷了。

剛跨越書房門，迎頭便聽見熟悉的話音，陶花一路奔跑的腳步立時頓住，滿心的焦急全消失無蹤。

她怔怔立在門口，眼睛搜尋著他的身影。

書房另一側的窗邊立著兩個人，明晃晃的正午陽光將兩人影子長長拖曳在地上。

趙恆岳眼望窗外，微微低著頭，「虎符、鐵箭令、樞密使，全都給秦家，我在親族中選一位樣貌勝過她的公主，風風光光嫁給你。」

秦文背負雙手遠眺群山，淡淡答道：「軍權本來就該歸屬秦家。我確實想娶一位公主，但這個公主得是她才行。」

趙恆岳一笑，「我以爲，你對女人一向不怎麼上心的。」

秦文語氣依舊淡淡，「那是你看錯了。況且，就算我不上心，也不會讓天下人看著她被擄走。」

「我會顧及秦家的顏面，你盡管放心，我給你選的這個公主，肯定比她強。」

「比她強？我還沒見過比她強的女子。」

「這麼說，你無論如何都不肯放手？」

「你打算現在殺了我嗎？」

趙恆岳大笑起來，「怎麼這麼說話！項羽和劉邦爭天下，鴻門宴上也還沒殺人呢。」

「你不必殺我，一樣可以強娶她。」

趙恆岳臉色沉下來，「你要逼我作個承諾是嗎？好，你放心，我不會爲情事動你們兩人一根指頭。」

秦文轉回頭來抱拳行禮，「多謝大王。我想請駐陽關，即刻離開京城。」

趙恆岳沉默片刻，「你想走隨時可走，不過，我們跟吳越開戰在即。我知道令尊死在吳越，難道你不想報仇？」

秦文抿唇沉吟，貌似難以決斷。

陶花在門口清咳一聲，「秦將軍，征伐吳越是軍中大事，你怎能錯過？」

窗邊的兩人一起回頭。

陶花走到跟前去，悄悄地上下把秦文看了一遍，他明顯清瘦了些。

秦文同樣把她仔細瞧了一遍，而後點頭，「好，那我們一道去打這一仗。」說罷轉身而去。

陶花還怔怔望著他離去的方向時，突然聽見清澈悠揚的樂聲自旁響起。她轉頭，看見趙恆岳正站在琴側撥弄。陶花移步到他身邊去，一把按住琴弦，「我有事跟你說。」

「除了婚事，其他任憑何事都不該急到闖我的書房。」

「是急事，十萬火急！」

「我說過了，除非是你打算嫁給我了，咱們得趕緊準備各項婚儀，其他事都算不得十萬火急。」他說到最後興味索然。

陶花怒道：「家國天下，都不算十萬火急麼！」

他哼了一聲，「我早就說過，家國天下，都沒有我的阿陶一笑重要。」

兩人談得僵住。

他繃著臉，不打算讓步。

她先軟化下來，「好了，是我不該擅闖大王居所，對不住。」說著一笑圓場，「要是再像上次一樣撞見個姑娘啥的，豈不尷尬。」

他本有些不悅，聽見這話也就笑了，在她頰上一彈，「沒碰見姑娘，倒碰到個比姑娘還俊的。」

陶花故意一撇嘴，吊他的胃口，「我今天碰見了別個比他還要俊的，嘖嘖……」

趙恆岳大笑，「謝懷暢去找你了？」

她驚問：「你知道？」接著便把今天早晨的事情細細說了一遍。

趙恆岳心不在焉地聽著，聽完後問：「阿陶，你也覺得這小子好看，是不是？」

陶花皺著眉，一臉苦相，「大王，我在跟你稟報國事呢。」

「哦，國事啊，國事早在意料之中。這天底下的事情，偏只有阿陶我把握不住，所以先要問問你喜不喜歡他。」

「你問這做甚，莫名其妙！」

「瞧，還害羞了，你要是中意他，咱們就讓他陪著你好了。」

陶花更加莫名其妙地看著他，「你不是說，你想……想跟我在一起的？」

「是，我說過想娶你，可這也不妨礙這個俊小子陪著你。」他微微有些赧然，「我不如你的秦將軍長得俊，所以，你要是跟我在一起，我就總覺得像欠你點東西似的，這樣還了也挺好。」

陶花詫異，「我又不是什麼絕色佳人，你何須這樣說？」

「可我總覺得，這天底下一切最好的東西，包括這個漂亮的謝懷暢，都應該是我的阿陶的。」

陶花愣愣地看著他，目光慢慢感動而柔和下來，「恆岳，你對我的情意，我承受不起，但望來世能夠報答。這一世，我誰都不想要，只想請你成全我和秦將軍。」

數日之後謝懷暢晉見周王，禮數完備，趙恆岳卻在金殿之上斥責他送來的靖玉公主是假，更有謝懷暢的隨從出列指認。由此又牽出左相之子寧致遠通敵，當日謝懷暢入林所用正是左相寧諍的腰牌。於是趙恆岳趁此時機大發雷霆，將吳越來使連同寧氏一家全入了獄，當場下令征討吳越。

早有侍從在變故伊始便報給陶花知道，她也吃了一驚，這麼大的事情趙恆岳從未在她跟前露過半點口風。她立刻到他下朝的路上去等著，看見他時卻是一點也看不出他發過脾氣的樣子。

趙恆岳滿面春風迎著她走過來，悄聲問：「爲什麼來等著我？想我了是嗎？」

陶花不及與他閒話，只問他：「靖玉公主當眞是頂替的？」

他點頭，「我本想著，你若是喜歡那姓謝的，就放他一馬。既然不喜歡，藉此機會發兵了事。」

陶花更加吃驚，「你老早就知道了？」

趙恆岳耐心講給她聽：「我聽說他們派個新科探花來使就覺得蹊蹺，後來才知道，這謝懷暢跟靖玉公主竟然有情，他才一意冒死前來。旁人誰肯擔這份差事？都巴不得把眞公主送過來和親算了，只有他和吳越皇帝兩人想送個假的過來。謝懷暢這人倒是頗有骨氣，只是他這一行人卻不見得個個如此。」

陶花聽到這些，先沒去想國家大事，倒微微嘆了口氣，「這麼說來，那位靖玉公主是不願嫁給你了。」

趙恆岳冷冷一笑，「想不想嫁亦由不得她，一旦攻下建康，我自然要會會此女，看看她到底傲成甚模樣，居然連本王都不放在眼裡。只是既與旁人有染，我才懶得理她，別人碰過的女人我不會碰。」

陶花虛張了兩下嘴巴，到嘴邊的話沒說出來。趙恆岳看她神色似有話說又不敢說的樣子，便把耳朵湊到她嘴邊去，聲音柔得能滴出水來，與他剛剛的冰冷腔調判若兩人，「阿陶想說什麼？悄悄告訴我就好了。」

陶花期期艾艾地說：「其實，我……我也是……呃，與旁人有染。」她心裡想的是，最好他也就懶得理她算了。

趙恆岳卻一皺眉頭，「你怎麼一樣？我從沒把你當女人看。」

陶花被他說得怔住，「可是、可是……我也不是男人啊！」

他微笑著攬住她，「你先是我的夥伴、朋友、親人，其次才是女人，明白嗎？作為女人，你要是喜歡謝懷暢，或者其他人也罷，我都可以容忍，幫你弄到手也可以。」

陶花垂頭，「那，我喜歡他呢？」

趙恆岳撇撇嘴，立刻打住換了個話題，「此次征伐吳越，由你領兵可好？你我在中軍，秦文領左軍，秦梧和羅焰領右軍。」

陶花奇道：「你既在中軍，還用得著我來領兵？」

他攬著她的肩膀拍了拍，「如今國事繁忙，只能每日藉飛鴿傳書和快馬信使往來，鄭丞相也無暇跟去，我恐怕沒多少時間待在軍中了。」

陶花知道他說的確是實情，趕緊說：「那你也留在汴京吧。我和秦將軍都飽經戰事，能在軍前作得了主，你盡管放心就是。」

趙恆岳冷哼一聲，「放心？我可放不下你們倆的心！」陶花聞言皺眉時，他把聲音轉溫和些，說起正事，「已經挑了一個月末的吉日大軍出發，你既是元帥，該當率軍祭旗。只是按禮法女子不能領祭，到時還是由我來領祭好了。」

陶花不悅地論道：「這周國禮法眞是對我們女子刻薄萬分。」

趙恆岳微笑著安慰她，「周國禮法不好，咱們家中的禮法以阿陶你爲尊，可好？」

第三十二章　破璧

大軍出行之日，鐵甲鏗鏘聲傳播數十里，隊伍在汴京城外排列綿延，齊齊遙望城郊祭臺方向。

陶花身著輕甲，手按佩刀，與趙恆岳相偕踏上祭臺。眾將在臺下跪拜大王，陶花雖在臺上，也欲俯身下拜，趙恆岳伸手拉住她衣袖，極快極低地說了句：「不用了，他們又看不見你。」

陶花舉目一望，人人都跪著，倒眞看不見她沒下拜。她便站在臺上，安然望著臺下眾人，聽他們山呼萬歲聲震耳欲聾。

趙恆岳親手宰牲祭血，完成儀式之後，朗聲對眾將說道：「本王平生心願有二，一是統一天下，另一是娶陶花爲妻，但願此番出征回來，兩者皆可成眞。」

陶花心中大聲叫苦，萬萬沒想到他竟在如此場合說了如此言語。

臺下眾將全都重甲在身，一齊再行跪禮，冷硬的鋼鐵碰撞聲過後，人人伏頭向地，瞬時鴉雀無聲，沒人說話也沒人起來。趙恆岳看了陶花一眼，她猛然省到這是在等她這元帥訓示。

陶花跪下去，這次趙恆岳沒攔她。她抱拳於頂，「不滅吳越，不歸汴京！」

臺下眾將這才齊齊隨她喊了一聲。

趙恆岳拉著陶花的手臂把她扶起，命大軍出發。在一片號令整隊聲中，他向著她微微而笑，低聲問道：「我的心願有兩個，你爲什麼只答了一個？」

三軍先後而行。陶花隨趙恆岳乘馬車，他甚為忙碌，不停有奏摺書信呈遞上來，又需批閱，又需受顛簸之苦。陶花幾番想勸他回去，卻又知曉必然無功。

行進數日後，周軍大隊終於抵達吳越邊境揚州城下。

陶花命三軍駐營，揚州駐軍堅守不出，周軍遂在隔日一早攻城。

陶花在後督陣，眼見城牆上的吳越守軍並不多，且服色繁雜，己方士兵這邊順利搭好雲梯，輕易就攀上了城牆。然而，當他們想要翻入城內時，雙手一觸城牆，迅即痛叫跌下。這麼高的城牆跌下來九死一生，偶爾有些保住性命的，後隊上去救援時，大多也是一碰傷兵便痛叫跌倒，如此一來，周軍出陣的士兵竟沒人能回得去。

陶花心內又是驚奇又是焦慮，仗著自己有金絲甲在身便上前了兩步。她靠近城池時，恰恰看見城上一人俯身向下查看城牆，兩旁不少隨從。陶花見他不去看激烈戰況反倒只窺城牆，知道必有古怪，又見兩旁隨從眾多，猜想是個首領，立刻摘下背上弓箭，選了三支鐵箭射發出去。

這人正低頭看著城牆，哪想到會突有箭枝來襲，何況又是連著三箭。他身手甚佳，匆忙躲過前兩箭，到了第三箭時，俯身貼到城牆上才避過。陶花見他靠身形變換連躲三箭，正驚歎此人武功了得，卻見他兩旁眾人不來尋箭手，反先驚慌奔向此人。她心念電轉間，已然猜到這城頭怕是塗有劇毒，這人剛剛俯身到城牆上避箭時必也中了毒，其下屬趕過去定然是想施救。

陶花一不做二不休，立時又取出箭枝朝那人近身射去，一時旁人接近不了。只一片刻，就見那人倒伏城上。他倒下前看了看這個害他的箭手，伸指在城牆上一彈，一團小小的綠色物事朝陶花飛來。

陶花倒先猜著是毒物，所以未敢用手去擋而拿鐵弓一撥，那綠物到了鐵弓上，她正想查看，卻見那東西似會動一般，蹦跳到了她的手臂。她頓覺手上劇痛奇癢，還未來得及出聲驚叫，已聽見背後有人大喝「別動」，一人飛躍到她馬背上，一把捉住她受傷的右手，接著一柄薄刀往她手臂劃去。

陶花聽出是林景雲的聲音，緊急之時也就未掙扎，她對他畢竟是信任多過懷疑。眼看著薄刀在她手臂處劃開，袖子頓時裂開半截，帶著綠意的鮮血湧了出來，滴滴答答往下流。

她驚懼萬分，想要俯身看看那些綠血，林景雲手臂一緊，仍將她箍在懷中，低聲說道：「血中有蠱，幸而傷的是手臂。您別動，也別說話，靜等蠱血排盡，如果亂用氣力讓蠱蟲回流，再散至全身，就難救了。」他聲音低沉，語調嚴厲，陶花被驚得不敢言語。林景雲一分也不敢怠慢，在她身後緊緊箍抱著護住她，緩緩放馬回陣。

恰在此時，左軍陣中有單騎奔馳過來，馬上之人急急想要拉陶花受傷的手臂探看，正是秦文。陶花已知這蠱毒傳播迅速，立刻著急起來。林景雲當然知道她心意，開口替她阻住了秦文。

秦文看了他二人一眼，只見陶花的半截袖子聊勝於無，赤裸藕臂上一絲鮮血緩緩滴落。林景雲緊緊箍她在懷中，兩人既不迴避也不覺羞澀，顯然是日常便習慣了親近。眼前二人共乘在火雲追之上，這是他送給她的戰馬，他們兩人亦曾共乘此騎，那時的旖旎甜蜜，現下想來猶如昨日。

秦文臉色已然沉下，近前欲從林景雲手中把陶花拉過來。他如何能夠容忍眼睜睜看著她在別的男人懷抱之中？

林景雲毫不退讓回了一句：「將軍留步。」說著又低頭對陶花說了一聲「別動」。

秦文沉著臉看向陶花。陶花被幾番叮囑，知道事關緊要，遂只能不動不言，無聲看著秦文，見他臉色沉似冰川，一側身圈轉馬匹離去了。秦文是個心氣高傲而不願受委屈的人，對趙恆岳隱忍，那是為社稷蒼生，讓在明處；若讓他無緣無故退後，他寧可傲然轉身。

陶花眼睜睜看著他離去，身形微微搖晃發抖，林景雲在背後牢牢扶抱住她，輕聲道：「公主別怕，是失血過多，蠱毒並未回流。」

陶花連點頭的力氣也沒有，直看著自己手臂上流出的鮮血，看著那些綠意漸漸融入泥土之中。等到血色成紅時，林景雲探手蘸了她腕上一滴鮮血，察無異狀，剛想下馬，卻見陶花大量失血後連獨坐都難，他只好繼續在後扶住她。如此回到中軍陣中，陶花勉力下令收兵。

大軍各自回營，在路上碰見趙恆岳出來迎接。他並未隨軍出陣，只是聽說陶花受傷才慌張趕了過來。走到近前看見陶花和林景雲共乘一騎，他微微一怔。

林景雲急忙翻身下馬想跪拜大王，趙恆岳趕緊下馬扶住不讓他跪下去。他二人一禮一讓之間，陶花卻是直挺挺往馬下跌落，兩人一起驚慌地接住了她。

直到回營之後喝了些熱湯，陶花才漸漸穩住。趙恆岳已經從林景雲口中知道了陣前情形，不由有些駭怕，一直握住陶花的手不說話。

等四下無人了，趙恆岳低聲對陶花說：「你這個近身侍衛，竟然懂得解血蓮教的蠱毒，不是那麼讓人放心。」

陶花對林景雲一向信任迴護有加，她和秦文之間傳遞信息亦交給林景雲辦，已是離不開他，所以立刻回答：「是他救了我性命，我不許你猜疑他。」

身體恢復些後，陶花想起今日陣前情形，不免又開始擔心秦文。他們兩人雖有誓約在心，卻是許久沒通過氣了。中間隔著一個趙恆岳還不夠，倘若再加上一個林景雲，那可真是不知如何承受了。

陶花翻來覆去想了半天，差人把林景雲叫進來，低聲對他說：「我今天想去見見秦將軍。」

林景雲頓時皺眉，「不妥。」

陶花搖搖頭，說：「我已決定了，你別勸我。你去跟秦將軍說，請他到左營南面那片樹林等我。」

林景雲急道：「一定要去，也得去營裡，您現下怎麼能到外面去？」

陶花見他幾番阻止，而自己又著急出去，就故意把臉一沉，「你是主子還是我是主子？」

陶花很少對他說這樣的話，林景雲驟抬起頭來盯著她，態度明顯有些逾矩。他眼神裡先是有些焦灼猶豫，後來變成無奈頹然，一片死灰神色中說：「好，您去吧！」

林中日光不盛，太陽才剛剛下山，就已經黑得影影綽綽。一隻烏鴉落在樹梢停著，暗黑林中看不清楚輪廓。

陶花為避趙恆岳耳目，特地換成了兵士服色，未帶隨從，步行來此。然而，她在約定地點等了許久也沒等到秦文來，連林景雲都沒露面。若是秦文事忙不能前來，至少林景雲應回報信息才對。

烏鴉死死盯著她的頭頂，嘎地叫了一聲。她開始覺得不安，正待回去之時，樹林裡傳出輕微的腳步聲，朝著她的方向而來。

她滿心欣喜迎過去，見是兩個瘦高的男子，面容似孿生兄弟。失望之餘還沒來得及躲開，那兩人向她一笑，她忽覺一口氣提不上來，渾身軟塌塌地倒了下去。

兩個男子一起大笑，其中一人說：「大家結伴出來找，最後便宜了咱們兄弟。」說著過去撥開陶花的軍帽看了看，「嗯，模樣還不錯。」

另一個攔住他，「哥，咱們得到這麼個寶貝，不趕緊送回去領賞？」

「領賞？領什麼狗屁賞！祭到教主靈前，也算是大家兄弟一場。」

「可林護法交代過了，這個女人不能殺，留著有大用。」

「什麼大用小用，咱哥兒倆還用得著聽他林景雲的？他入教是哪一年？嘴上才幾根毛？我看他啊，不肯殺了這小娘兒們給教主報仇，多半是看上眼了。」說著把手伸到陶花頰上擰了一把。

陶花狠狠盯著他，眼睛是她唯一能使力的地方了，她渾身痠軟綿弱，心，也一陣陣地沉了下去……原來林景雲到她身邊果是另有所圖，原來信任這種東西從不能輕易給人，給錯了一次，怕是連性命都賠上了。這裡四野無人，縱然她是軍權在握的公主之尊，縱然她的鐵箭令就帶在身上，縱然大周軍隊就在二十里之內，她，卻是毫無辦法地受制於人。

那男子一邊擰著她臉頰，一邊隨手撕開了她的衣服。

旁邊的人似還在勸阻，「哥，林護法說，有了她，不愁大周國不退兵。」

「退兵？退兵跟咱們有甚屁關係？你以爲皇帝向著咱？把咱們派到這短兵相接的揚州頭陣，連援兵都不派，教主堂堂吳越國師，就這麼死在城頭。那廝從來沒眞心信過咱血蓮教！咱把這女人殺了，替教主報了仇，顧全了義氣。然後咱們遠走高飛，剩下的愛退兵的退兵，愛圍城的圍城，血洗揚州也跟咱們沒關係！」

「那……那咱殺了她！可你幹甚脫她的衣服？」

「她反正是要死的人了，咱兄弟不如玩個痛快，省得杏花樓那些姑娘們老推三阻四。」

「好主意！哥，我今兒個才算眞服了你，夠義氣、有擔當，碰上好事還想著兄弟。」這個弟弟顯然不若他兄長沉穩，話沒說完即已長刀出鞘，自上而下劃開了陶花的衣服，倒也是好刀法。

他的兄長大笑，「哈哈，瞧瞧這武林第一的『桃花箭』，跟尋常姑娘有甚不同……」

陶花的牙齒已在打顫，最害怕的並不是疼痛，而是那種不知下一刻會發生什麼的恐懼。所有的一切，對她都是恐懼的，懵懂少女的恐懼，未知死亡的恐懼……

樹上那隻烏鴉一眼不眨地盯住她，似在看著一盤美味食物。

晚風很涼。

人的身體很熱。

灼熱的疼痛，讓她舌頭不能動彈，喉中卻啞嘶了一聲。

身上的人說：「沒聲響不好玩。」指甲在她面前一彈，解開了她的蠱毒。

她立刻掙扎，卻被另一人以更羞恥的方式按住。

以前看過兵器舖子裡打鐵，燒紅了的鐵塊，一錘一錘打上去，直到滿意爲止。

雖也曾是鐵打金剛，卻終被那重錘敲得變了形狀，變成另外一個自己，再不復原來的樣子。

刀變成槍，戟變成劍，天空越來越遙遠，舊日越來越迷茫……

模糊中，兩個男人一起抓住她，箍住她所有的挪動範圍。一個聲音在她耳邊說：「小姑娘，你能撐到現在，不錯啊，果然是練過功夫的。再往後，你要是受得住呢，還有一個時辰好活；受不住呢，這怕就是人間最後一眼了，多看看吧。」

陶花用盡最後的力氣，向前唾了一口，卻是遠不能及，反落到自己胸前。

那人一聲冷笑，「你居然還有力氣，眞不枉這武林第一的虛名。」他隨手一掌，本想摑她面孔，又怕打破了相自己看著噁心，於是改打到她肩頭。

她已經不覺得疼痛，只聽見咯的一響，知道是骨折了。

骨折並不痛，然而接下來，兩人低低一聲吼時，陶花瞬時在劇烈的疼痛中全身顫抖著昏暈過去。

第三十三章　崖邊

趙恆岳在中軍帳內來回踱步，對地上跪著的人說：「你起來吧，這不怪你。」帳下跪著公主的貼身侍女寶珠，她的聲音竟與外貌不相似的沉著，「她應該是太陽沒落山前走的，至今不見人影，肯定出事了。」

「秦將軍那邊怎麼說？」

「秦將軍說他毫不知情，應該是真的。我看他也萬分著急，已下令出動人馬四處尋找。」

「林景雲呢？」

「至今未見蹤影。」

「既然秦將軍已經去找了，我們就不再派人，人多也沒用。你且去右營，叫上羅焰跑一趟揚州城，讓羅焰去見揚州守將，帶我的話：只要公主平安，我們萬事好商量。你進城後暗中訪查，探聽有無公主的消息，尤其注意血蓮教的人，找到了公主也別冒險施救，先通信息，見機行事。」

寶珠答應一聲「遵命」，起身迅速離去。

趙恆岳待寶珠走遠了，坐進椅中，雙手撐在膝上將頭深埋進去。

墨黑之夜，月亮隱去。

烏鴉覺得憋悶，仰天叫了幾聲，被一根來自樹下的斷枝擊中，慘啼一聲跌落樹下，就此無聲。

陶花醒來時渾身上下由內而外無一處不疼痛，在這疼痛當中，她卻忽然有些驚訝，「難道還沒死？既然覺得疼，那就是還活著。」

她艱難地側頭，肩胛骨那折損處頓時一響。

坐在旁邊樹下的人立刻轉頭看她一眼，發覺她醒了，仍是默不出聲。

陶花摸索自己的袖箭，然而身上衣服零落，袖箭早就沒了，只蓋著一件男人的袍子。她不再尋找武器，只以手撐地，想要挪到那人面前去。

那人淡淡開口，「你明知殺不了我，做這般姿態，是要讓我可憐你嗎？」他眼中一片清冷墨黑，看不出任何神色。

陶花咬住嘴唇，聲音雖然虛弱，語氣卻不示弱，「林景雲，我自問待你不薄，你為何如此害我？」

他把頭轉開，不看她，「不管你信與不信，我沒害你，倒是救了你，否則你現在早成幽魂。」

陶花四處一望，見不遠處躺著兩具屍身，正是那一對孿生兄弟。她再回過頭，發覺暗暗的星光底下，林景雲整條右臂都在滴血，恍似血中撈出來的一塊生肉。

她咬牙切齒，「活該！」

他哼了一聲，半晌無語，而後有一搭沒一搭的，淡淡對她說了幾句：「我是苗人，從小就受你們漢人欺負。雖然我功夫好，可這世上不是所有事情皆能用拳頭解決的。所有人被我打怕了，都不理我，那不比欺負我還難受？

「血蓮教是我們苗人的教派，這裡就是我的家。公主你怕是不知道吧，我在教裡儼是第二把交椅了，在吳越國中也封了將軍，故意跑到你們赤龍會，假裝什麼都不懂，聽公主的差遣，看所有人的臉色，就是因爲知道你們有一天會來攻吳越。」

「今日本是想捉住你來逼趙恆岳退兵，我看得出他喜歡你，定會乖乖聽話。誰知我們教中因教主暴死，倉促間人心大亂，我又多年不在總舵，竟致有人不聽號令……敢不聽我的號令，我只好殺了他們。這兩人是我們教中元老，我也中了他們的蠱，只好刮下右臂一層皮以阻住蠱蟲內進。」

陶花細細抽了一口冷氣。

林景雲側頭斜她一眼，「怎麼，心疼了？」

陶花大罵：「我早晚要把你全身的皮都剝下來！」

她的聲音剛拔高了些，立刻聽見有腳步聲隨著火把亮光迎近，遠遠能看出是周國兵士服色。

陶花轉頭，「你再不走，眞的就要被剝皮了。」

林景雲一笑，「秦將軍怕是要剝我的皮，大王卻未必。」

「胡說！恆岳見我受辱，萬萬不會放過你！」

他不屑地掃了她一眼，「大王沒有你這麼不辨是非。去年，我們苗疆遭逢大旱，顆粒無收，有人聚眾上山作亂搶糧。大王未派兵，反倒送了糧食進去，那些搶糧的見自己搶來的還沒有坐在家裡領的賑災糧多，自然順服當了良民。」

陶花剛想質問「那你還要如此行事」，兵士們已經靠近，連連驚呼「公主」，卻都束手不敢向前。公主衣衫不整，沒人敢近她的身，只是先有人回去報信，還有人過去照顧林景雲。

陶花喝道：「把他綁了帶回去！」

正忙亂間，秦文出現了，他幾步跨到跟前，俯下身去查看陶花。

她一看見秦文，眼裡就有了些晶瑩，手從袍子裡伸出來抓住他的手臂，似是終於找到依靠一般，半訴半泣，「我……我被人欺負了。」

等他驚痛中抬起頭看她時，她望著他的眼睛問：「你……會不會嫌棄我？」

他沒有回答，卻突然反手揮出佩刀，把站在陶花身側的兩個士兵攔腰斬倒，鮮血濺了她一臉。

她帶著滿臉鮮血驚訝莫名地看著他，他迅即起身，把旁邊綁了林景雲的兩個士兵也一手一個劈倒。

刀往林景雲頭上落時，林景雲卻側身閃開，冷笑說：「你要想殺我，可不是一刀就能辦得到了。」

秦文冷冷答道：「需要幾刀，那便幾刀。」

陶花伸手抹一把臉上鮮血，驚問：「你怎麼了？爲什麼要殺人？」

秦文壓低聲音，似不願被人聽到，「公主失貞，豈能外傳？皇家失不起這個顏面，我秦家也失不起這個顏面。」一邊說著，一邊已跟林景雲拆了五六招。

兩柄單刀在星光下閃閃爍爍，金屬碰撞聲不絕於耳。

在這一片刀光劍影中，陶花如水的眼睛中一片死灰，目光空濛投向遠處，彷彿看不見面前相鬥的兩人。她喃喃自語了一句：「失貞，原來是這麼大一件事。」

中軍帳。

趙恆岳手扶在案上，半傾著身聽完稟報後，長舒一口氣跌坐到椅子上去，抬手擦了擦額上的冷汗，「幸好、幸好，人活著，四肢齊全，我謝天謝地了。」

他向左右吩咐：「快去接公主。」

臨出門又補上一句：「你們全給本王記住了，待會兒別提不高興的事，飯照吃、歌舞照演，就當什麼都沒發生過。」

什麼都沒發生過？那已經不可能了。

只是，陶花以前並不知道，失貞原來是這麼大一件事！比這麼多人的性命還要大，比她的人還要大，她重傷在地，卻無人照管。

沒有人照管，只能靠自己。

陶花艱難地用沒受傷那一側的臂膀撐起身軀，又是幾陣鑽心的疼痛。掀開袍子，一身狼藉全都露出，她顧不得這些了，趕緊把袍子穿好，繫緊了衣帶，踉踉蹌蹌站起來。

她忽而想起，當日在契丹無牙山上奔命時，順著枯藤爬上來，也是這般狼狽地在夜色中繫著衣帶。她笑笑，那時，她才十五歲，仍是個小女孩。不，不但是個小女孩，還是個貞潔乾淨的女子。現在，卻再也不是了。

她不顧正在激鬥的兩人，一步步走出樹林，暗影中分不清方向，只看到西北方有一座山，不知不覺就走上去了。

第一次與秦文分開，是在契丹戰場上知道家仇所在。那時出於無奈，雖然也痛，感情仍是在的。那個時候，她知道，只要她鬆一鬆口，一切都會好轉。

眼下不同了，他嫌棄她了。而且，他所嫌棄的東西，是她永遠沒辦法去彌補的。

原來，失貞是這麼大一件事啊！

恍惚間，陶花已走到山頂。山不高，一個小土坡而已，可在山頂望下去一樣覺得心悸，如果跌下去，肯定活不了吧？

角落邊有塊突出的岩石，她累極了，坐上去，立時覺到袍子有些濕濕涼涼的。

垂頭一看，是血，一滴滴浸透了。

不覺得疼，只覺得心酸，說不出的委屈，陶花伏頭到膝上，哭不出眼淚。所有的委屈懣悶都堵在喉嚨口，卻是哭不出來。

哭出來又給誰聽呢？不知道這山底下有沒有小兔子、小猴子，可以聽她哭泣？如果有，那麼，下去也無妨。

從這個小土坡跳下去，然後好好哭一場。

要不要下去呢？

也許，那會是另外一個世界。喝過孟婆湯重新投胎，一切仍可從頭來過，她還是個乾淨的小女孩，她愛的人還把她奉爲珍寶。

她想著想著，看見天邊隱隱透出了魚肚白。

原來，一夜過去了。袍子上的凝血冷似寒冰，新鮮的血液又湧了出來，去化解那冰凌般的舊傷。

此時，有腳步聲從背後傳來。

她沒有回頭。是誰都不重要了。

「喂，」背後那人叫她，「你跑到這裡來做甚？該吃早飯了。」

她微微低頭，「你回去吧。」

「我不回去，找了一夜才找到你。」

「你還不知道我出甚事吧？回去問問，就不想再找我了。」她想，他這消息可眞遲滯。

「你出什麼事了？我聽說，是被狗咬了一口，你當眞跟狗較勁啊？」

她轉開頭去，不想理他。

他一路急奔上山跑得累了，坐在旁邊喘幾口氣。本想陪著她靜一會兒，卻在一低頭間察見她袍上的鮮血，他立刻站起來，「阿陶。」

「你也算是巾幗英雄，日常領兵上陣的，人家秦文沒了一邊臂照樣活得有滋有味……」

她仍不開口。

「別再提他！」

「好，好，」他微笑出聲，「不提他，那人家林景雲廢了一條胳膊，也照樣吃早飯去，關雲長刮骨療毒，也沒耽誤了下棋。」

「別再跟我提那姓林的！」她咬牙切齒一字字說著。

他立刻反駁，「阿陶，你別不知好歹，他腿上又沒傷，卻在那樹林裡一直守著你不逃跑，你說爲的是什麼？要是他把你帶進揚州城，拿你的命逼我退兵，難道我能不退？這一輩子都拿你作要脅，我還就得一輩子認帳。」

「要不是他，我哪會落到今天這地步！」

「兩國交兵，說什麼私人恩怨。他是吳越國的將軍，你是大周國的公主，要不是你，他也不會重傷如此，要不是你，這吳越國的揚州城也不會被重兵圍困。」

她不再說話。

「阿陶，我覺得景雲是有點喜歡你，爲了替你報仇，廢了一條手臂，甚至最後背叛了自己的家國。你要是傻到連這點都看不出來，還把他當成大仇，那也太讓人寒心了。」

「你跟我說這些是什麼意思？」她忽然有些著惱，「讓我嫁給他嗎？」

他笑了，「我沒這麼說，我只想讓你明白，你要是從這裡跳下去，教景雲情何以堪？」

她哼了一聲，「你不用狡辯了，你就是想讓我嫁給他！你……你們全都嫌棄我。」

「嫌棄你什麼？」

「……」她窘住，一下子來氣，拾起身邊一塊石頭回身砸去。

他笑著接住石頭，慢慢走過來。到近前了，才看見她渾身是傷，心疼得收縮起來，卻不能表露分毫。

她瞧他過來的姿勢，以爲他要攬住她，誰知到近前來又收住手，規規矩矩站到一旁。她這一刻極爲敏感，當即冷哼一聲，「嫌我髒了？」

他上上下下打量她一番，「嗯，確實挺髒，一股狗尿味。」說著掩鼻躲開。

她氣得側身用掌去推他，這一下就牽動了肩胛骨的傷處，痛吟一聲。他額頭上立時滴下汗來，埋怨自己不該隨性子說話惹她動手。

他走到她跟前，蹲下身去，「阿陶，你到我背上來，我揹你回去。」

「誰要你揹！人都哪兒去了？」

「呃，讓別人揹更不妥吧？」

「擔架不行嗎？」

「擔架是挺好，可沒人抬啊。我沒敢讓他們上來，怕你看見人多受驚，一個想不開跳下去了。」

她已挪到他背上，在背後照他腮邊賞了一耳光，「你才跳下去呢！敢咒我。」

「不敢不敢，太姑奶奶，我跳下去、我跳下去。」他一邊慢慢地往下走，一邊說：「阿陶，你要當眞跳下去了，我可就不得不陪著哪。」

她哼一聲，「我才不跳呢，我哪有那麼傻。天下的好男兒千千萬，我才不要一塊石頭上就跳了崖，好歹也得找個比他強的來墊背。」

他的臉一下子拉成苦瓜，「阿陶，這一位我已是拍馬趕不上了，你要再找一個比他還強的，我……我也不用跳這觀音山了，我跳落霞山的無情崖算了。」

話沒說完，他啪地又挨了一巴掌，「有這麼亂說話的麼！你過去看看，這小土坡未必跳得死人，那無情崖可是眞要命的。」

他回頭看她，「你敢變心，我就去跳無情崖，你打我我也跳！」

她伸手去捏他的嘴，「你敢跟我較勁了你！」停了會兒又反應過來，「什麼變心不變心的，我可沒說要嫁你。」

他張大嘴巴，「你都想這麼遠了？婚嫁，我可還沒想到這一步呢。」

她氣急，大聲吆喝起來：「誰說要嫁你了？誰說了？我要是眞說了，你敢跟我說半個『不』字……哼！」

他握住她自肩上垂下的小手，「放心，我不敢說半個『不』字，我趙恆岳絕對高高興興娶你，迎你當大周的王后。不過……」

「不過什麼？」她緊追不放。

他沒說話。

她這才覺到有些不對，抬起頭來。

秦文正站在半山腰，與他們相距不過一丈，他們兩人一個低頭走路，一個垂頭談話，皆未察覺。

秦文許久沒有說話。

他們兩人也就保持不動。

最後是陶花掙下地來，趙恆岳緊張得眼睛都發直了，先是不許她下來，後來看實在攔不住，就緊緊抓住她的手腕，一眨也不眨滿眼絕望地死盯著她。

她輕斥一聲推開他的手，「你要跟他說話就趕緊，這麼揹著我乾等，我怕你累著。」

他的神情如同剛射出箭的弓弦，一下子回復輕鬆自在，且喜氣洋洋起來。明知道這不是個談情說愛的好場合，仍是湊到她身邊去說：「我不累，揹的是你，多久都不累。」

她手搭涼棚往下眺望一陣，「好，那你就揹我下山吧。」

他當真了，立刻湊過來。

秦文在旁開口，「骨折了，還是用擔架吧。」說完獨自下山，再未停留。

第三十四章　圍城

隨軍的太醫進去了四五撥，除了包紮外傷和固定斷骨，再無其他進展。

大家又找了個產婆進去，產婆出來也只是搖頭。

趙恆岳無計可施，把寶珠叫過來，低聲說：「三娘，麻煩你去一趟。」

寶珠點頭，進去一盞茶工夫出來，仍只有嘆氣，「她不肯答話，亦不許人碰。用強或能行得通，可她才遭人逼迫，要是再來一回……」

趙恆岳無奈搖頭，皺眉在外快速來回踱了兩趟，終於立定身形，對太醫說：「把藥膏拿來，幫本王淨手。」說完擦了擦額上冷汗。

帳內的人早被遣退，陶花臉朝裡側躺，肩膀仍在微微發抖。

趙恆岳清咳一聲，到她床邊坐下。

她一動不動，只問了聲：「誰？」

他笑一笑，「是我，過來問句話。」

她仍是不動，也不再開口。

他訕笑著靠到她身邊，「那個……我便是來問問，你今早跟我說的話，算不算數啊？你要是哄我的，我……我就不當真了。」

「我說什麼了？我都忘了。」

「你說要嫁給我的。」

她想了半天，「我說這話了？」

「你說了！雖然不是原話，反正就這個意思！」

「我沒這意思，你聽錯了。」

他一跺腳站起來，「你……你……我就知道你會不認帳！我明白了，你嫌我配不上你，虎落平陽的時候給兩個好臉色看看，可憐我還當真了！」說著他大動作朝外走，邊走邊踢地毯。

陶花轉過身來叫住他，「恆岳。」

他立刻停住。

「你的王后位子，有千千萬萬好女子在等著……」

他走回床邊來蹲身下去，平望著她的眼睛，「我只等著你啊。」

「可我已經不是……」

他毫不猶豫打斷她，「你只要還是我的阿陶，我就等你！其實我原本都想好了，你若執意嫁給他，我也一直等你。反正我比他小，應該能比他多活幾年，到最後你還是我的。」

她望著他，輕嘆：「你怎麼這麼傻。」

他再次追問：「你到底說話算不算話啊？」語聲中帶了孩子氣的嬌憨。

她微微皺眉，「我真沒有談婚論嫁的意思。我只是覺得你特別親近，比……比他強多了。」

「阿陶！」他搖著她的手臂，「你真要讓我等你一輩子，等到他死了才成嗎？」

陶花搖搖頭，「你不用等他。你是好孩子，我們兩個，都不配讓你等。」她說完望了陣帳頂，「這件事，你讓我再想想吧，我總得先跟他把話說清楚才成。」

他眼中立時驚喜無限，「你這是答應我了是嗎？跟他說清楚，然後嫁給我！」

陶花再次皺眉，「你總是曲解我的意思。」

他不再說話，笑著起身伏到床邊，小心翼翼繞過她肩上固定著的夾板，去吻她的面頰。

陶花被他這古怪的動作給逗得一笑，「你嫌不嫌煩啊，好歹也得等夾板拆了吧。不，不，我不是說夾板拆掉就可以了。」

他根本不理，只不停跟她親近，慢慢把手伸到她衣服中去。

陶花頓時大驚，抬手想推開他，卻被他稍一用力就按住了一隻手，另一隻手則因肩傷無法動作。

趙恆岳抬起面孔來，柔聲說：「阿陶，你一直在流血，太醫說必須得用藥。」

她瞪著他不說話。

他低下頭來重又到她枕側親近，不敢去碰唇，只摩挲面頰髮梢，「你別怕，我們早晚都是夫妻。就算你怎麼都不要我，我也會等到你八十歲了，丈夫死了，再去纏你，早晚要讓我碰的。」

她噗哧一笑，「八十歲了，還……」話未說完，趁她這一笑身體放鬆時，他抓住了機會。她的笑聲瞬間變作苦吟。

趙恆岳額頭上冷汗涔涔順著臉頰往下流，顫聲問：「很疼嗎？是我不好。」

她滿臉通紅地轉頭向著內側，不答話。

他戰戰兢兢地說：「快好了，我輕點。」

她又呻吟一聲，這次的聲音明顯與方才不同。

他微帶疑惑地看她一眼，待想明白了這一聲實非疼痛，滿頭冷汗不但沒消，反倒更加如漿湧出。

兩個人都面色通紅，他的汗水似水柱般流淌下去，滴滴答答落到她臉上。她頓顯懊惱，嬌唇中一頓一頓吐出三個字：「大、壞、蛋！」

他不由笑得有些輕佻得意，喘息著在她耳邊說：「你身上有傷，大壞蛋也不敢怎麼樣，改天啊。」

她羞得無地自容，突然地轉回面孔藏進他懷中，好讓人看不見她紅透的耳根。

他笑著攬住她，悠悠長長舒了一口氣，快活得吼了一聲。

她繃起臉來嬌斥：「你叫什麼叫，不怕別人聽到嗎？」

他嘿嘿一笑，「我不怕，別人肯定以爲是你在叫。」

她掙出手去打他，「胡說八道！我的聲音怎麼跟你一樣。」

他擠眉弄眼地，悄悄低聲說：「侍衛們都在十丈以外呢，你要想叫就趕緊。」

她紅著臉抓住他的嘴使勁一擰，他還不及呼痛，外面遠遠傳來侍衛們吆喝阻攔的聲音。

兩人未及反應，帳門已被掀開，有人大踏步走了進來，外邊侍衛無一人敢跟進。趙恆岳沒回頭，他認得這人的腳步聲。

陶花急拉一條薄毯蓋住兩人，而後怔怔望著對面，半晌沉下面孔，「你……你怎麼敢擅闖我的營帳？」

那人沉默許久，答了一句：「我不是第一次闖你的營帳，以前你也沒這麼說我。」

「那……那你還不迴避？」她略顯有氣無力。

「我有些話要跟你說，一刻也不能等。」

天色晚了，侍從們忙碌一陣，在帳內點上蠟燭。

趙恆岳端著一碗藥，讓陶花就著他的手喝下，一邊回頭說：「秦將軍，對不住，這藥一刻也耽擱不得，等喝完了我立刻走，你們想說什麼就說什麼。」

秦文遠遠坐著，面色不變，什麼話也不說。

陶花喝完藥，趙恆岳隨即站起，他心情愉悅，邊收拾藥碗邊笑著對秦文說：「我這就走。你放心，我答應過你的，不會因爲情事動你們一指……」

他這句話頓在這兒，似乎想起了什麼，一笑。

陶花拿起他手中的藥碗直接砸到他身上，喝一聲「滾出去」，語聲嚴厲，眼神卻是含羞。

趙恆岳出去了，秦文走到床前坐下。陶花的臉色瞬間不自在起來，有些害怕，又有些緊張，她穩住情緒淡淡開口，「我有傷在身，不能敘禮了，請將軍莫怪。」

秦文低頭沉默，許久不答言。

燭火呼呼跳動，愈發映得面前這人膚色如玉，眼中晶瑩閃亮，華彩流轉。然而，他的面色卻是極其哀傷。

她咬一咬牙，「倘若無事的話，將軍請回吧，我還要休息。」

他即刻站起，「那我不打擾了。」

「將軍，」陶花又叫住他，「你到底想跟我說什麼？」她凝望著他，還剩最後一絲希望等著她想聽的話。

「我……」他低眉，仍舊呑呑吐吐，到最後嘆口氣，「現在多說也無用，空口無憑，還是算了。」說罷就向外走。

他走到門口，又轉回頭來，「倒是有一件事得明白說清楚，你我的婚約本未明定，你要是不願意了，也不必當眞。」

秦文挑簾而去，背影如昔清俊挺拔，不與世俗同流。

他離去許久之後，陶花仰望帳頂，抬手揩去眼淚。

因爲都是外傷，陶花將養幾日便恢復了元氣。心傷倒是也有的，但自有疼愛她的人在旁任勞任怨、任打任罵勸慰。這麼幾天下來，她竟是變得比以前更活潑開心了。

她恢復之後，第一句話問的是：「林景雲這小子宰了沒？」

「你還眞想宰了他？」趙恆岳十分不信。

陶花笑笑，招招手，「過來扶我起身，看我去剝他的皮。」

他急忙過來扶起她，雖明知她已可自如走動，亦仍小心翼翼，又喚侍女過來幫忙。

寶珠邊走過來邊說：「公主您多走動走動，有益傷口痊癒。」

趙恆岳笑著揮揮手，「你下去，叫朱弦過來扶她去。」

陶花側頭道：「我的侍女，你倒記得比我清楚，該不是看上她了？」

他苦笑，「是看上了，你捨不捨得給我？」

她認眞想了想，「嗯，這事我還沒想清楚，過兩天再說吧。」說著正色問他：「我要是萬一，我是說萬一啊，嫁給了你，是不是得忍那三宮六院，每天坐在窗前巴巴地等著你來……來……那個啥？」

「那個啥叫做『臨幸』，學會了沒？」

「哦，臨幸，學會了。『巫山雲雨』和『臨幸』，眞是夠拐彎抹角的。」

「嗯，都沒有你的『尿尿』直白。」

陶花羞惱地伸手推開他，只挽著朱弦走路。

朱弦一笑，「公主啊，奴婢看大王不像是會讓您獨等的人呢，就算要等，也是他等您。」

陶花撇嘴，「你怎麼知道？」

朱弦笑出聲來，「公主，請恕奴婢無禮，您眞是不怎麼會看人。大王這般重情重義的人，您居然看不出來。」

陶花看看朱弦，又看看趙恆岳，點頭說：「嗯，你們兩人簡直看對眼啦，不如我給你們作媒算了。」

趙恆岳冷笑一聲，「要讓你這莽人作媒啊，全天下都是亂點鴛鴦譜。」

說話間到了林景雲帳前，趙恆岳對朱弦說：「你先進去通報一聲，就說公主來了，讓他收拾收拾。」

陶花擺手，「不打緊，他重傷在身，難道你還讓他迎出來不成？」說著逕要走進。

趙恆岳一把拉住她，「你站住。天氣熱了，你不怕他沒穿衣服麼。」

陶花果然站住，十分欽服地說：「你果然心思周到。」隨即卻又反應過來，「那你讓朱弦進去？」

朱弦人已走進帳去，趙恆岳笑著把陶花拉到一邊，擠擠眼睛，「她不一樣。」

「哪兒不一樣？」

「眞是傻姑娘，景雲受重傷，朱弦一聽到消息就掉淚了，我這幾天都讓她照顧著他呢。」

陶花這才恍然大悟，她恍然大悟後的舉動不是停在帳外，而是拉住趙恆岳往裡走，「那咱們還不去看熱鬧？」

已是夏天，林景雲果然穿得不怎麼齊整，只有右臂牢牢包裹著，看見陶花就冷冷轉開頭去，「公主是來殺我嗎？」

陶花是笑嘻嘻看熱鬧進來的，被他當頭一棒給堵得不知該怎麼接口。

趙恆岳先開口，對朱弦說：「你先出去吧，讓公主跟他說幾句話，有本王在，沒事。」

陶花尚未意會他這後半句話，林景雲已抬頭掃了他一眼，「你什麼意思啊？」

趙恆岳正色說：「我是讓人家姑娘放心，你雖然沒穿多少衣服，也不至於跟公主……」

陶花早反應了過來，舉手一掌拍在他嘴上。

林景雲笑道：「你別打他，讓他說完。我倒要看他說得出什麼噁心話。他能說出一句來，我就能有十句等著，看誰先頂不住。」他的眼神語氣都十分自然，如兄弟一般調笑，顯是這幾天跟趙恆岳的關係變得親密。

陶花微覺驚異，看了兩人一眼。

趙恆岳低頭笑她，「看什麼看，你是不是以爲我們倆打起來才好？就跟比武招親那天似的，一架打到天黑。我跟你說，除了那一位我看不上，其他人我都覺得挺好。」

林景雲深以爲然的點頭，「她那一位冷冰冰的，我也煩得很。」

陶花笑笑回應：「我原想給你們倆牽線搭橋的，現在看起來不用了。」

「搭什麼橋？」

陶花指著趙恆岳，「這位是大周國的首領，求賢若渴，我想把我的侍衛推薦給他呢。」

林景雲臉色凝住，「你不敢讓我跟著你了？怕我害你？」

「不是、不是，」陶花急忙搖頭，「沒有你，我早在城下中蠱的時候就死了。我是怕……我是怕……」

趙恆岳在一旁大聲嚷說：「她是怕她會喜歡上你！」說著故意走到帳門口，「要不要我迴避啊，兩位？」

陶花怒道：「你老曲解我的意思！」

林景雲卻不生氣，不慌不忙地說：「那你就先迴避吧，正巧我今天穿得也少，咱看看你在外頭能撐多久。」

趙恆岳笑著走回，「景雲，你跟到我身邊來吧。我得寄父親自教誨數年，也該是教人的時候了，何況身邊這麼多能臣良師。」

林景雲點頭抱拳，「謝大王。」

「不，叫師傅。」他笑了笑。

林景雲也跟著笑，大王這是明顯待他與旁人都不同的意思了，「謝師傅和公主恩典。血蓮教即刻撤出揚州，吳越皇帝不義，以後我會讓教眾安居苗疆，服從大王，不，師傅。」

陶花聽見這話頓覺心上一輕，笑道：「你是不是還要趁此機會跟我求娶侍女啊？」

林景雲輕輕咬唇，低低答了一句不相干的話：「公主想讓我死心，我怎敢不從？」

陶花一怔之間已然明白，不由有些尷尬。趙恆岳假裝沒聽見，只舉目望著遠處。

林景雲抬頭看了看陶花，「公主，我本想捉住你逼大王退兵，爾後再毫髮無傷地放人，沒想到令你受害，我萬分過意不去。」

陶花擺手一笑，「沒事，恆岳說了，就當被狗咬了一口。」

林景雲看看趙恆岳，「你所言安慰她的好方法，原來是讓她看輕貞節。」他又轉向陶花，「就算你不在乎了，我不能不在乎，總是因我令你失貞……」

話沒說完，趙恆岳走至近旁打斷他，「景雲啊，你終於承認了，是你令她失貞的。要是過兩天有個孩子啥的，你可別不認帳啊！」

林景雲和陶花聞言，聯手把這周國大王撲倒床上痛打。

打完之後，林景雲說：「師傅，你該謝謝我把那兩人殺了，不然萬一真有子嗣後患，可是一輩子的牽繫，怎麼都躲不開。」

趙恆岳點頭，「此話不差！所以，」他轉頭向著陶花，語重心長，「你是女子，以後自己須懂留心，貞節雖不用看重，但你也得找對人。謝懷暢就不錯，你以前喜歡的那人可不行，你們倆要是有個孩子啊，我便天天把心擔在肩上走路。」

林景雲在旁笑著指指自己，「我呢？」

趙恆岳也笑，指指陶花，「她說行便成。」

陶花被他們兩人如此無忌的當面調笑給擠對得落荒而逃，出去時正見到朱弦在外面等，便拉過她來，「景雲是苗人，旁人對他多有忌憚，你對他親近些，他必然十倍報還。時不待人，機會稍縱即逝，你自須好好把握。」

朱弦紅著面孔點頭。

陶花怕她聽不明白，又在她耳邊補上一句：「百般招數都要用上，他斷不會負你，你聽明白沒？」

朱弦害羞得笑起來，「公主，連您都明白的招數，我們早都明白了。」

陶花撇嘴道：「原來我的名聲這麼笨啊。」

第三十五章 攻心

又將養了兩月有餘，陶花才完全恢復元氣。她受傷期間，中軍一切事務俱只能由趙恆岳打理，倒是林景雲跟著學了不少東西，連奏摺也可幫著看。

陶花見趙恆岳被累瘦整整一圈，著實心疼，對他就溫柔了許多，飲食起居亦開始親自過問照應。她傷好之後尤更勤勉於軍務，盡力幫他分擔。

趙恆岳心中喜慰，行動上卻是一絲也不敢怠慢，中軍與左軍所有往來軍務他都親自在場，再沒給過陶花和秦文半分單獨相處的機會。陶花當然明白，平白無故便不去犯他的忌諱，慢慢地習慣了迴避。

揚州守軍中的血蓮教屬吳越國的南部苗疆勢力，當今吳越天子重文輕武，把他們放在與周軍交戰的第一鎮，又未加重兵配合，分明是不怎麼在乎他們的性命。教主先前被陶花在城頭射死，左護法林景雲按例接位，力主降周。教眾們商議多日，對吳越國寒了心，離城而去。

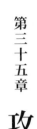

只可惜城牆上蠱蟲已經布下，無法在吳越守軍的監視下撤去。蠱毒十分凶險，周軍最終決定以圍城代替進攻。揚州位兩國邊界處，周軍的糧草供應並不困難，圍城正是保守而有效的方法。吳越皇帝膽怯，不敢發軍救援，罔顧武臣勸阻而把主力軍隊全留守京城建康左近，只派了小股兵力試探突圍增援，都遭周軍盡數殲滅。

如此圍了數月，揚州城內糧草耗盡，開始有大批兵士出城，周軍知道利害，對出城的人從來睜一隻眼閉一隻眼，只不許任何人、物進城。城內自然是嚴令不許出逃的，冒險出城者都是實在沒了辦法，最後多半傷亡在自己人手上。過了這一撥之後，出城的人便就沒有了，倒非由於城內治理嚴苛，而是那些搖擺不定的人走光了，餘眾皆為矢志報國的將士百姓，凝聚出一股同仇敵愾之心。

周軍這邊仍是不急不躁遠遠圍著，漸漸一年過去，來年夏天又至。夏日本是植物茂盛的季節，揚州城內卻已餓殍遍地，連樹葉都找不到一片。

這天，探子來報，說城牆上蟲蟲盡數餓死。

陶花有些不信，反問道：「這蟲蟲是他們的要緊物事，無論如何得先養活才是。」

那探子答道：「城內早已落到易子而食的地步，再無力養活那些蟲蟲。昨日揚州守將張誾親手宰殺幼子分給眾兵士。」

陶花大吃一驚，整個人僵住了半晌才喃喃念道：「易子而食……竟到了如此地步。既然蟲蟲已退，咱們早早破敵吧，亦省得稚兒們遭殃。」接著下令召集眾將，商議攻城部署。

這邊眾將還未到齊，趙恆岳便聽到消息過來，一進帳先說：「此時攻城不妥，尙再圍個十天半月，不費一兵一卒即得揚州。」

陶花微微沉吟，解釋道：「城中已然慘不忍睹，我軍該盡快拿下主將，莫多害無辜了。」

趙恆岳見她十分堅持，不願在眾人面前與她衝突，遂不再多說。陶花身為主帥，不能不考慮大夥兒想法，既然在趙恆岳這裡沒得到支援，她轉向秦家兄妹和羅焰，「你們覺得呢？」

秦梧和羅焰皆無表示，眾將顧慮趙恆岳的反對，也都不出聲。

秦文見無人應答，陶花神色著實不悅，便淡淡回了句：「你想打，那就打吧。」

陶花當即傳令翌日攻城。

翌日一早周軍大舉攻城，然而城中守軍十分頑強，大家同仇敵愾，連平民百姓都登上了城樓參戰。直至晌午時分城池依然牢似堅鐵，周軍累計傷亡不少，幾員副將在陣中罵罵咧咧，摩拳擦掌嚷著攻下後要迅即屠城。

陶花眼看著傷兵不斷退下來，心裡漸有些焦急，若她聽諸將之言多等個十天半月，恐不致釀成今日這般慘況。她帶著歉意回頭望一眼趙恆岳，他因她受傷之事駭怕，今日也在陣中。

趙恆岳半笑不笑回望著她，開口說：「你看我做甚？當時說『打』的可不是我。」他在暗諷她應該去問責秦文。

陶花本來心情就焦急難抑，被他一奚落便著了惱，一轉馬頭直往左軍陣中過去了。趙恆岳招招手讓幾個侍衛隨附，他自己並沒動，只遠遠看著。

秦文立在左軍陣前遙眺著城樓，眉目清冽傲岸，白衣光芒勝雪。她放緩馬匹過去，他未下來行禮，只側頭柔聲問了一句：「著急了？」不似商議軍事，倒恍若小兒女間互說情話的關懷口氣。

她點了點頭。

他微微一笑，身上那陣肅殺之氣頓時散去一瞬，接著飛身下馬，摘下隨身重物，解下箭囊鐵弓和重甲，揚頭向她笑說：「待我去試試。」笑容清朗柔和，如三月春風和煦溫暖，退去平時的冷傲。

陶花反應過來他是要親自上城，剛打算阻止時，秦文已衝陣而出到攻城的士兵隊伍中。她只能捏了一把汗回到中軍陣，看見趙恆岳時，他哈哈一笑，「這美人計比我的大王令管用得多。」

片刻後秦文攀上了南面的城牆，城上守軍拚死來阻，卻阻不住。一名副將過來救援，也是三五回合就被刺死在城上。周軍登上南面城牆的士兵頓時增多，揚州軍民依舊抵死頑抗，一步不肯退地在城頭上肉搏。

趙恆岳微微點頭，「早聽說吳越子民頑強，果然如此。若非皇帝昏庸，只怕這吳越國難以征服。」說完卻不聞陶花答言，側頭看時，見她滿面緊張神色望著城頭，對身外之物全然不覺。她臉上神色，十分緊張之中又含著一絲仰慕，一如燕子河畔他目睹過的那副神情。

趙恆岳清咳三聲，陶花才反應過來。趙恆岳指指她背上弓箭，「我覺得這玩意兒比你的癡迷情意對他更有助益。」

陶花急忙摘下鐵弓搭箭上弦，蓄勢待發，一邊側頭解釋：「我只是擔心戰事……」正在此時，猛聽得戰陣之中爆出歡呼聲，南面城門的吊橋正緩緩放下。

趙恆岳立刻傳令擊鼓進軍，陶花一馬當先衝在前頭。

剛近城門，陶花登時呆住。城門倒是大開，那門內卻站滿了布衣百姓，手挽手排成人牆站在門內。揚州被圍一年之久，軍民早已一家。兩邊仍有百姓不斷擁上來，他們大多手無寸鐵，最多也不過拎把菜刀或斧頭，在這重甲鐵騎面前如同兒戲；而他們當中竟然也有真正的「兒戲」——站在最前排正中的一個小男孩，八、九歲模樣，手中拿著一隻小木馬朝向周軍憤怒揮動。陶花想了一瞬才想起自己的小木馬在秦文手中，而面前這男童絕無可能是陶若。

陶花這一生，最悲慘的記憶莫過於親手射殺陶若，縱非她的過錯，卻始終難以擺脫此傷心噩夢。

在她怔一怔的工夫，周軍的先頭部隊衝入城門，哭喊哀號之聲瞬間震天而起。陶花眼睛直盯著前排的那個小男孩，見他旁邊的人紛被馬蹄踏倒，小男孩尖叫著撲上前去，被馬上士兵一甩戟尾震開，恰恰跌到陶花馬前，手中兀自緊抓著他的小木馬不放。立刻有個少婦撲到他身上，扶抱起來看看傷到沒有。那個小男孩嘴角流血，起身之後把他的小木馬砸向陶花。

陶花沒躲閃，小木馬砸到她盔甲上彈落。路過的士兵看見公主受襲，揮刀即往那小男孩砍去。陶花想出聲阻止已然不及，那少婦驟時舉臂欲擋。利刃豈是血肉可擋，瞬間母子二人兩臂齊落，鮮血濺上陶花的鞋襪，她只覺那陣熱意直透心臟。

陶花決然回頭，大喝一聲：「退兵！」

她身側軍士們怔了一怔，跟著的傳令官也怔了一怔，某個機靈些的答道：「我這就去報給大王。」說著向前衝去。

陶花知道沒有趙恆岳點頭，她在這個時候作不了主。若是普通命令傳令官尚不會猶疑，唯此時下退兵之令實太過匪夷所思，況且大王同在陣中，自然需先稟過由大王定奪。周軍苦圍一年，為的即是這得城之日，大王矢志要取天下，又怎肯輕易放棄？

陶花抬頭望去，看見趙恆岳就在前方不遠處，他未掣出兵刃，只立在原地怔怔看著眼前場景。她輕輕咬唇，在這一片廝殺哀號聲中對他大喊：「恆岳，即刻退兵，我答應嫁給你。」

趙恆岳聽見陶花叫喚自己，卻聽不分明她到底說些什麼，遂回過頭來看了一眼，也喊回去：「你說什麼？」

陶花尚未答言，而傳令官甫至趙恆岳身側，還不及說話，揚州南城門正血流滿地、哭聲震天之時，趙恆岳猛然一勒戰馬，在馬上斷喝一聲：「即刻退兵！不可再傷無辜！」

他聲音響亮，周遭兵眾全都聽見了，立刻停下動作。遠一些的人瞧見這邊有異，跟著慢慢停住。

那一聲斷喝響起，不論敵人還是己方，不論軍人還是百姓，聞者無不帶著驚異抬頭望向這位周王，轉瞬間，眼睛中那分驚異全都變成了敬服。

這些眼睛當中，自然包括城門口那一雙妙目。她癡住片刻，等回過神時忽就覺得害羞，也不知為何，明明她什麼都沒做、她說的話他又沒有聽到，卻惹得她半紅著面孔轉開馬匹出城而去。

揚州百姓死傷慘重，倖存者皆忙著救助同伴，無力再行攻擊。傳令官發出退兵信息，周軍緩緩退出了揚州南城門。

眾將回到中軍帳內，俱顯露不明所以神色。趙恆岳和陶花兩人為方才目睹的景象略感煩悶，一時都沒說話。

片刻間秦文返營，他平素淡漠不動聲色，此時卻帶了些怒氣喝問趙恆岳：「一年心血，將士苦戰，為何退兵？」他的質問已然無禮。

趙恆岳見秦文銳氣正盛，咄咄逼人，索性避開鋒頭說：「要麼秦將軍先領左軍去建康吧，正好洩洩怒氣。」他不直接答秦文的問話，乃為避開當前衝突，同時點出身為臣下者的失禮。

秦文仍然不退，只冷冷看著大王。兩人僵持於帳中，眾將誰都不敢在此時插口，局面尷尬異常。陶花只好清咳一聲，「退兵是我發的命令，那城中百姓實在可憐。」

秦文轉頭看著她，眼神漸趨舒緩，拋下一句「婦人之仁」後即轉身出帳，準備拔營赴建康。

中軍帳內仍是無人敢言，半晌後趙恆岳終於開口，「得天下是為得人心，不是為得城池。傳令下去：即刻撤圍，給城內送去糧食。咱們繞過揚州，直取建康。」

陶花聽見這些話十分高興，又見揚州百姓得以保全，更加喜悅。她抬頭看看趙恆岳，見他仍爲今日慘狀略有愁色，心裡頓湧起些甜蜜蜜的憐惜。此時帳中諸將依次退出，她走到他身邊去，輕聲說：

「『攻城爲下，攻心爲上』，人人都知道《孫子兵法》裡這句，能做到的卻是少之又少。」

趙恆岳見她語聲親近、眼光溫存，一下子散去愁容，柔聲答：「對你也是一樣。」

陶花往常聽到他說如此明白的情話，必會反駁，至少難免窘困避開，可今日竟站在原地微低垂首。趙恆岳見她並未生氣，螓首低垂的樣子又煞是誘人，忍不住心中喜悅探手去攬住她。

陶花覺到他手臂觸及自己時，忽地心中一顫，整個身體顫抖起來。她與他平素接觸並不少，她本性也算不得細心敏感，今日卻不知緣何甚覺震動。她退後幾步，心中一陣說不清楚的激烈情緒，紛亂中急忙轉身跑出帳去。

她再回來時已是晚飯時刻，帳中滿滿一桌飯菜，趙恆岳動也未動，只在旁邊批閱奏摺等著她。

陶花不搭理，坐下就開始吃，一刻不停地竟把滿桌菜吃下去大半。趙恆岳在旁觀看許久，等她去盛第三碗飯的時候，咳嗽一聲開口，「那個……元帥大人，咱們的糧食剛剛分了一半送去揚州，新的要等後天才能到。」

她愣了一下，「怎麼？不夠我吃了？」

他微微笑，「倒沒關係，現存的夠撐到後天了，不過啊，這是給咱們兩人吃的……」

她走到對面把他的碗也盛滿，捧到他面前。

他急忙接過，「不敢當、不敢當，公主大人這還是頭一次替在下盛飯。」

她貼靠他身邊，喚了一聲「恆岳」。

他愛惜地吃著她奉上的米飯，覺得奇香無比，低低「嗯」了一聲。

「我今天在揚州城門，答應了嫁給你。」

「我知道。」

「那……你看……」

「阿陶，打仗時候說的話，用不著太當眞，你還說過要嫁給殺耶律德昌的人呢。」

她後退一步，「你這是什麼意思？」

他放下飯碗，「阿陶，你答應嫁給我，我非常高興，你要當作是咱們兩人的婚約，我也萬分願意。可是咱們還不能昭告天下。」

「爲什麼？」

「今天攻城的時候，你看著他的眼神，讓我覺得你還不到嫁人的時候。」

「你吃醋生氣了？」

他笑笑，「我吃醋早就吃習慣了，不生氣。只是，我覺得你心思還不定，不必匆忙嫁人……」

他的話猶未說完，她奪過他的飯碗砰地擲到地上去，一聲脆響之後，滿地米飯碎瓷，「你不想娶我了何妨直說，不消拐彎抹角！」

他嘆口氣，把剛剛沒說完的話續下去，「我是怕你後悔，提醒你一句。你要眞想嫁，我何曾敢拂逆你？」他握住她的手，「我的人、我的心無時無刻不在你身邊，你隨手可得。」

她的臉上泛起一絲自嘲，「當初要嫁他的時候，說隨手可得，聯姻麼，可是我卻不能披上嫁衣。如今要嫁你了，豈知也是搪塞一句『隨手可得』，你們任誰都有辦法逼得我不嫁！」

正說話時，帳外有人稟報，揚州守將張閭遣使來謝。

趙恆岳立刻起身相應，使臣進帳跪下拜謝周王恩德。使臣跪在地上行禮之時，眼睛不時往那地上的米飯看去，趙恆岳溫言問了一聲：「你還沒吃飯嗎？」

那使臣急忙收住目光，垂頭答道：「城裡剛送進糧食，飯還沒煮熟，張將軍遣我先來拜謝大王。」

趙恆岳點點頭，過去拿了只碗盛上米飯遞給那使臣，使臣立刻狼吞虎嚥吃將起來。陶花在旁看見頓感羞愧，蹲身到地上去，一片片撿拾起剛剛摔碎的瓷碗和米飯，沒沾上塵土的米飯就送到口中吞嚼。

趙恆岳笑著碰碰她手臂，「比觀音廟那半個饅頭味道如何？」

她狠狠剜他一眼，不說話。

使臣叩別時千恩萬謝，又私下裡說，他們都在勸張閭將軍歸降大周，只是張將軍猶豫難決。趙恆岳笑說不急，周軍大可繞過揚州直取建康。

那使臣連連點頭，悄悄說，他曾於建康皇宮見過靖玉公主一次，確爲傾國之色，這回也是實實在在傾了吳越國。

趙恆岳笑著敷衍。陶花在旁聽見，卻是心中一凜。

入夜安寢時，陶花輾轉不能成眠。正翻來覆去的當兒，帳外傳來趙恆岳和朱弦對答話聲，她立刻轉向內側，假裝睡著。

未久他人進來了，走到床邊坐下，拉過她的手握著。

她終於撐不住，遂轉過身來。月光下看見他正向著她微笑，她哼了一聲，又轉回身去。

他輕輕啓口，小心翼翼地說話：「阿陶，嫁人這種事呀，不能胡亂說的。」

「我沒胡亂說。」她語調冰冷。

他沉吟片刻，「沒說出口前，你百般折騰我都隨你。可一旦說了，我就會當眞。一旦讓我當眞，你再變卦，我可得去跳無情崖了。」

「我不會變卦。」

他又沉默一陣，「我還是不敢當眞，你明明對他餘情未了。」

不曉得是被說中心事，抑或觸發了其他，她大怒轉身，「你別推三阻四了，我知道你爲什麼不肯娶我！」

「我沒說不肯娶你……」

「你心裡惦記著那位傾國傾城的吳越公主！咱們大軍壓境就是爲了讓你娶到她。是我傻，居然連建康城還沒進便跟你談啥婚事。」

「阿陶！」他站起來，「你原是這麼想我的？我心裡惦記誰你還看不穿？在這裡胡說八道！」

「我當然看得穿。你剛剛跟我說，婚約你是願意的，但不想讓旁人知曉，分明打算給你自己留條後路娶吳越公主。要是吳越公主不合你意呢，你才再回頭應我的婚約。」

他氣得渾身顫抖，一句話也說不出來。

她冷笑著接下去，「你這如意算盤打得眞好，兩頭不吃虧。」

他仍舊不語，只是一掌拍在她床邊案上，恰拍碎一只茶碗，碎瓷割得血肉淋漓，而後疾步走出。

第三十六章 琉璃

周軍撤圍，原地休整了半月有餘。這期間揚州守將張閭前來拜見周王，親自表述拜謝之意。趙恆岳絲毫不加為難，問問城中糧食夠不夠吃，就讓張閭返回。

沒想到張閭剛回去，吳越皇帝立即下旨控他通敵，要押揚州幾位守將回建康問罪。重圍之下救兵不至，重圍一退，索命的就來。張閭前思後想，率眾將投效了周王。

緊接著，收到秦文差來的快馬信使，稟報：建康城十數萬駐軍不堪一擊，一戰之後全線潰敗，獻城請降。吳越皇帝微服出逃被俘，另有宗室皇子在臨安稱制。建康城乃吳越國都，左軍不敢造次，在城外等周王下令進城。

趙恆岳見事態緊急，立刻先帶了親兵營過江。揚州與建康不過一江之隔，大軍過江卻頗費時日。陶花領大隊人馬抵達時，左軍甫在當天進城。天色見黑，建康城已入周軍掌握。陶花進入吳越皇宮，看那宮內果然美侖美奐，令兵士們樂不思蜀，她卻不甚喜歡。她在草原上長大，住這種琉璃世界，遠不如軍帳中住得習慣。

傍晚微有涼意，她披上大紅斗篷，在一眾兵丁侍衛簇擁下，於吳越皇宮中兜轉一圈。

走到一處院落時，見布局與別處明顯不同，院中唯現小橋流水的別致，絲毫不見宮中別處的張揚奢靡。陶花不免多看幾眼，信步走入院中。

有個將領服色的人抬起頭，看見陶花時怔了一怔，然後忽背過身去似想躲開。

陶花早看清了是誰，笑道：「小金，好久不見，你還好嗎？」
小金見躲不開去，只好硬著頭皮轉回身，跪地行禮。
陶花伸手扶住他，笑問：「你怎麼在這裡？」
小金支吾不答。
她四處觀看，「這是什麼地方？怎麼把你這個騎都尉派在這麼個小院子中？」
小金仍是不說話。
陶花倒是奇了，笑道：「小金不是最愛嚼舌頭嗎？怎麼今兒個啞了？」
她轉身問隨行引路的吳越宮人：「這是何處？」
幾個宮人急忙跪地，答說：「這是貴妃娘娘……不，這是吳越廢帝的貴妃姚碧君住所。」
陶花微笑點頭，「聽說過，是個難得的美人。」
那幾個宮人聽她讚賞，便又多加了幾句：「姚妃不但美麗，才藝更出眾，琴棋書畫無不精通，尤擅琴技。」
陶花微頓，轉頭問小金：「你家將軍在此處聽琴是吧？這有甚打緊，秦將軍喜歡聽琴大家都知道。」說著逕向屋內走去，小金在後阻止已然不及。
屋內瞧不見半個人影，侍從全散去了。秦文的佩劍橫擱桌上，陶花曾與他來往親密，認得他的劍。
桌旁一張紅木大床，帷帳深垂，約略能看見兩個人影，還有女子隱忍的呻吟聲。
陶花疾步倒退出門，厲聲訓斥小金：「才剛剛進城，別說城內，連皇宮內都還沒有理清，就敢如此放肆！」斥完她又嘆一口氣，轉身步出院落。

此後她便湧起些愁煩，一圈圈在皇宮裡繞行。以往她遇到難處或者不高興之時都是找趙恆岳安慰，這時看不到人，就遣侍從去找大王。

侍從回報說：「大王正在吳越大殿料理降臣。」

陶花說：「你問問大王忙不忙，要是不忙就過來陪我一會兒，我心裡不舒坦。」

片刻後侍從回來，「大王說，他心裡也正不舒坦。」

「好吧，那我去看他好了。」

陶花起身往大殿方向走去。

天色早已全黑，吳越大殿的臺階上依然光芒如晝，到處皆是宮燈和火把。

陶花身著重甲踏上臺階，路過的吳越宮人紛紛恐慌規避，周軍兵將則上前見禮。

大殿正中的金鑾椅兀自異彩流光，卻再沒了主人。吳越皇帝已經被俘，宮中諸人死的死、逃的逃，到處都是重甲的周朝士兵，與這華美世界十分不稱。那金鑾椅正中鑲了一盞晝夜長明的琉璃燈，小小琉璃折射出異樣奪目的光芒，照得陶花眼睛生疼，伸手遮擋才不至於刺出眼淚。她在草原上長大，最常看的燈火只有星星和月亮。

她揉了眼睛半晌，等舒服適應些，便緩步走進殿內。

趙恆岳站在大殿正中，不斷有官員將領來稟報收降情形，他一一聆聽指揮。

陶花瞧見他身影，逕直走過去。

遠遠地他就抬頭看她，到近前了，突然問一句：「哭過了？」

她搖頭，「沒，只有點悶。」
「哭過便哭過了，還不承認。」他的臉色難看得很。
「我眞的沒哭，就是看見將領們急不可耐地奪取女色，覺得心裡不舒坦。」
「不舒坦？你身爲三軍統帥，還不斬殺以正軍威？」
「這個……我想了半天，大勝之後奪取敵國婦女，雖於理不合，卻是人之常情，似乎不該一上來就爲此殺人。」
他連連點頭，「好，好一個人之常情！」說完之後轉頭去處理軍務，再不理她。
她見他如斯冷淡不通人情，當即也負氣轉身。
陸續有士兵押送吳越朝臣將官來此，全都安置在大殿一側。
不一會兒，有士兵押來一群孩童，陶花看見小孩倒是來了興致，過去看了看他們。士兵報說這是留在宮中的吳越皇室子孫。
陶花撿著幾個小孩問問「多大了」、「餓不餓」、「怕不怕」之類的問題，心裡打定主意無論如何不能爲難這些孩子。這群小孩中有一個高眺些的，是個十五、六歲的小姑娘，容貌清秀絕倫，眉目態度間流露一股說不盡的江南女子溫婉柔弱之氣。
陶花像對小孩子一樣問她：「你多大了？」
她冷冷瞟了陶花一眼，高傲地揚起頭顱不說話。
陶花不悅，卻也沒跟她計較。
趙恆岳正好得空朝這邊覷了一眼，走過來質問吳越宮中僕從：「這是何人？」

僕從一齊跪地，「此位是靖玉公主。」

那靖玉公主見吳越僕從竟然對周王跪拜，且毫不猶豫地答話，立刻斷喝一聲：「狗奴才！『十四萬人齊解甲，寧無一個是男兒！』」此言一出，大殿上的吳越大臣們個個慚愧不已，紛紛低頭，有些則開始跟同伴低聲說，寧死也不該失了氣節。

趙恆岳瞧見，本甚不悅的眼神更加暗沉，臉上卻帶了一絲輕笑。他走到靖玉身邊去，近到了無禮的距離，笑著問她：「你既是靖玉公主，竟不認識本王嗎？」

靖玉冷冰冰覷他一眼，見其服色和眾人態度顯已知道對方身分，於是輕蔑哼了一聲，「弒父篡位的禽獸，本公主怎會認識？」

趙恆岳不怒反笑，伸手抬起她下巴。靖玉甩頭想要避開，他猛地用力鉗住，她痛得咬住嘴唇，仍是忍著沒出聲。他點點頭，連說了兩聲「好」。

這時忽然有幾個吳越大臣出列噗咚跪地，朗聲道：「大王，靖玉公主與大王有婚姻之約，望請大王以禮相待。」

趙恆岳側頭瞟了一眼那幾個說話的人，微笑著緩緩問道：「你們既知她與本王締有婚姻之約，便應知曉以假亂眞之事，是不是？」

那幾人叩頭作響，「有所耳聞，但此事與公主無干。」

他繼續微笑，「不錯，與她無干，只是與她的情人謝懷暢有關。」話音甫落，趙恆岳頓覺到靖玉在自己手中抖顫了一下。

那幾名吳越大臣急忙大力叩頭，「大王切莫誤信流言，公主是貞德女子。」

他微笑著撤手放開靖玉，「她貞與不貞，憑你等之言能作數嗎？」

那幾人一時頓住，不知如何應答。

趙恆岳笑得嘴角彎上去，側頭朝旁邊的隨從招招手，輕聲吐語：「帶到內殿去。」

靖玉猛然覺察到危險，待隨從近身時，忽地自懷中扯出一把匕首抵在胸前。她咬牙切齒看著眾人說：「誰敢近前，本公主立刻自盡！」

那幾個隨從遂停了步伐，回頭探看趙恆岳。他盯視靖玉，徐徐點了點頭，依仍帶著笑容說：「若非我大周王后已有人選，你倒眞能擔得起這位子。」

陶花正負氣中，當即接了一句：「沒事，王后位子還空……」她猶未說完，已見趙恆岳投注過來，笑容之下目光裡全是厲色，硬生生把她後半句話逼吞回去。

他又壓低聲音向靖玉說：「你該知道，謝懷暢現在本王手中。你今日死於此處，他明日便凌遲街頭。」這幾句話只有近旁幾人能聽清，別側的吳越眾臣都聽不到，說罷他施施然退了開去。

侍從接著便近身把靖玉帶往內殿，她手中那把匕首輕飄飄跌落下去，正跌到旁人鞋子上，連一聲響都沒發出。

侍從返回後，趙恆岳浮佻一笑，閒步往內殿走去。

吳越大臣們帶些懼意盯看著他一舉一動，那幾個出列的互望一眼，終是無人敢多言。

陶花看著他自身側走過，聽他冷冷對自己拋了句「這也是人之常情吧」。她還怔怔咀嚼他這句話時，猛聽得內殿裡傳出靖玉掙扎撲跌的聲音。靖玉似是不願出聲，只聽見她牙齒咬得格格作響，與齒縫間漏出的半聲呻吟，隔著道牆壁尙聽得清清楚楚。

陶花正猶豫著該不該或者能不能進去解救，猛又聽得靖玉痛徹骨髓大叫一聲。她被驚得一個激靈，若是旁人叫出這一聲來，她未必如此當真，卻偏偏是那個咬破嘴唇都不肯在敵人跟前呼痛的靖玉。大殿內眾人想法雷同，全是微微一抖，尤其那批吳越大臣，有人雙腿都漸漸發顫起來。

陶花後退兩步，竟險些站立不穩。

背後的侍從趕緊過來扶住陶花，見她神色極差，急匆匆四處去找水找食物。這邊剛忙餵了兩口水給陶花，那邊趙恆岳自內殿走出，還毫不忌諱地邊繫著衣帶。他並未看向陶花這邊，只冷冷吩咐近前幾個侍衛：「今夜送出城，先送左衛上將軍帳中去，依官階下傳，至死方休。」

那群侍衛中較機靈者不失時機回稟一句：「巡邏的哨兵通報說，秦將軍今夜留宿宮中。」

趙恆岳點點頭，「那便再往下傳，須讓眾人都認得，此爲吳越公主。」眾侍衛領命聲中，他逕直走到大殿一側的吳越大臣跟前，對著那群人緩聲說道：「本王與靖玉公主曾有婚約，她若嫁到吾國，將來一統天下之時必是大周皇后。只可惜她看輕了我周國。你們若同她一般缺見識，將來自也會有今日。」說著他看了看方才出列的幾個大臣，「你等說得不錯，這靖玉公主果仍是貞潔之身，如若不然，你們幾個此時已經丟了腦袋。」說完這句，他聽到大殿另一側有侍從低聲呼喚。

趙恆岳回轉頭來，驀然看見陶花臉上一絲血色也無，被兩旁眾人攙扶著才勉強站立。他一下僵住，再顧不得這邊，疾步奔過去扶住她，「阿陶，你怎麼了？快傳軍醫！你先坐下，哪裡不舒服？」

陶花扶著他的手，緩緩坐入椅中。

他又一把拉起了她，「你怎麼雙手冰涼？你到底怎麼了？」

陶花仍是不語，趙恆岳復把她放入椅中，當著所有人之面半跪在她身側，不斷輕聲低喃：「我錯了，你別生氣，都是我的錯。」他又附到她耳邊低語，「這是爲了國事，阿陶你別生氣，以後再不會了，再不跟你吵架，再不做這種事。你放心，她就算明媒正娶嫁過來，我也不會要她，我只要你。」

他話音甫落，方才進去的侍衛已把靖玉帶出。他們將她裹在一張毯子當中，兩人抬著向外走。路過趙恆岳身邊時，靖玉忽地猛一用力從毯子中滾落下來。

陶花嚇了一跳，雖然呆呆的，倒還懂得向後扯一把趙恆岳，脫開靖玉的攻擊範圍。

靖玉卻無傷害他們的意圖，相反的，她伏地叩求大王開恩。她在內殿清楚聽見了自己的命運安排，知道她將面臨什麼。她雖然硬氣，卻並不糊塗；她不是怕死，只不想這樣屈辱地死去；更何況她尚有心愛的人在敵人手上，她死了，他再無半分依靠。

她衣衫不整伏於地上，哀哀哭求著趙恆岳，說願意一生一世服侍他，望他念在婚約的分上饒恕她。趙恆岳不耐煩地揮手，侍從們上前制伏靖玉。這時陶花在旁一扯趙恆岳的袖子，他急忙側頭，附耳過來。

「你剛剛跟她好過了，是不是？」

他張口結舌，「那……那不算……」

「你得娶了她。」

他皺眉，「我只娶你一個。」

「我許你娶兩個，反正這後半輩子你得照顧她。」

他心裡暗嘆「荒謬」，明知這敵國公主是個累贅，此時卻也不敢違背，只輕聲答道：「咱們的家事都由你安排。」說著讓人把靖玉帶下去。

軍醫接著趕到，問了問經過，又把了把脈搏，對趙恆岳說長公主是受到驚嚇委屈，阻住了經脈，並無大礙，只需放鬆歇息。他長舒一口氣，環視殿內眾多人等，即使遣退亦要退個大半天，索性叫過侍衛來交代了幾句後，伸手橫抱起陶花離去。

一路走到宮外，陶花已能走動，便掙下地來。宮門口有便衣侍衛備妥馬車，趙恆岳拉起她的手上了馬車，也不告訴她去往何處，一路上淨跟她講些江南趣致。

馬車停下時，陶花自簾縫中望出去，微微吃驚，只見一條波光如鏡的河流橫在面前，兩岸燈火閃閃爍爍，讓人疑想是置身仙境。

她側頭問他：「這是哪裡？」

他輕笑，「跟你提過的秦淮風光，便是這裡了。原本安排明晚，沒想到今天你這麼生氣，乾脆現下過來。」

第三十七章 船戲

夜色中的秦淮河如夢似幻，波光掩映。

水波上蕩來幾艘小舟，有豔妝婦人探出船來招呼客人，也有素淨女子半挑起門簾，坐在內裡張望。每艘船上都掛著盞紅燈籠，一接到客人，艄公就把燈籠摘下，而後在岸邊撐篙蕩開去，隨著那水流去往夢幻深處。

自有船隻過來招呼這一行人，看見中間竟站著個女子，傳來幾簇低低的驚奇笑聲。侍衛們擺擺手，把這些招呼船隻都遣開去。

另有便衣侍衛撐船過來，趙恆岳拉著陶花上了中間一艘。

那侍衛低低問安，挑開船簾讓二人走入船艙。

幾艘小舟一齊離岸，又回往水波深處。

陶花坐在艙內，靠著小窗欣賞外頭一片繁華世界。那份收斂的輕狂與張揚的沉迷在槳聲燈影中漸漸散開來，隨著漣漪一圈圈散入夜色之中。

趙恆岳輕攬住她腰身，低低問聲：「喜歡嗎？」

陶花點頭，「恍若仙境。」

「咱們的婚事，我當然是高興還來不及，我等你等了這許多年，好不容易才等到。你別瞎猜疑了，傻乎乎的惹人生氣。」

她回頭，「你說得對，我是有些心思不定。雖然他待我不好，我也決定了放手，可有些時候仍難免覺得難受。」

他點頭，「我明白，你是個重情義的人，哪有那麼容易忘懷。你放心，我會幫你。」說著把她緊緊攬到胸前，柔聲問她：「告訴我，今兒個爲什麼害怕？軍醫說你不光是委屈，還有驚懼，是不是想起自己的事了？」

她搖搖頭，「我自己那件事，你天天安慰打趣，變著法的開玩笑調戲我，我早已經不當回事了。」

「那爲什麼？」

「我……」她轉頭看看他，隨即避開眼神低下頭，「我有點怕……嫁人，也怕……怕你。」她的初次是慘痛經歷，方才又親耳聽見靖玉的痛苦，她當然有點怕這回事，也有點怕他，怕自己早晚有一天要忍受靖玉忍受過的那些。

趙恆岳呆住半晌，心中好笑又自責。他把她的面孔扳回來，不再讓她看窗外景色，只閒閒問了一句聽似不相關的話：「從來沒聽你提過你的母親。」

陶花點頭，「阿媽生陶若時難產去世了，我都記不太清楚她的模樣。」

他微微嘆息，「原來如此，那，自然也沒人教過你兒女情事了。」

陶花一愣，隨即羞紅了面孔不語，又覺得尷尬，於是轉開面孔再看向窗外。

她聽見他在背後撕取衣襟的聲音，轉頭還未及發問，眼睛就被蒙上了。

他俯貼她頰側，吐氣吹到她耳邊，「本來，今晚是打算讓你在這仙境中觀賞遊歷一夜的，可現在不行了。以後再看吧，反正日子長著呢！」

她聽出了弦外之音，驚問：「怎麼？計畫有變？是出什麼事了嗎？」她以爲，必然是出了大事，他才會蒙住她的眼睛，不許她再看外頭一切。

他輕笑，「就當是出了事吧。」說著雙手緊環住她，慢慢將她往艙板上按過去。

陶花抬手摸索他的位置，「莫非有刺客？」她完全地信任他，沒飄過半絲反抗念頭。

他半伏在她身上，正色跟她說：「阿陶，你今晚一定要聽我的話，我不會動你；不然的話，你害怕之事可就躲不過了。」

「到底出了什麼事？」

他不答話，只溫柔地擁住她，不停啄吻面頰耳側。

船身輕輕晃悠著，如母親手中的搖籃，溫暖、輕柔又滿含愛意，陶花竟慢慢覺得有些睏倦，有些迷糊，有些神不守舍。

過了好一會兒，他低聲問：「你是幾歲時有了月事？」

她一下子害羞，「你問這個做甚？」

「你乖乖聽話，別讓我失控。」他的手悄悄往她頸中探去，解開領襟。

她終於覺到了危險，不是刺客，不是戰事，是他！

慌亂中她胡亂去推，他一把抓握住她的手，聲音裡帶了些對她說話時罕見的狠厲，「說過了，別胡亂掙扎讓我失控，你當我開玩笑麼！」

見她微微顫抖，他往日的溫柔聲音復又回來了，「你自己想想，我待你怎樣，傷過你沒？」

她茫然搖了搖頭，再沒反抗力氣。

他微笑著擁住她，「你不是答應了要嫁給我嗎？別怕，我會等的。」

他不動不語懷抱她好一會兒，又接著問：「到底是幾歲？」

她羞得把臉藏到他懷中去，「十四歲那年。」

他徐徐點頭，「女兒家有了月事，便是能承歡雨露，哺育後代了。」說著手臂一緊，壓住她雙臂固於自己懷中，另一隻手去探摸她衣帶。

陶花一下子緊張起來，渾身緊繃似鐵塊一般。他輕笑，「又不是第一次碰你，上回……」她連面孔都不好意思再藏在他懷中，轉開頭去，剛好被他攫住耳垂含住。

她的身軀在顫抖中瘦軟下去，漸漸放鬆。他俯頭吻住她，她轉開躲閃時，他厲聲喝住她：「阿陶，這是我最後一次勸你聽話，過會兒會怎麼樣，連我自己都不曉得了。」

她果然不敢再動，他深深吻住她，一手抱緊她身軀，一手在她衣內摸索。

陶花開始發抖，喉間有呻吟聲不受控制地在兩人舌尖滾動。他抬起頭來長吸一口氣，定了定心神，而後低頭靜靜看著她，好在她雙眼是蒙住的，看不見他此刻快要瘋狂的樣子。

他俯到她耳邊去，「再放鬆些。」

她已然有些迷亂，聽話地做了，緊接著卻發出一聲絕望呻吟，身軀扭動掙扎起來，雙臂也掙出來推拒。他以身體壓住她的掙扎，狠狠的聲音帶了沙啞，「你想換成這樣的我是不是！」

她立時頓住，只剩下大口喘息。

他重又吻住她，唇舌間兇悍強橫，手臂卻是柔和輕巧。她早已禁受不住，呻吟聲不斷，終於尖叫一聲，不顧一切伸手將他緊抱入懷。

水波在小舟一側激烈蕩漾了幾下，隨即歸於平淡。

月色溶溶，滿江春意。

過了好久，陶花才取下眼睛上蒙著的布條，側頭望望身邊的人。他看起來難受極了，轉頭到一側去，看也不看她，胸口仍是急劇起伏。

她不知道該怎麼做，想了片刻，輕輕探身貼近，伸手欲安撫他。

他一把將她推開，接著喚過外面的侍衛小船，命他們去給他找個女子過來，越快越好。

這邊陶花聽見他的吩咐一愣的工夫，他挪出船艙，俯身到船頭撩起冰冷江水沖到臉上。陶花怔怔看著這一切，只覺心裡頭混亂不堪。

侍衛的小船很快返回，放了一個女子在船頭。想是匆忙之間，那女子面貌並不算佳，倒挺懂得嬌滴滴取悅客人，說著柔柔的一口吳儂軟語往這船頭之人靠過來。他卻哪裡有跟那女子調情的閒心，一把將她推倒吻在頸側，雙手扯開她衣裙向內探過去。那女子連連叫著「公子憐惜」，口中溫軟的呻吟聲十分誇張。

陶花仍是怔怔看著，眼睛一眨也不眨，看見他雙唇貼於那女子唇上，忽然就想到剛剛的吻，再看見他的手在女子衣內貪婪獵取，心裡霎時十分不自在。

他們的動作越來越深入，有許多，陶花連想都未想到過。原來，有這許多春花秋月，是她從來都不知道的；原來，他有這許多烈焰癡狂，是她從來沒見過的。

彷彿無形中有一柄沉重鐵弓被緩緩拉開，箭慢慢放到了弦上，只消弓弦一鬆必能取人性命，而這根越來越緊的弓弦，偏偏不在她的手上。

看見他終於撕開自己的衣襟，陶花驀地站起，不知從哪裡來的一股火氣激起一股力氣，似那根緊緊扯著的弓弦乍被扯斷，她著了魔般撲過去，一把將眼前兩人推落水中。

馬車緩緩出城。

趙恆岳身上裹著兩層毯子，猶不停叫冷。他試探著問了一句：「姑姑，拿你的大紅襖把我裹進懷裡好不？我好冷。」

此時盛夏，縱使夜晚涼爽些，陶花也不可能穿啥大紅襖，他只是在打趣她，順帶提提舊事。

陶花把面孔轉開，過了好一會兒又轉回來正色跟他說：「你已經大了，我再也不能像以前那樣抱你了，你以後再別動這些念頭。」

他嘿嘿一笑，「在吳越皇宮抱著你安慰的時候怎麼不說，難道我一夜就長大了？」

陶花面孔漲得通紅，「你就是一夜長大了！」

他繼續笑著，過了一陣，又試探著問：「阿陶，你剛剛發脾氣，是吃那個靖玉公主的醋，還是那個煙花女子？你劈頭蓋臉把我罵了一頓，這兩個人可都提到了……」

陶花大怒打斷他，「一個都不是！」

他隨即明白，「哦，我知道了，是兩個！兩個人都把你給惹酸了。」

陶花哼一聲轉開頭去，再不理他。

過了好一陣，看她依舊屏氣不語，他大笑著把她攬到毯子裡來，「別惱了，剛才你就是不推我，我也不會跟她……嗯，好，你喜歡用這個詞，那咱們以後都用這個詞。我不太敢相信你眞會爲我吃醋，於是趁著情昏試了試，算是我窮孩子顯擺一回新衣裳吧。」

陶花心裡一下子寬慰了許多，在毯子中拍拍他前胸，「你哪裡有啥新衣裳，衣裳全都濕透脫掉了，你明明是個光屁股小孩。」這種玩笑話以前在兩人之間說過許多遍，今天一說出來她卻即刻臉紅了，手剛觸到他的肌膚便迅即收回，後悔不迭。

他也微微僵住片刻，倒不是為她主動觸碰自己，而是為她這羞窘懊悔的神態，他和聲輕言：「別怕，我從不會因為女人失控，以前我亦暗自想過，不知道跟你有情事的時候還能不能自律自控，今天就知道沒事。面對著我最親最愛的阿陶，我更得小心謹慎，不能傷著你，還要讓你舒服喜歡，還要……喂，你拿箭指著我做甚，我哪裡說錯了？難道你不喜歡？」

此後，陶花對他再不似從前那樣毫不設防，若有親近行為一概喝斥，若敢無禮就刀兵相見。他試過再到她帳中去居住，被她以箭指頸給逼退出來。

可是，他卻毫無半點不快，反倒覺得很是欣慰。

他伸個懶腰說：「我看，我們的婚事也差不多了，只差……」

這天，陶花在吳越皇宮中巡理軍務，忽見幾個士兵結隊拿著兵刃，摩拳擦掌狀似要與人動手。她忍不住問了他們一句，那幾個士兵互看後，領頭的上前回稟，他剛剛在皇宮內遇見一個剽悍女子，被她打傷，於是回來叫上弟兄們助陣。

陶花不免奇怪，她這幾日看慣了江南溫柔佳人，不想這吳越皇宮內竟有如此女子。她好奇跟著士兵們過去，那幾人一路上相當不自在的樣子。

陶花到了地方見過那名喚墨雨的女子才知道，原是剛剛這士兵調戲她，才被出手打傷。

將那幾個士兵訓斥一頓喝退了，陶花回頭看墨雨，清麗可人，穿著短打衣裝，一看就是練功之人。墨雨是吳越宮中的從藝宮女，專練鼓藝。陶花隨墨雨到她院落中去，看見這裡住著一隊鼓手，清一色爲女子，領頭的周大娘幹練豁達，舉手投足間都是不讓鬚眉的豪氣，讓陶花頓生好感。

陶花既知她們從藝，免不了提出觀賞的要求。不想周大娘正色說，鼓藝雖小，卻應正襟觀看，而非隨便戲耍。

對方既這麼說，陶花不好意思再不鄭重，遂特地選了個合適的日子叫上趙恆岳同去觀看。

這些巨鼓全都是橡木製成，以特殊工藝處理過的精牛皮覆在面上，四周以玄鐵扣固住。周大娘極爲鄭重，說看客須席地而坐方能聽得眞切，說罷就引陶花到中間席地而坐。

陶花也不推辭，在正中盤膝坐下，趙恆岳緊挨著坐在她身側。他一挨近她，她就有些害羞，於是又往一側挪了挪，正中的位置便空了，中間那架鼓正對著兩人之間的空隙。

周大娘看了看面前眾人，穩穩紮了個馬步，手中鼓槌高高揚起，面色嚴正。鼓槌落下之時，那一聲巨響欲穿耳膜，陶花聽見自己身邊幾聲微微驚呼，她側頭一望，是幾個不會武功的侍從。陶花久在戰陣，巨響奇聲聽得多了，自然心神不亂，他們卻是被嚇了一跳。

這時第二聲鼓也響起了，且是群鼓齊齊的一聲，不僅那幾個沒練過武功的侍從，就連陶花也覺得心神激盪，被那鼓聲帶得神思飛天。似看見面前一馬平川，她正在草原上奔馳，而父親和弟弟就在一側的馬匹上，瞬間又看見面前千軍萬馬，而她竟然全身衝過。正喜悅歡笑的時候，有人輕輕拉住她的手，接著聽見趙恆岳的聲音在她耳邊響起：「你看後面一排正中的那個女子，眼神有幾分像你，讓人喜歡。」

陶花一愣，回到現實中來，順著他指點往後面那人看去，正是她見過的墨雨姑娘。她並不是第一次見墨雨，今日竟真覺得神情有熟悉之感，那一雙眼睛精光四射，便似俯視獵物的蒼鷹一般。

忽然那雙眼睛一凜，陶花心中猛然一驚，那眼神再熟悉不過，分明是優秀箭手找到獵物後將要出擊的眼神。她練箭十數年，這種眼神看得太多了，在哈布圖那裡見過，在同門師兄弟那裡也都見過。

墨雨提起鼓槌，眼睛盯住趙恆岳，猛然間右臂下落。

在這轉瞬之間，陶花來不及多思多想，顧不得去檢驗自己的判斷是否正確，更顧不得害羞避忌，即將身軀暴起，和身向趙恆岳撲過去。

她剛撲到他面前時，瞧見他眼中驚訝之色，看見他伸手欲推開自己。他雙手推到她胸前時，她驟覺後背一陣紛紛點點的急力，每一點力道都帶來劇痛。

被那陣力道擊倒，向前撲跌，喉頭一陣腥甜湧出。她無法控制地一張口，似見一團紅霧噴出，接著聽見趙恆岳撕心裂肺大叫一聲——

「阿陶！」

她已癱軟於他胸前，他也被她撲倒在地，兩旁的侍衛焦急圍上來，在他們身側密密架起盾牌。

聽見背後有激戰的聲音，抬起頭來卻見面前之人滿臉鮮血。她迷茫了一瞬，心想自己拚命來救，怎麼他還是滿臉鮮血，於是輕聲問：「你傷到哪兒了？」出手想要探摸，卻終是無力地停在他袍襟便動彈不得。

他眼神已然有些迷亂擴散，伸手抹一把臉上鮮血，想到這全都是自她肺腑中噴出，頓覺痛不欲生。他伸出手來似想抱她卻又怕會讓她更難過，頓了一頓之後，竟一咬牙起身欲衝向施害者。

陶花的聲音越來越輕，卻還是喝住他，「你衝去做甚？」

他側頭，聲音在這刀槍箭雨中映襯得十分平靜，「上京郊外我跟你說過什麼？燕子河邊我跟你說過什麼？一隻燕子被捉了，另一隻也不會逃！十一歲時我就跟你說過了，咱們患難與共、生死相依！」說著就要衝出去。

陶花虛張了兩下嘴巴，再發不出聲音。她只剩下手指，緊緊攥住他的衣角。

虧他細心，她手指的力氣雖扯不住他，他卻看見了，俯身到她唇邊。

她勉強張了張嘴巴，用盡全力說了一聲「傻……」，隨即氣力耗盡昏暈過去。

趙恆岳此時才看見她雙臂上數支箭俱穿臂而過，鮮血汩汩流出，後背的箭枝卻未見深入，連血意都看不見。他心頭狂喜，不顧周圍全是耳目探手直去扯開她領口，見她果然穿著金絲背心，驟時喜極而泣。急喚軍醫時，復想起仍在戰中，於是起身指揮，唯此時穩重了許多，不似剛剛那般只欲求死的心情。

這一班鼓手同屬吳越皇帝舊部，拚死來此行刺，墨雨那張鼓內藏有強弩弓箭，眾人皆隨身攜了兵器。鼓聲震盪時本以為聽眾全攝了心魄，連陶花這不通樂理的都失了神，只可惜趙恆岳察見那發箭之人眼神像極陶花用箭時的模樣，竟就脫開鼓聲撩蕩而去與她閒話，將她亦自鼓聲中拖出。

第三十八章　燕子

陶花醒來時只覺周身劇痛，她睜開眼睛，看見錦帳四垂呈一片平和，帳外還有一道守夜身影。知道險境已過，她鬆了一口氣，問外面那人：「大王平安嗎？」

帷帳瞬間被拉開，外面那人幾乎要撲到她身上來，卻又怕碰疼傷口，遂只撐住雙臂在她身側，仔仔細細上下瞧了她一回。見她神色清明，果眞醒轉，他歡喜無限，輕聲答：「我平安得很。我……我早就知道，你也是一樣待我。」

她接著又問：「我傷得怎樣？能活幾天？」

她先問他安危再問自己，他只覺心都要化了，俯到她頰側去，吐氣吹著她的嘴唇，「我能活多久，你便能活多久，咱們就是那兩隻同生共死的燕子。」

她笑著照他鼻頭猛吹一口氣，「還哄我呢，你的靖玉派人來行刺了，你才又想起我。」

他苦笑，卻不再似往日發怒與她爭辯，只是笑著說：「隨便你怎麼編派我，反正，咱們的婚事已經昭告天下了。」

她冷哼一聲，「你有沒有說，是我不顧性命救你，才令你感動得要娶我啊？」她本是開玩笑嘲諷他，沒想到他面色頓顯尷尬。陶花大怒，「你……你眞的……」

他笑著解釋：「咱們這是在吳越國，你又非要讓我娶那個黃毛丫頭，我只好順水推舟，說你捨命救護大王，本王不得不以你爲正妻，以靖玉爲側室，以慰你忠勇癡情之心。這道詔書發下去，吳越在臨安的小朝廷聽見我願意娶靖玉，竟然還送了賀禮，我看他們是打算歸降了。」

陶花奇道：「娶靖玉做側室，難道他們還歡喜嗎？明明是公主爲敵人所辱。」

「靖玉已經破璧，也沒什麼更好的歸宿，我肯收她乃是我對吳越施恩寵。」他冷峻地就事論事。

陶花啞然望著他，「那個……你跟我說，這不是什麼大事的。」

他溫柔一笑，「你我之間，當然不是什麼大事，你肯收我，是阿陶對我施寵呢。」

陶花正色點頭，「嗯，我也覺得是，反正怎樣都不是你對我施寵。」

他看著她，淺淺地笑，「阿陶，這兩個字不能這麼亂用的。」

她猜到有弦外之意，瞪著他卻不敢再多話。

他靠在她耳邊解釋：「『臨幸』、『施寵』用在我對你的時候，其實都差不多，不過我早晚也要對你『施寵』就是了。」說著低低笑出聲來。

陶花不服，「那怎麼能算是你對我『施寵』？這漢話胡說八道！」

「難道不是嗎？那天晚上……」

「你住口！」她斷喝一聲轉開話題，「要不是爲讓吳越少些兵禍，光憑你剛剛那道詔書，我就不會忍你這個大壞蛋！」

他擠眉弄眼地，「原來你是忍著我啊，我還以爲你很喜歡……」

「你還敢說！」

他面露無辜，「我說什麼了？我以爲你喜歡我的詔書呢，讓吳越少些兵禍，可不甚好？」

這次受傷動了臟腑，陶花到半月之後才能勉強坐住，先就傳審周大娘。受傷時陶花已交代過趙恆岳不能爲難這些被擒的鼓手，否則以她這般重傷景況，他還不把這些人全都撕成碎片。

周大娘見到她時冷言冷語，一副視死如歸的模樣。

陶花心裡對周大娘這班人並無惡感，於是和聲和氣問道：「吳越皇帝昏庸，爲何還要搭上性命來行刺，不如歸順周國。」

這話卻惹惱了周大娘，她對著陶花大罵：「我等冒死行刺，又不是爲了那昏庸皇帝。你既身爲周營主帥，如此縱容士兵，可覺愧爲女子？」

陶花被周大娘罵得愣住，「這，怎麼跟我扯上關係了？」

周大娘冷哼一聲，「你周軍進城之後，從上到下，無恥不堪。天下皆知吳越女子溫柔婉麗，唯我們並不該因此受你們欺辱。你且去問問，城中未嫁的及笄女子，大半葬送在你周軍手中，更不必說周王辱我靖玉公主。就連那些已爲人婦的女子，你們竟也不放過，姚妃受制於左營將軍，她雖是倡倌出身，卻也貞烈，雙手無縛雞之力，一樣刺傷了你們周國名將。你身爲元帥，竟是如此治軍的嗎？」

陶花被周大娘質問得面孔紅一陣白一陣，最後問了問身旁的趙恆岳：「可是眞的？」

趙恆岳輕聲答：「我不知道。靖玉公主的事你曉得經過，其他的，軍中事務近日皆由秦將軍打理，你受了重傷，我又太過繁忙。」

陶花輕輕咬唇，「他自己那件事呢？」

趙恆岳想了想，強壓住欲點頭稱是的想望，反倒搖頭說：「我亦不知，那幾天我都跟你在一起。」說著他回身，將林景雲喚到近側。

陶花對林景雲信任，當下細細問他。

林景雲答得分外謹慎，「屬下只知，當夜秦將軍確實留宿宮中，翌日一早才走，肩上受了傷，之後姚妃也確實隨在了左軍之中。至於到底發生了何事，屬下不好妄意猜測。」

陶花氣得微微顫抖，「還要猜麼，他一個驍勇無敵的將軍，若非情正昏時，怎會被一個柔弱女子刺傷？若非他要對人用強，人家又怎會刺他？」說著摔了一支令箭到地上去，「傳令三軍，嚴加約束，再有辱人妻女者，就地斬刑！」隨後，她又轉向林景雲，「你親自往左軍去一趟，跟秦文說明白，既已傳下軍令，將軍犯法自然與兵士同罪。」

她心底其實並不信這件事情真如傳聞中所說，她遣林景雲過去，是想從秦文口中得個解釋。

然而，林景雲傳令歸來，卻清清楚楚跟她說：「秦將軍讓我問問公主，若是兩情相悅，還算不算違了公主的軍令？」

此時眾人盡皆退去，只有趙恆岳和幾個近身侍衛在身邊，陶花氣得牽動傷口疼痛，趙恆岳則不禁笑出聲。他邊服侍陶花重新躺下，邊回答林景雲：「跟秦將軍回報說，縱未違令，氣壞了公主卻是罪加一等。」

陶花心中怒氣正無處發洩，側頭橫他一眼。

堂堂大王立刻賠笑，「你不用看我，我可沒收這個姚妃。」

陶花在建康城原地休養，中軍留守建康，左右兩軍則分兩路攻取吳越殘部。趙恆岳陪陶花留在建康，既未隨軍也未回汴梁，後來國中文書乾脆直接遞往建康，而不由汴京鄭丞相轉交。

前線不時有捷報傳回，大都是攻城掠地、敵方投降。然等到來年夏天，情形卻不怎麼好了。左軍攻吳越邊境的永嘉城，久攻不下，右軍前去支援，兩軍相加竟還是拿不下永嘉。朝中軍中漸起怨言，更有人提起當日建康城治軍不嚴的舊事，也有人於奏摺中直諫左軍將領沉迷女色。這些摺子，趙恆岳一張張找人念給陶花這三軍總帥聽，初時她只甩手擲開，到了後來，永嘉之役毫無進展，往來信使又從不多言，永遠都是一切安好，她不免著急起來，說的話也開始重了。

趙恆岳剛開始是不說話的，朝中來抱怨的書信奏摺他全都看了，卻從沒往永嘉前線說過一句。到後來看見陶花開始責怪，他也就偶爾催催前線軍事。然而，他催促的話語必是經過深思熟慮，聽在朝中軍中和信使耳中，跟陶花那發脾氣似的催促話語分量大不相同。

他催到第二次的時候，秦梧親自從永嘉赴建康見駕。

陶花接出城去，秦梧一見到陶花就跪行大禮，再不似往日姐妹相稱。陶花當然不等她跪落便扶起，她卻依是冷淡得連話也不肯多說。

趙恆岳為秦梧擺酒接風，言談歡笑，筵席上半句不提軍事政事。陶花和秦梧兩人被他這態度惹得急躁，秦梧幾番想出言解釋，都被他壓住了話頭。到最後是陶花忍不住出聲，問了一句永嘉守將是誰。她並非真的不知道是誰，乃是想把話題轉到此處。

秦梧當即停箸，卻不向著陶花，只向趙恆岳說：「永嘉守將是吳越的鎮南將軍錢元虎，此人身經百戰、老練狡猾，當年亦是我大周武狀元出身……」

秦梧話未說完，陶花猛然將手中酒杯擲落地上。

「噹啷」一聲脆響，秦梧和趙恆岳一齊轉頭看向陶花。

陶花今日見秦梧對自己態度異常，因著姐妹情誼隱忍許久，到此時論及軍政，那是再也不能忍了。她淡淡注視著秦梧，「此次征伐吳越，我是三軍主帥，秦梧你豈會不知？你身爲周營將領，主帥向你問話，你對著旁人說什麼！」

秦梧刷地站起身來，顯然也要發作。

趙恆岳見狀急忙插話：「梧妹，你繼續說，不消理她。」

秦梧重又坐下向著兩人說話，語氣稍緩了些，卻仍是冷淡隔閡，「大王說過，吳越全境臣服之時，便是大王登基稱帝、二位大婚之刻。只是永嘉難攻，我們眞的已經盡力，並非存心拖延婚期。將士們在前方浴血苦戰，這後方不斷催逼懷疑，著實教人寒心。」

陶花面色陰沉，「大軍已破都城建康，吳越大半版圖俱劃入大周，勢如破竹、銳氣正盛時，怎會擋在一個小小永嘉？我不是要催逼前方將士，只是朝中各種傳言紛起，如此下去恐怕不利於你兄妹。」

秦梧聽她語氣穩重，乃正經討論國事軍事，她便也收起剛剛的兒女脾氣，正色答道：「永嘉郡城防牢固，依山而建，易守難攻，且是吳越名將錢元虎的家鄉所在，由他親自鎭守。吳越退下的精兵全聚集於此，錢元虎有意割據爲王，所以奮勇守城。我曾在陣前跟他交手，果眞驍勇無匹。」

陶花冷冷一笑，「錢元虎是吳越名將，難道我大周竟無將領了？你是女子，尚披甲與他對陣，秦文拜我朝上將軍，如今可是食素？」

秦梧猛然自座中站起，瞪視陶花半晌，「你……哼！我以爲你退居後宮，再也不問軍事，卻又爲何苦苦催逼哥哥？不錯，不能速下永嘉，誤了你的婚期，是我等無能，這份差，秦梧當不了了！」說著就將身上甲冑弓箭全都解下摔到地上。她氣憤之中，手勢十分粗重，衣裙險險撕裂，箭枝從囊中錯落散出，一地狼狽。

陶花不知秦梧為何發怒，茫然毫無頭緒中還不及詢問，先瞥見那些散落的箭枝中竟有一支自己的鐵箭。她忍不住問了一句：「你哪裡得來我的箭枝？」

秦梧向著她冷笑，「我哪裡得來你的箭枝，這還用得著問嗎？莫非你的箭枝贈予外人的有很多，你得問問才能知道我是哪裡得來的？」她低下頭去，「我秦家對不住你陶家，此事已然無法挽回，我兄長曾說，他便是為此賠上性命亦絕無怨言。為殺耶律德昌，他險些喪命，大丈夫戰死疆場原也沒什麼，只是，你非要將他凌遲才甘心嗎？」言畢已在抽泣。

陶花聞言更加不明所以，「家仇之事我早看開，秦將軍應該也明白，況且這……這跟眼下也沒甚關係。永嘉久攻不破，如今朝中怨聲沸騰，都以為是將領沉迷女色……」

「女色？」秦梧抬頭看住陶花，「你是裝傻，還是真不曉得？」

趙恆岳在旁冷冷一聲「秦梧」，秦梧轉頭去看他。他淡淡地說：「我知道，你們兄妹情深，但你也該知道，咱們兩人亦算兄妹。那時候你父親被文瑾瑜迷住，你的母親痛不欲生時，是我父親日夜在旁安慰妹妹。」

秦梧跪下來，「大王不必提及父母，秦梧也感念你的恩情。可是，是非曲直不能因此而顛倒。」

陶花聽至此已覺隱隱不安，她轉向趙恆岳，聲音嚴厲，「你到底做了什麼？」

趙恆岳迎著她的目光，緩緩答言：「我知道你有一件事決心放下，只是難受到無法踏出一步，我想幫你快點解脫。」

陶花頓時驚懼，想起他弒父殺弟的手段，想起鄭丞相說他本性其實暴烈。她呆住半晌，越想越害怕，狠力把手中酒杯擲到他身上去，「你把秦文怎麼了！」說完就覺到胸口難受，喉間有一股血意衝上，要勉力控制才不致噴出。

他望著她，不答話，眼神中一縷淡淡哀傷。

她卻是越發失措，心底的恐懼讓她全然亂了方寸，指著他厲聲喝道：「你要是敢動他……我……我……」

「我把他殺了，你想怎麼樣？」他忽然縱聲笑起來。

她被他的無賴態度折磨得沒有對策，又怕他真的動這個念頭，只能拚死而諫：「你敢殺他，我就敢陪著死！」

他聽見這話，帶一絲慘笑點頭，「是，他才是你的那隻燕子。」說完便疾步走了出去。

陶花知道自己匆忙出口的話語太傷人，想要追出，卻不能把秦梧獨自一人晾在這裡。她也想知道秦文到底怎樣了，只好怔怔地重又坐下，對秦梧說：「你有話但講無妨。我只聽說，你哥哥跟吳越王寵妃姚碧君交好，此後便是永嘉久攻不下。」

秦梧苦苦一笑，「姚碧君？不錯，當日我哥哥進建康城前，大王密傳他，交代了三件事：第一件，是掌住吳越虎符；第二件，是封住府庫軍需；第三件，就是將這吳越姚妃帶回給大王。」

陶花微微皺眉，「此事大王不曾告訴我。」

「我哥哥進城之後一一照辦，到了姚妃住處，他怕有不便，特地帶上我同去。見到那姚妃時，果是美豔動人，我們帶去的兵士都看得癡了。哥哥以禮相待，請她前去拜見大王，她不允，在眾人面前竟對哥哥直訴相思。哥哥不理她，命人綁了帶走，那些兵士你推我阻，都不忍下手。後來我親自上前綁人，誰知她撥動吳宮機關，將我們三人陷於密室之中，而後竟拔我佩刀，說寧可一死。哥哥怕傷了她性命就苦苦相勸，結果這姚妃說，既然相思不可得，唯願與哥哥對飲三杯，便可聽憑處置。我哥哥當眞信了她，自她手中接下三杯酒……」

陶花哎呀一聲，「兩軍交戰，敵人之酒怎能喝得？」

秦梧流下淚來，「不錯，他只是心急，想快些把姚妃獻給大王。他說，聽大王口氣似乎有意此女，若是大王眞喜歡她，那……那或許就會放了你。哥哥說他以往對你不夠好，才令你不得已而從了大王，他說一旦大王有了位寵妃，你自然明白過來，他也便有機會重新對你好。」

陶花嘆口氣，「這酒可是有毒？」

「不是毒藥，卻是……卻是比毒藥更糟。」秦梧面孔忽然發紅，不肯明說。

陶花立刻明白她所指，輕輕點頭，「所以，那天晚上將軍在宮內留宿。」

「不是！」秦梧大叫起來，「我哥哥從始至終，待你至誠。自從七年前出使契丹歸來，他就一直把你的桃花箭帶在身邊，他只是心思沉重些，整天逼自己念著家國天下，一直不許我說罷了。那天晚上，他命我將他捆綁起來。我親見他難受得咬破了嘴唇，實在不忍心即去幫他解開繩子，誰知，繩子剛鬆開，他便自箭囊中摸出一支箭來，刺進左肩……」秦梧語聲驚恐，顯是又回到當時情境。

陶花聽得心中驟然一緊，跌坐椅中。

「就這樣，那一晚在密室中，先先後後共刺了四箭。姚妃看得心驚膽顫，最後眞心敬服了哥哥，吐說她亦受人之託，若是哥哥不嫌棄，她願以眞心來服侍哥哥。可是我哥哥說，只望她能放我們出去，然後同去見大王。我們出密室之後，來不及找軍醫包紮傷口，我只能親手拔箭替他包紮，這支箭才落在了我這裡。」

陶花拿過那支鐵箭來，怵目鑽心，「他，他現在傷好了沒？」

「呵，難得你還念著他的傷。我們出來後見過大王，大王說把姚碧君賜給他，哥哥堅不肯受。大王沒辦法，只說姚妃已無去處，就把她先放在了左軍之中。那幾天，哥哥每日都在沉思，怎樣想個好辦法能讓你出來，隨他前去收服吳越殘軍。正值此時，忽然傳出消息，說大王遇刺，你捨命救護受了重傷。大王當夜遍傳婚訊，說是慰你忠勇癡情之心。」

秦梧說到此，嘆了口氣後才續下去，「我哥哥傷心欲絕，倒沒生你的氣。誰知緊接著就來了你的軍令，說要約束軍紀。林景雲又往左軍去了一趟，傳的是你的令，話裡話外俱是指斥姚妃之事。那姓林的素與哥哥不和，說出來的話自然不會好聽。我哥哥當時著了惱，你胡亂疑心他，還搬出令箭來壓人。當夜他便把那姚妃召到帳中，他說，他不擔這虛名。可憐他肩傷還正重著，約束之心，歷歷在目，卻就把這女人給收了。我去勸過他，他仍負著氣，跟我說這欺辱弱女的聲名他擔不起，不如兩情相悅算了。

「從那之後，姚碧君遂一直隨軍了，我哥哥亦從不避諱，可你……可你竟然也信之不疑。我哥哥是個會沉迷女色的人嗎？那顏素素難道比姚碧君差？大王命我們收服吳越殘軍，一路南下打到永嘉，建康來的飛鴿傳書，哥哥從來都是親自拆開，不許旁人染指，可是，卻再沒聽過你的消息，我也再沒見過他的笑容。永嘉難攻，何況……何況他肩傷竟是一直不癒，已經數月有餘，左臂舉不過肩。與那錢元虎戰過數次，哥哥有傷在身，一時勝不了。你們苦苦相催，哥哥日夜憂煩，也不知是爲戰事，還是爲了……爲了……」秦梧失聲痛哭。

陶花側頭看著秦梧啼哭，竟不知勸阻，只是怔怔的。等秦梧哭停了，陶花才回過神來，立時起身要走，「我這就帶兵赴永嘉增援，等我去回過大王。」

說完之後又自己停住，她當然明白，這前前後後，趙恆岳都脫不了干係。他如此苦心經營要隔閡她與秦文兩人，如果她去問他，他焉能讓她輕易就去了永嘉？

陶花略一思忖，從門外喚進侍衛，吩咐說：「你報給大王知道，我帶公主營增援永嘉，我自東路走，取道臺州，秦將軍自西路去的，我不會與將軍會合，只是牽制敵軍兵力。你將我的話，原原本本報給大王。」說罷不顧那侍衛相勸，即帶著秦梧離去。

第三十九章 傾城

陶花心急火燎，晝夜兼程趕至永嘉，先命大軍於東側駐營，而後讓秦梧回營報給秦文知道。

秦梧奇道：「你爲何不自己去告訴他？」

陶花搖搖頭，「改日恆岳在時再相見吧。」

秦梧望著她，「陶姐姐，我哥哥待你是眞心，從一開始便是，他只是不肯說。他是我們家唯一男丁，生母老早去世，長輩們從小對他嚴厲，他總習於壓抑自己。你不理他，他就大病了一場，卻並未跟你訴苦。我是他的妹妹，親眼看著他如何對你，他是眞的喜歡你。」

陶花輕嘆了口氣，沒答話。

當夜陶花在營內休息，到夜半時忽有軍士通報，說永嘉有大隊士兵出城。陶花立刻起身，猜想是錢元虎趁他們立足未穩，急求一戰，不由暗自責怪自己路上太過焦急，士兵此時必然疲憊不堪。

陶花披甲上馬，見自己所帶兵士果然都有風塵之色，可是也別無退路，唯能一戰。列隊至營前時，錢元虎已經到了，遠遠看見陶花便拱手道：「聽聞周國軍中，以公主美色爲最，若能收歸我錢氏營中，當以禮待之。」

陶花最嫌厭別人在戰場上讚她美色，當即冷冷傲然道：「本公主亦曾耳聞吳越佳麗，以姚妃爲先，不知如今在我周營可安好？」

錢元虎聞言大笑，毫不見怒色，「姚妃如今新寡，恐怕不如公主得意。」

陶花奇道：「我們對吳越王禮遇有加，何來新寡之說？」

錢元虎也奇道：「公主莫非不知，姚妃已經下嫁你們秦將軍？昨日我斬秦將軍於馬下，頗覺對不住我的舊主姚妃。」

陶花聞言，只覺兩耳「嗡」的一聲，再聽不見任何聲音。她眼見周圍人等忙忙碌碌，有人過來對她大聲說話，竟都似身外之事。

好半天緩過神來，陶花從背後摘下弓箭，恨不得當場射殺錢元虎，剛一用力拉弓，乍覺喉頭腥甜，一口鮮血噴湧而出。她當日受鼓箭勁力所傷，雖然外傷已癒，卻是落下了這個氣血翻湧時會吐血的毛病。這口血自建康忍到永嘉，此時再憋忍不住了。

鮮血落在火雲追身上，牠立時受驚一跳，陶花險些落馬，急急雙手去抓轡繩，鐵弓噹啷落地。

錢元虎早一馬當先衝了過來，其後的吳越士兵殺聲震天。陶花急命強弩兵放箭，自己不及拾弓，從一旁侍衛身上摘下鐵弓，狠狠三箭朝錢元虎連發射去。三箭原各有位置，陶花恨得牙癢，三箭全往咽喉而去。錢元虎絲毫不亂，一手長刀一擋，一手揮臂一撥，第三箭來時不及躲閃，只把身子偏了偏，箭尖擦身而過。陶花發箭時心亂，這一箭準頭已不甚好，高了些，擦著他嘴邊過去，留下一道血痕。他絲毫不驚，反倒轉頭衝陶花邪佞一笑。

陶花被激得恨怒滿胸，失了常態，立時抽下佩刀，急催火雲追向前。身旁侍衛連忙趕上來，叫著「公主退後」。

陶花氣道：「此時退後，何時向前？此人斬殺秦將軍，是我周國的大仇人，仇人當前，要我退後？

就是耶律德昌在陣時，我也未曾退過！」說罷一夾戰馬，不顧眾人而去。

侍衛們見此情景，只能跟上保護，卻怎趕得上火雲追？到陶花與錢元虎越行越近時，強弩兵亦不再敢放箭，怕傷及公主。陶花見弩箭驟停，敵營士兵衝得越來越快，錢元虎看著她微微而笑時，立知失策。想要回馬已然不及，錢元虎如一頭下山猛獸衝將過來。

陶花慌中不亂，知道自己近身兵刃必非他的對手，急從懷中取出木盒弩箭，待錢元虎近前時按機括發出，弩箭全中他左胸，穿過鐵甲牢牢釘在身上，迅即在鐵甲縫隙殷出一片血紅。錢元虎大吼一聲，馬下卻絲毫未停，左手長刀架住陶花手中短刀，右手一橫扯住她腰間把人生生擒過馬來。陶花瞧他中弩後竟連步子都沒停，不由驚得有些呆了，連「推雲手」都不及使出，被按在馬上仍是抬頭看了他一眼。

錢元虎低頭驕橫一笑，「公主，比你家秦將軍何如？」

陶花怒極，在馬上想要掙扎，錢元虎左手按住她身軀，右手橫刀掃過奔來相救的侍衛，霎時哀號聲四起。周營死士自是源源不斷擁上營救公主，錢元虎被眾人圍住卻氣勢泰然、大開大闔，刀刀傷敵，單手竟能自如應付圍兵。等吳越營中的兵士跟上來時，他哈哈一笑，圈馬回去，把胸口弩箭拔下，接過部將遞上的白布當胸一纏，連呼痛也不曾。陶花在馬背上聽見他命人鳴金收兵。旁邊的副將問他：「此時正氣勢如虹，爲何收兵？」他答：「城中空虛，必須回防，此行是爲俘此女，已經得到。」

他把陶花手臂綁了，提起抱坐於馬鞍之上，共騎而行。陶花轉頭大罵「無恥之徒」，他冷笑一聲，「我是聽說公主剽悍，怕你跑了，你若眞逼我無恥，亦未嘗不可。」陶花恨不得引刀自盡，卻苦於動彈不得。

不一刻回到永嘉城下，先頭部隊叫開了城門，魚貫而入。錢元虎站在城下，忽大叫一聲「且慢」，部隊停住。他在城下仰望城頭，戰馬往來數趟，突用本地土音向城上高叫：「陸將軍何在？」

片刻，城頭上一人跟著用土音回道：「陸將軍去巡防了，是屬下高德在此。」

錢元虎大吼一聲：「有詐！快退！」說著縱馬向後。

吳越士兵尚不明白是怎麼回事，城頭上箭枝已如雨點落下，城門立時關閉，進了城的士兵再沒一個出來。

副將們擁著錢元虎退出箭距之外，方才停住。

錢元虎回望城頭，對左右副將道：「我命陸將軍守於此處城樓，城在人在，不可擅動，既答不在，必是城樓已失。」

副將奇道：「何人可在頃刻間得城？」

錢元虎長嘆一聲，「大隊人馬出城偷襲，城中戍防空虛，我為保住城樓，減弱了海上防禦。原以為他們是北方兵士，不慣水戰……」

話音未落，一個哨探高聲來報：「將軍，屬下探明，城池已為周軍所獲。將軍走後不久，海上來了幾艘大船，搖櫓之人俱著商人服色，說本地土音，曹將軍遂不攔阻。停船之後，豈知艙內盡是周營士兵，海防空虛，當即城破。」

錢元虎一勒戰馬，後退幾步。陶花頓覺一陣腥氣，轉頭一看，他一口鮮血吐在自己肩上，連帶剛剛的傷口也迸開，噴出血來。

兩旁副將一齊來勸，錢元虎連嘆數聲：「好……好……好一個呂子明白衣渡江！守海上的是曹將軍，周軍從未由海上攻擊，他也就從未與周軍交戰過，竟如此大意！」

陶花聞言，不由心下大讚，正高興間，錢元虎一把抓住她脖頸，「如今之計，我只有靠這個女娃娃來奪回永嘉！」

陶花「呸」地一口吐到他臉上，「你休想！」

錢元虎提住陶花，只帶了幾名近身副將，又縱馬回到城下。城中先放了幾箭下來，錢元虎冷笑抬頭喝道：「哪裡的箭兵如此無禮？敢在魯班門前耍大斧。」

此言一出，城上立時有聲音喝止了箭兵，陶花仰頭望去，但見城上旗幟已換，火把通明，照著周營將旗獵獵飛舞。她雖不識字，卻認得那是秦文的旗幟。

陶花正覺奇怪，接著看見一人白衣素甲，臉色淡然站上城頭。火光明明滅滅，夜月照著他一身孤寂。

陶花一見他身影便驚喜異常，問道：「秦文，是你嗎？你……你沒死？」

白衣將領卻不答她話，讓陶花剛剛的驚喜又存疑問。

錢元虎哈哈大笑，向城頭喊道：「秦將軍，這女娃娃你認得不？你要是不認得，我猜她要傷心了。我今夜偷襲公主營，見這女娃娃模樣不差，就跟她說：『你不如給我做夫人，你們秦將軍已經被我殺死了。』結果這女娃娃像失心瘋了似的，在戰場上連鐵弓都拿不穩跌落地上，還在兩軍陣前吐了一口血，全吐在她那汗血寶馬之上。我聽說這匹馬是你送給她的，你且去看看馬背，興許還有她這心尖之血。我錢元虎勇冠三軍，豈是虛名？她連鐵弓都落了，尚要以卵擊石，妄想跟我拚個同歸於盡。你看我身上的白布，全是拜她所賜。錢元虎也不是無情之人，萬般無奈，只好擒了她來看看你，免得她相思成狂，哈哈……」錢元虎縱聲大笑，陶花連面孔到脖頸完全紅透，沒想到今日之事，說出來竟能成爲這般。

然而，城頭之上卻毫無動靜。秦文冷冷看著城下，聽完錢元虎的話，竟是一言不發，連神情都沒有變過。

錢元虎沉默一陣，嘴角微揚，對陶花大聲說道：「公主殿下，你思念秦將軍，我帶你來看過他了。你看他既如此無情，罔顧你生死，你不如跟我這有情有義的錢元虎回去，如何？」說罷他一收臂膀，將陶花緊緊抱於懷中。

陶花正要大罵，聽見秦文在城上緩緩開口，「錢將軍，你莫非不知她早已不是公主？她即將成為我大周王后。我本當勉力護衛王后，只是戰場之上，許多事難以兩全。三年之前，她確曾是我心愛之人，今時不同，我已有碧君而她亦有所屬，恐怕讓錢將軍失望了。我勸你暫且收好了她，找我們大王談和去吧！」

此言一出，連陶花都在懷疑，秦梧說他想念自己的話到底是真是假。

錢元虎焦躁地退了兩步，喝道：「你今日若不救她，她恐怕沒命見你們大王。」他自然不願長途跋涉帶陶花去見周王，誰知這中間會有何變故。他已經失去永嘉，一旦發生變故，連個歸處也沒有。

錢元虎到底是老將，片刻之後即冷靜下來，沉思一陣，笑道：「秦將軍是在跟我說笑，若真如你所言，那我也不消見周王了，得此美眷，我不如娶做自己娘子，然後卸甲歸田，享後半生豔福去。」說罷他扳過陶花，讓她面朝自己，嘖嘖讚歎道：「果然是人面桃花，讓老夫情難自已，不知這美人秦將軍享用過沒有？若是沒有，老夫今日可以讓你大開眼界，若是有過，哈哈，你傳些御兵之道給我如何。」說著他環住陶花纖腰用力一捏，陶花咬緊牙關沒發出半絲聲音，「就怕她這小身子，受不起老夫我的……」

話音未落，一支白羽箭夾著勁風飛至，錢元虎急忙提馬，戰馬向前一躍，箭枝擦過馬上之人落在馬背上，一箭沒翎。那戰馬噓溜溜一聲長嘶，眼看要受痛失控，錢元虎應變迅速，手起刀落立斬馬頭，遂和陶花齊跌落地上。

陶花濺一身馬血，欲藉此機會逃脫，豈料寸步難移——錢元虎身經百戰，落地之時尚且緊緊箍抱住她，兩旁的副將也已飛快圍將過來。陶花只賺得了個襲擊的機會——她的手臂被牢牢綁住，只有在落地的瞬間是朝著後方的，這一個小機會她也不肯錯過，當即甩出袖箭。

匆忙間無法拿捏準頭，袖箭中了錢元虎的左臂。他狂吼一聲，喝問陶花：「你身上還有多少暗器？是否要老夫親自點一點？」說罷踏上前去，一腳踩住陶花後背，一手拔出自己左臂的箭頭。鮮血噴出時，他俯身在陶花身上一扯，「嘶啦」一聲一塊長布條被撕下來，他立刻以布條裹住傷口。包紮完畢，他又俯下身去撕開陶花的袖子，取出袖箭。

南方氣候溫暖，陶花穿得單薄，衣衫被撕去，裡頭即是褻衣。她是二度落於敵人手中，頭一回遭遇猶如在昨日，此刻雖然強撐，心底卻不免驚懼起來。

這時，終聽得城上一聲斷喝：「住手！」

錢元虎仰頭而笑，「此刻住手，是不是晚了，老夫已經情動。」

秦文在城上一字字言道：「永嘉城，還給你，陶花，還給我。你再敢碰她一指，我今日血洗永嘉，不留一人一畜！」

錢元虎哈哈大笑，「秦文，我首戰時就跟你說過『薑還是我老的辣』，請你即刻帶兵出城，這位公主殿下麼，放心，我給你剝光了送到床頭，然後咱們休戰三日，只怕你明早連提槍的力氣都沒有。」

哈哈……」

秦文冷冷打斷他的笑聲，「我說過，不許你再碰她一指。」

錢元虎收住笑聲，正色問左右副將：「營中有女人沒，叫兩個過來把她剝光，免得再發啥暗箭傷人，要是逃跑了，咱們可就什麼都沒了。」

陶花仰起頭來，「永嘉如此難攻，請將軍三思。」

秦文不答，只自城上扔下一團白色物事，落到地下才看見是一件白裘。錢元虎當然明白，拿起來遠遠扔到陶花身上，果眞再沒碰一根指頭。

陶花仍是不服，仰望城頭含淚道：「將軍，我身軀卑賤，不可因我失卻重鎭。若眞受害，陶花不過一死……」說著竟四處尋望，分明有自盡護城之意。

秦文頓顯焦急，怒喝道：「你胡說什麼！」

陶花仰頭望他，一臉不甘。秦文嘆口氣，迎視著她的目光緩緩言道：「天下之大，可以有千百個永嘉，四海之內，卻再無第二個陶花，若能再找出一個你來，我又何至於今日？你曾問我，家國天下重要還是陶花重要，我早說過，空口無憑，總有一天你自然明白。」

錢元虎側過頭看他們一眼，拋下一句：「還眞是多情！」

第四十章　傷心

周兵列隊離城。錢元虎坐於馬上，冷冷看著對面的秦文，他手下並無女兵，最後是到城內找了兩個隨營的家眷，此刻那兩人正抱住陶花。她們果真脫了她的衣衫，只用白裘包裹，又餵了些軟骨散，以保萬無一失，那是萬萬不可能自行逃跑了。

等到周兵盡出，秦文向錢元虎微一點頭，錢元虎便派一隊士兵進城查看。過了半晌那些士兵出來，表示無甚異況，錢元虎便示意那兩個女眷送陶花過去。

女眷走到中間即停下，不肯再前行。

秦文側頭，命秦梧過去接陶花。秦梧睨他一眼，顯然是在說你該自己去。連錢元虎都忍不住勸道：「秦將軍，你們二人之事我也聽說了，是周王強娶你的未婚妻。此刻周王不在，她又未著寸縷，你不待這天高皇帝遠時動手，更待何時？」

秦文冷冷無語。

秦梧只好上前去，她走到那兩個女眷跟前，俯身抱起陶花橫於馬上，圈回馬正要起步。

陶花一直眼望敵陣提防，此時赫然看見三支長箭成一排朝秦梧後心而來。陶花大驚，急忙喝道：「下馬！」

秦梧聞言立刻滾鞍落馬，連陶花一起摔落。

甫落地，錢元虎乍抵跟前，伸手一撈將陶花提至馬上，低笑道：「美人兒，這麼快又見面了。」

話音未停，秦文的鐵槍已到錢元虎胸前，秦梧雖在地上，長鞭亦即揮甩上去。

錢元虎突受兩人攻擊，防守有些凌亂。他本來以爲會是秦文來接，打算在此與之交手，卻不料來的人是秦梧。他和秦文俱密切注視戰局，所以應變迅速，兩人幾乎同時趕到，而其他副將顯然慢了一拍。此時兩邊倒都有人紛紛擁上，卻幫不到錢元虎了。

陶花看見錢元虎略現慌亂，兼顧不到馬上俘虜，當下毫不猶豫伸出一隻手臂慢慢抽取他的佩刀，往腰側砍去。她吃了軟骨散失卻力氣，行動只能極其緩慢。

錢元虎長刀架住秦文的雙槍，一側身躲過秦梧的長鞭，勉強算是應付過去，卻驟見利刃已近了自己腰側。萬般無奈之下，只能刀背一掃陶花，將她掃下馬去。秦文即刻縱躍下馬，將陶花接在懷裡，未捨得她落地。

秦梧大呼小叫起來，「哥哥你不能走啊，我一個人打不過他。」話音未落之際屢屢遇險。

秦文重新上馬，不放心也不及放下陶花，遂將她抱坐於馬鞍上，單手迎敵。

錢元虎同時迎戰兩人，已漸不支，帶隊往城內退去。秦文一縱戰馬，搶先奔入城門，亂軍之中有好幾員周將飛奔而進，城門才緩緩闔上。

攻城之戰重又開始，城內亦殺得血流成河，錢元虎進城後立即上城樓指揮，只由副將對付秦文。

一時間城內城外都混亂不堪，陶花擔心進來的周兵少，如此下去非長久之計，不斷地在秦文懷中左顧右盼。秦文皺了眉頭，柔聲低勸：「別動了，你還想我左肩再刺一箭不成。」

她一陣臉紅，又知此事在戰中關係重大，不禁輕聲問他：「傷口怎樣了？」

「聽說你來，早好了大半。此刻，又恨不得全都裂開。」說完之後，他縱馬突圍而出至城樓一側，這座城樓是雙城，兩道城門之間有巨大空隙，由木板覆蓋。秦文引弓射向固定木板的繩索，卻因爲繩索在上方，他的左臂不能舉起，總失卻準頭。

陶花一笑，伸出一隻手臂，「我幫你掌住準頭？」

於是，秦文以一手掌住弓身，一手拉弦，陶花以右手搭上箭，喝一聲「放」。

一箭射出，繩索鉎斷，木板嘩啦啦落下，塵土飛揚。在那木板之後，赫見周國精兵，殺聲震天而出，往城頭襲去。

陶花無限驚喜，「今晚咱們定可一戰奪下永嘉。」

秦文見戰局已定，便策馬到城中小巷之內。他與陶花兩人都是奔波一夜，傷痕累累。若在往常，他自是繼續戰下去，唯眼下卻怕陶花受不了，想覓個地方休息。

永嘉城浴於戰火，城內百姓大多逃出，隨處盡是空房。

街邊某處民居內，陶花正靠於榻側，輕輕喘息。窗外火光隱現，殺聲震天，映得屋內時明時暗，引人心境跟著時起時浮。白裘滑落半邊，頸側鎖骨隨她喘息若隱若現，在黑暗中閃著玉般光芒。

秦文別過頭去，「我到外面找件衣服給你。」

還未起身，聽見屋外有聲響。一個吳越士兵逃到此處，看見空屋門戶大開，想進屋來躲一躲。

陶花聽見聲響，下意識地去捏支袖箭，卻捏了個空，才想起自己現在渾身上下只裹一件白裘。她探出藕臂，到秦文身側去尋他的箭囊，窸窸窣窣在他腰間摸索半晌，終是拿出一支箭來捏在手上。

那逃命士兵倉皇中根本無心顧及周圍情況，屋內昏暗，他模糊看見床榻的方向，就跌跌撞撞過來。

待走近看清時，已經晚了，秦文一槍刺進他前胸。然而，這一槍遠不似往日果斷有力，那士兵沒有即刻斷氣，倒在地上仍掙扎著想要爬起。秦文卻未再接著刺出第二槍，只是坐在榻上，深深喘息幾口。

陶花看秦文情狀，以為他牽動傷處所以無力，於是一箭擲出，正中那士兵咽喉。然而陶花受軟骨散所限，失去勁力，那士兵仍是沒有斃命，掙扎著又爬出屋去，保住了性命。

秦文不由苦笑，「大周國兩位名動天下的悍將在此，竟沒能殺得了一個小小吳越士兵。」

陶花不去顧那士兵，只看住秦文，「傷這麼重？」她以為他是因肩傷才至於此。

他搖頭，緩緩說：「不是傷……」忽地一把抱起陶花，裹在她身上的白裘霎時滑落大半。

月光自窗戶斜灑，照著白裘細軟皮毛，映著肌膚冰雪晶瑩。

陶花乍時明悟，心裡頭七上八下，啞然半晌後無奈出聲：「你放開我。」

他搖頭，「我再也不會放了。」

她想要推開，而她此刻的力氣卻不足以讓他感受到推拒。她只好提醒眼下戰局，「這是亂軍之中，咱們得準備應戰。」

他不語，把白裘重新細細裹好，猛然抱起陶花，出門上馬馳去。

周軍已經破城，街頭到處可見巷戰。秦文喚過一名將領服色的周軍，凜然交代說：「傳我命令，立閉城門，今夜永嘉屠城，不留一個活物！」

陶花大驚打斷，「不可！永嘉守軍勇猛，卻與百姓無涉，你怎能如此行事？」

秦文覷她一眼，「我對錢元虎說過，只要他敢再碰你一指，我就屠城，難道你要我言而無信？」

他對陶花說話時語調極盡溫柔，然這話聽在陶花耳中卻是森寒無比。她大力搖頭，「不可……」

兩人正爭執間，話語未盡時，忽聽城外隱隱穿來山呼「大王」之聲。陶花頓時面露喜色，「恆岳到了，他準是帶著大隊隨我來的。」

秦文不答話，策馬到了城門口，但見城門大開，周營士兵源源不斷湧入，許多是中軍服色。秦文逆流而出，三軍士兵無一人不認得他，全都規避讓路，偶有人認出他馬上橫抱著的是陶花，又如何敢出聲多惹事端。

出城二十餘里，漸漸空曠無人，他到一株榕樹前停下。

榕樹在南疆才有生長，永嘉之地是吳越國最南之處，才不過初可見而已。這株榕樹碩大無比，四面垂下的枝條又扎入土中生根，猶如一頂天然帳篷。

他下馬走入枝蔓之中，輕輕把陶花放在樹下，白裘展開，再無遮掩。先前若隱若現時，他只覺她的肌膚光芒四射，照得他心神蕩漾，如今完全展開，才看見她身上累累傷痕，頓時萬分心痛，反倒定下了心神。

陶花覺到他在一一查看自己周身傷處，於是一動不動任他查看，只覺他手腳越來越輕，呼吸越來越微，似乎生怕吹痛了她。良久之後，他微微嘆息，再無動作。

廝殺聲越來越遠，只有風吹榕帳的枝條抖顫聲漸顯清晰。

陶花望了一眼永嘉城的方向，「恆岳已經到了，我得去見他。」

秦文微微側頭，神色中一縷傷痛刻意避開她的目光，他柔柔喚了一聲：「陶花。」

她低低應聲。

「與你相識以來，你問過我許多句話，宮變之前總是問我還有沒有其他的話要跟你說，後來又問我家國天下和你哪邊更重要，揚州城下問我是不是嫌棄你，我從來都沒好好回答過……我總以為你能明白的……許多話，說出來不如不說，空口無憑，說了又有甚意思？

「其實，在燕子河畔初遇你時，我已是難以忘懷、每每思念，後來幽州陣前重逢，你可知我有多歡喜，二十年間的笑容怕是也無那一天多。可是，周國那時羸弱不堪，朝中亦暗流湧動，我倆身為將領，朝不保夕，又怎有心去談情？以前杜姑娘給我醫病時說我心太沉了，那當口我實是不敢回答你，也不曉自己該答什麼、又能答什麼……

「可是，陶花，你亦該想想，我若只為了功業、為了家族興衰，何必拚著自己性命非替你報仇不可？烏由一敗，契丹元氣大傷，耶律德昌的生死早已無關緊要。柳葉姑娘都沒能殺得了他，我卻拚死去刺他，若非有杜姑娘施救，怕是就此送命。我以為你是明白的……你也看見了我一直留著你十五歲時在燕子河邊射我的那支木箭，箭尖變得圓潤，乃因為日常攜於身邊撫弄，你……你都不想想是為什麼，竟仍不停追問我還有沒有話要跟你說。我能答什麼？那時是與田家聯姻才得了幽州軍的虎符，亂世之中，身不由己，我多說一句亦怕自己不能承擔，怕耽誤了你。可是，我奢望著你能明白……」

陶花愣愣看著他，「可是……可是……」

他轉回頭來，卻迅即低下，仍是不看她的眼睛，「與蕭照憐有過情事，是為著當時的局勢，與田倩如在九華山逢場作戲，是為了田家的虎符。我喜歡聽顏素素彈琴，人世多少無奈，唯只在琴聲中能尋些舒緩，可是，我向不願與你細辯解釋，我與她雖為親密知己，卻從未逾矩。若非為政事必要，我並不想理這些女人，我總還想著，有一天，我陪你卸甲歸田，相伴度此餘生……」

他的聲音顫抖，竟是難以言盡。陶花愣愣看著他，再說不出話。她本就心思遲鈍，又怎能解得開他如此深藏的情意？

秦文微微咬唇，勉力調勻呼吸，抬頭看了她一眼，「我不能天天跟在你身邊，也不知道旁人，不知道他都對你嚼說些什麼。我自幼在戰場上見慣了生死，脾氣冷淡些，卻並非無情之人，對你更是……」他重又低下頭去，「那天晚上見你受難，急痛之中說錯了話，後來看到你跟他在一起，我才初次體會了心酸是何滋味……這二十餘年，我不曾體會過這股滋味……才明白，我是早付眞心，卻被人設計了，從寧公子那幅桃花圖即已陷入。那幅畫上的題字根本不是寧公子的筆跡，當下氣憤之中，竟然沒去留心……若非爲那幅畫，我便就拚著跟祖母吵一架跟你早早成親了……

「我也不怪別人，只怪自己心高氣傲、顧慮重重，對你親近呵護不夠。可是，你我終有著生死盟約，雖然彼時婚約不作數，但你我的……」他抬頭望住她，「你我的陽關之約、斷箭之盟，我會一直守著！」

他緊抿雙唇，斷然結語。

陶花驚愕至極，幾次想開口卻不曉該說些什麼。

永嘉城內的火光慢慢平息下來，廝殺聲也弱了。趙恆岳施政仁善，一旦勝局確定，即會約束殺戮、安撫百姓。此刻他在做什麼呢？百忙之中，肯定是心急火燎地滿城找她。他多半得了信息，知道陶花正跟秦文在一起，他心裡頭怕是比梅子還酸，卻不會在她跟前露出半分顏色，每次都是硬撐著強抑自己的難過來逗她笑。

陶花的眼眸逐漸清晰，她黯然望著秦文，「過去的事終已過去了，即便恆岳設計拆散你我，那也是你我情誼不堅，你顧著你的家族功業，我自己亦懷諸多疑慮。何況，在我每次受傷難過的時候，都是恆岳在我身邊，我怎能負他？」

「你要嫁一個你不喜歡的人嗎？」

「不，你錯了，我是真心喜歡他。」陶花神色嚴正，又微微有些害羞。

「我不信！你跟我走，我們速速離開這是非之地，到西北邊陲隱退，到那時你再告訴我你心底喜歡的人是誰。」

「秦文，不管你信與不信，我都是真心喜歡他。」

「你喜歡強拆散我們的帝王是麼！你貪圖榮華富貴想要做他的王妃？」一向淡漠如他，聲音反常地激烈強橫。

她聽他語氣十分不善，遂閉口不接話。

他俯身擁住她，聲調重又回復溫柔，「別生氣了，我知道是我說錯了話，你問我會不會嫌棄你，我沒有立刻表明心跡。」他的懷抱越收越緊，「我早就說過，空口無憑，話說多了也沒甚意思。我今天便讓你自己體會，我是否嫌棄你失了貞潔。」說著吻到她後頸中去。

陶花大驚，「將軍不可。」

他在她耳後低喃：「我不會再說話，多說多錯。明天早晨你自己告訴我，我有沒有嫌棄你。」

他順著她後頸一路吻啄下去。她勉力去推拒，卻不能撼動分毫。

她萬般訴志，他充耳不聞。

只有一輪窄窄的淡月，淡得讓人看不清彼此輪廓。

終於到了那一刻，陶花閉上雙目。那時候，她想的是：「恆岳知道了這件事，會不會傷心呢？我可得好好跟他解釋。他定會原諒我的，連失貞那次他都拚命安慰我，這次一定也是。」

秦文溫柔到了極致，她卻再不發一語。

周軍攻得永嘉，將城內翻了個底朝天也沒找到陶花。後知悉有人看見秦將軍抱著一個女子出城，才開始往城外搜尋，搜到時卻無人敢近前，只速回報給大王。

趙恆岳甩開侍從，飛馬趕抵。陶花讓他先扔衣服進去，他不理，逕自闖入，但見白裘零亂、血跡斑斑，陶花半臥樹下，低著頭不看他。

趙恆岳穩穩心神，過去柔聲問詢：「你傷得可重？這麼多血跡。」說著便解開白裘。

陶花毫不避諱，由他動作，果然，他手腳越來越輕，到最後是一動也不敢再動。待他完全停下動作後，她向他凝視，「我對不住你，失身於人。你要是想取消婚約，我……我也沒什麼可說的。」

他一把抱住她，帶著笑聲，「阿陶別說笑了，你是太香了，香噴噴的大肉包子，所以總招狗來咬。是我沒能保護好你，你放心，我絕不會輕饒過錢元虎。以後再不會讓你參戰了，我馬上就要登基稱帝，你回去做我養尊處優的皇后去。想打仗了，咱們到床上打，再也不來這疆場。」邊說邊含笑看著她。

她緊張神色散去一些，半晌又說：「其實，不是錢元虎。」

他仍舊微笑，「是誰你告訴我，反正我不會讓他活命就是。」

她有些尷尬，「可是這個人，我不想讓你殺他。」

趙恆岳的神色瞬間千變萬化，世故如他，當然一下就想到了此人是誰。

萬般驚痛、憤怒、委屈劃過他面孔，然後又一點點硬收起來，最後釋出勉強的一點笑意，吐了兩個字：「沒事。」轉身步出榕帳。

當夜，陶花勞累至極，早早便安睡了。睡到一半朱弦把她喚醒，語氣中明顯惶急，「林將軍請您過去一趟。」

陶花急忙穿衣起身，跟著朱弦走到營外。

眼前是處爛泥塘，塘中站著五、六個男子，全赤著上身，滿身污泥。仔細看去，其中一個身材高大些的是趙恆岳，正以一敵多，跟其他幾人廝打。塘邊站著數十名侍衛，個個神情緊張，扣住暗器隨時準備搭救。

林景雲一看見陶花即疾步走近，「公主，大王吩咐放開俘虜跟他打架，這已經是第三撥了。」陶花的公主封號早在婚訊之前改了，只是林景雲仍慣稱她公主。

話音未落，便聞那邊趙恆岳發出大吼，臂肘正搗在一人背上，生生聽見脊椎骨斷裂的聲音，那人當即軟趴趴倒入泥中。

陶花心中一寒，起步欲下塘。

林景雲拉住她，「公主你去做什麼？」

「去攔他。」

「怎麼攔？」

「還能怎麼攔？不就是打架麼。」

「公主，大王正在氣頭上，你現下怎能去硬攔？」林景雲皺眉，「你不能迂迴一點、溫柔一點嗎？」

陶花怒道：「俘虜也是有爹有娘的，我再迂迴，都不知得枉死幾個了。再說，『溫柔』是啥意思？我陶花長這麼大，還不知道這兩字怎麼寫！」說著她就下塘去了。

林景雲在旁連連嘆氣，對朱弦說：「他倆總這麼硬碰硬，以後夫妻吵架如何是好？」

朱弦笑道：「當然是大王讓著王后，還須猜嗎？」

趙恆岳低著頭又撲住一人，膝蓋一沉把對方踏到底下。陶花過去從背後將他往上提拉，他順勢回身把她撲倒污泥中，抬手一拳往她顏面打來。

陶花的軟骨散還沒退淨，無力應對。拳頭在她腮邊停住，他搖了搖頭，似要讓自己清醒些。旁邊的侍衛們見此情形已知沒事，趕緊把俘虜帶走。

趙恆岳恍惚良久才反應過來，立刻起身把陶花從地上拎起，在懷中緊抱了一會兒。須臾緩和，他顫悠悠開口，「是我不好，沒傷著你吧？」

陶花嘆氣，「你心裡不舒坦便發出來好了，何必非要跟我道歉？我這個人性子直，不知道怎麼安撫你，可是至少，你不用委屈自己來應對我。」

他笑笑，摸摸她的臉，因爲手上滿是污泥，她頓時變成了大花臉，連著身上倒地沾的泥水，活脫脫一個泥人。

他扯著她向外走，「去洗洗。」

永嘉城依山而建，山上有一處溫泉。

侍衛們遠遠警戒，趙恆岳拉著陶花走入湯池中。她在草原上長大，不會泅泳，儘管水只到胸口，仍不免因爲一下失去重力而驚聲喊叫。

他回頭笑望她一眼，將她拉過來穩放在懷中，探手幫她洗浴。

陶花看著他，見他臉上連著全身肌肉都線條分明，雖然年紀輕輕，卻散發濃濃的成熟陽剛味道。他的手觸在她身上時十分自然，無半點迴避意思，這也自然，他們兩人早就親密如一體了，只差最後那一步而已。

陶花就這麼直盯著他看，慢慢地竟覺得自己心中連同身體湧起了一陣陣的熱意，不由伸臂抱住他胸膛，靠在他前胸挨蹭。

他卻是一僵，往後退了一步。

她仰視著他，有些委屈，「錢元虎怕我逃跑，餵給我吃下軟骨散，又把我衣服都脫了。當時，實在難以抵抗。」

「你不是自己願意的？」他起步就要往外走，「我去殺了他！我絕不讓任何人傷害我的阿陶！」

「不，」陶花驚慌，「你殺了他，秦家可怎麼安置？」

「這些事不消你掛心。」

「不行。」她死死拖住他。

他轉回頭，眼裡的憤怒慢慢化成哀傷，「我只問你一句話，他欺負了你，你不想殺他？」

「咱們三人一起拚殺疆場，出生入死多年，豈能因爲這樁殺他？」

他瞪著她，「侮辱良家婦女，還不夠定罪問斬麼！」

「恆岳，是你跟我說，這算不得大事的，怎麼現在又說得這般較眞？你說就跟被狗咬了一口一樣，人總有走神咬人的時候，我那時沒穿衣服，也不能全怪他。再說……再說……」她微微低頭，「他對我……其實……唉，其實是很好，只是我自己傻，看不懂罷了。」

趙恆岳眼中充斥警惕，又微帶隱隱怒氣，「怎麼，你改主意了？」

「沒有，」她急忙篤定地回答，「我跟他說清楚了，我……我只想嫁給你。」

他沉默一陣，把她放到池邊，再默默游到另一側。

陶花同樣默然半晌，只在一旁看著他。等他洗好了出來時，她貼到他身邊去。

他低頭蹭了蹭她的髮絲，攬住她向外走。

晚風陣陣吹來，她挨在他懷中，仍有些惴惴。他很明白，於是拍拍她的脊背，有一搭沒一搭地說些閒話：「我頭一次見他，是在契丹蕭府，他的衣服跟蕭二小姐一樣白。我要是個姑娘啊，也會喜歡他。第二次見他，是在燕子河畔，咱們兩個爲了他吵架……」

「吵架了嗎？我怎麼不記得了？」

「你不記得了？你看到他就呆呆的，還拐彎抹角地誇他，眞眞氣煞人也！」

陶花莞爾，「我眞不記得了。」

「反正，從那時起，我就不喜歡他。這麼多年了，偏不喜歡這個人。」

陶花踮腳到他耳邊，「你那叫『吃醋』！」

他笑笑，將她攬得更緊些，「你剛剛老看著我，是想要我了嗎？」

她覷他一眼，臉色瞬時泛紅。

他又笑了笑，「其實我更想要你，等到行禮吧。」

「什麼時候行禮呢？」她不厭追問。

他想想，無奈地嘆口氣，「本是想等吳越歸服而得登基之時，可我覺得現下尚不合宜。」

她頓住步子，「恆岳，你要是真的不想娶了，那就算了，沒關係。」

他沉下臉來看住她，「早知道你會這麼說，所以今刻還不能行禮。阿陶，咱們兩人是生死相依的交情，彼此必須完全信任……什麼時候你明白我這句話了，咱們立刻行禮。」

她嘟著嘴，仍在負氣。他拉住她的手臂，「婚約不是兒戲。我說過，我們訂了婚約之後你再反悔，我會怎麼樣？」

「我沒反悔，是你。」

「我沒反悔，也不許你變，再敢說這種話，我可就真生氣了。」

第四十一章 婚禮

周軍休養一陣子後便班師回朝。因是得勝歸來，大夥兒個個神清氣爽，就連傷兵也覺得身輕不少。只有陶花覺得身體日漸沉重不適，本想著或是路途奔波、水土不服，誰知到了汴梁卻變本加厲，回到宮中的第一頓飯，她全都吐了出來。

陶花覺到不妥，立刻召來了太醫。

今天是劉太醫當值，老先生把完脈之後，戰戰兢兢不知該報喜還是報憂，只跪在地上不停磕頭。

陶花著急起來，「治不好了是嗎？死就死了，沒什麼大不了。」

正好趙恆岳急急忙忙趕過來，他原在外奔忙，聽說陶花召太醫便趕來探看。劉太醫知道瞞不過，硬著頭皮跪稟道：「微臣給大王道喜了。」

陶花懵懂，趙恆岳年少，兩人一時未反應過來。

室內靜了片刻，到底陶花是女子，她自己心裡略知蹊蹺，須臾間猛然明白。她面色驚惶起來，揮揮手把劉太醫和隨從都遣退了。

在這種時候，碰到這種事情，任她再勇猛無忌亦難免心慌。此時趙恆岳跟著反應過來，他先是一怔，但迅即換上笑容，兩步走到陶花跟前握住她的手。

她疲憊不堪地抬頭問他：「怎麼一路上不見秦文？」

他眼中的溫柔神色一下變得不悅，「你答應了嫁給我的！」

她驚異地看他一眼，「你沒聽明白嗎？我必是有孕了，太醫以爲咱們倆交好，才會跟你道喜。」

他笑笑，「我聽得明白……」說著靠到她頰側去親近，「所以才趁火打劫。你是等不了他回來了，這就嫁吧。」

她看著他，「你不是說，現在還不能行禮嗎？」

「那時候不知道你有孕了。」

她更加古怪地看他，「有孕了，你還要娶我？」

他被她以如此怪異眼神連看無數次之後，終於也以同樣眼神回看她一眼，「怎麼？我說的是漢話吧！就是契丹語，你也懂的。」

她試探著問：「要不我們別要這個孩子了。」

他立時大怒，「你怎麼說這種話！你的孩子便是我的孩子，你居然想殺我的孩子！再說，」他坐下來拉住她的手，「我早問過了，打胎並非萬全，萬一你有事，我豈不是也得陪著同生共死？本來是喜事，可別把它變成壞事。」

她嘆口氣，「一旦生下孩子，這一輩子跟他都是牽扯不清。」

他緊握著她的手，「阿陶，只要你能明白我對你的心，其他的什麼都不怕。」

她無限柔情望著他，「我當然明白。」說完又深深嘆了口氣，「不想榕樹下半日，竟然落得如此麻煩。」

這一句倒惹怒了趙恆岳，他站起來反反覆覆焦急踱步，終於急停在她跟前說：「我可不嫌它麻煩，你要嫌它麻煩，生下來給我好了！哪有你這樣做母親的？」說著就起了無比憐愛之情，走過去俯到她身前，試探著輕輕伸手，卻又不敢碰上去，彷彿生怕碰壞了，只敢輕輕呼喚：「寶寶，阿陶肚子裡的寶寶，你聽得見嗎？」

陶花笑著推開他，「這麼小，怎麼可能聽見。」

他赧然起身。她動容地握住他的手，「好吧，你要是不嫌棄，那咱們即刻完婚吧。」

趙恆岳離開不久，方才診病的劉太醫又求見陶花。

陶花有些訝異，讓座給老先生。老先生嘆口氣道：「剛剛有句話，看見大王駕到便未講出。」

陶花更覺奇怪，「先生但講無妨。」

「公主……不，陶姑娘受了鼓箭之傷，氣血奔湧，時需調理。可偏偏在舊傷發作時，又感染邪毒，吃了軟骨散，尤犯了房事大忌。往後，只能細心調養，減少房事。這話，怕是會惹大王不悅，只好請姑娘代傳了。」

陶花點頭，「我會小心。」

劉太醫卻仍不走。陶花隱隱覺到不妥，小心問詢：「是不是我生什麼大病了？」

劉太醫沉吟半晌，又嘆了口氣，「你是女子，卻長年征戰，累次受傷，我看……」他遲疑不語。

陶花抿抿唇，無奈一笑，「活不久了，是嗎？」

「倒非殄絕至此，往後細心調養，雖不能盡天年，繁衍子息把他們撫養成才，總還是能夠。我會給姑娘抓付方子，請陶姑娘記得用藥，今後莫再去入沙場征戰損傷元氣了。」

陶花笑笑，「那是自然，天下已定，如今是太平盛世，想打仗也沒處打了。」

劉太醫說完後告辭而去。太醫走到門口時，陶花叫住他，「老先生，此話不必讓大王知道。」

老先生點頭，「沒人敢去觸這個霉頭。」

說是即刻完婚，卻過了兩個月才堪堪準備妥當。

趙恆岳已登基爲皇帝，宮中朝中建制升級，婚禮的一應細節俱都有規制，一絲也錯不得。

陶花受封樞密使，掌管朝中軍事，只是這兩月間吐得昏天黑地，對身外之事全然無知，直到婚禮這天被穿戴整齊扶著行禮。

趙恆岳看她晃晃悠悠的樣子，悄悄吩咐侍女將她直接帶入喜房休息，再遣內監去找個身材胖瘦相當的宮女頂替。那領命的內監嚇得不斷叩頭，卻是不敢去應這份差事。大喜之日，趙恆岳又不願發脾氣，只是皺起眉頭。

便於此時，跟在陶花背後正要離去的一名侍女回轉身來，跪在地上說：「皇上看奴婢行不行？」

他低頭看看她，身材比陶花瘦弱許多，可是一時間也沒更好人選，遂立刻吩咐左右替她換上衣服。臨去時，他回頭問了一聲：「你喚甚名？」

小姑娘又跪下地回答：「寧致靜。」

他愣了一下，「寧諍是你什麼人？」

她有些顫抖，「家父獲罪，奴婢籍沒入宮。」

他點頭，微微嘆息，「寧諍是忠臣，只是被你兄長拖累了。」

紅堂之內，賓客滿座；喜房之中，卻是悄無聲響。陶花覺得氣悶，掀起蓋頭來四處看了看，花燭高燒，似人垂淚。

朱弦方才跟她說，今日群臣來賀獨不見秦文，想是戰事未結。

陶花心內卻還是有了結，吳越已服，什麼樣的戰事能絆住他不來跟自己道聲恭喜，除非……除非他是真的恨了自己。那天早晨她把話說得太絕，他臨走時滿目傷痛、愛恨糾纏。她原本並不懼他恨她，可現在他是她腹中孩子的父親，難免就多了些別樣牽繫，更何況，多年來共同拚殺戰場，這份出生入死的交情早如親人一般。

守在喜房內的只有寶珠，陶花看見她倒是有點驚奇，「我聽人說，喜房內是不能留人的，你怎麼還在這裡？」

寶珠俯身答道：「皇上允奴婢在這裡陪伴您，說您怕黑呢。」

陶花一笑，拉她坐在自己身邊。寶珠亦不推辭就坐下，兩人靜了片刻，陶花一聲嘆息。

寶珠側頭問：「是不是想起秦將軍了？」

陶花被她如此直言問得一愣，片刻後嘆一口氣，「總覺得有些感慨。」

寶珠笑道：「軍中上下私自裡戀慕『公主』的不知道有多少，這感慨今刻也不知道該有多少了。」

陶花搖頭，「那不一樣，我……我與他有過舊情。」

寶珠到此笑容更盛，「公主啊，您跟秦將軍的舊情，怕是連跟皇上的幾席知心話都比不上，您可別被自己心裡那點固執念頭給騙過去了。皇上待您如此情深，您也得好好待他。」

話音未落，房外傳來人聲，陶花高聲喝問：「何事？」

內監急忙答道：「吉祥太平，皇后安心。」

陶花起身走到門口，剛打開門，外面等著的喜娘丫鬟一齊驚叫，伏地求她蓋上頭巾，轉回房去。陶花索性把頭巾扯下，遠遠望見幾名內監推著一名侍衛服色的人退到長廊盡頭，便再問一句：「究爲何事？把他帶回來。」

領頭的內監看瞞不過去，只能差人過去帶那侍衛回來，自己則跪在地上恭敬答道：「是官員送賀禮之事，娘娘明日再過目吧。」

陶花不理她，等那侍衛走回後看著面熟，想必是林景雲手下的人，便和聲問道：「出了何事？」

侍衛立刻跪地，「林七哥差我來稟告公主，有人送上賀禮。」

內監清咳一聲，「此地沒有公主。」

陶花只問那侍衛：「林將軍何在？」

林景雲歸來之後即封左衛將軍，侍衛是赤龍會眾，叫慣了七哥改不了口。

「七哥被攔在院外，說他……說他穿著盔甲，帶著兵刃，不能進這喜院。」

陶花冷笑，一把自懷中掣出隨身匕首，「是不是連本宮也趕出去？快請林將軍！」一眾喜娘、內監急忙伏地稱吉，再無人敢攔阻。

林景雲進來時看見陶花紅衣立在門口，頭巾也摘了下來，手中還拿著匕首，不由心內稱奇。

陶花溫言問他：「景雲，可是出了要緊事？」

林景雲輕輕搖頭，低身到陶花近前，「秦將軍血衣歸朝，擲了一顆首級在太華殿上，說是給公主的賀禮。」他雖與秦文不和，此刻卻也知道情況非同小可。

陶花抿住嘴唇，「他人在何處？」

「擲下首級，即刻離去。」

「首級呢？」

「收在少陽宮中，與官員賀禮放在一處。」

陶花起步出門，「帶我去少陽宮。」

跪伏在地的領頭內監不顧禮數，一把抓住陶花的裙角，涕淚交下，「娘娘，您若是走了，我等九族不保……」

陶花淡淡答道：「本宮又不是不回來。」說罷一手拎著紅巾，一手持著匕首，快步而出。

陶花一路前行，身後跟著的一眾侍從不停規勸，卻不敢阻攔。

少陽宮內燈火通明，各地進獻來的奇珍異寶都在此處，陶花一進門便被滿屋子的珠光寶氣給擠壓得難受，回身問林景雲：「在何處？」

林景雲答道：「似是被裝在了一只木盒之中……啊，就是那物！」

陶花順著林景雲手指方向，看見一只木盒在角落，上頭還壓了一棵半人高的珊瑚樹。

陶花走過去，抬手劈倒那棵珊瑚，頓時嘩啦啦碎裂一地。她俯身打開那只盒子，身後跟著的喜娘好奇地舉目一望，想瞧瞧是何樣寶物連珊瑚樹都可劈倒，卻緊接著尖叫一聲眩暈過去。

陶花不理會眾人，自盒中拎起那顆首級，頓時邊上又有幾名喜娘和內監尖叫眩暈。陶花正無處排遣間，看見這幾人暈倒，怒喝道：「廢物！這才太平幾日？」

她撥開那首級亂髮，瞧一眼之後便即冷笑，「錢元虎，你也有今日！」

乍有一隻手接過錢元虎的首級，重新放入盒中蓋上。

「別嚇到了榕兒。」

陶花回頭，「你怎麼來了？」

「我怕我剛拜堂的新娘子跑了。」他喚侍從端來金盆，握著她的手入盆，幫她洗去手上血污，而後拿起絲羅巾為她擦乾雙手。

陶花看見那絲羅手巾，驟想起自己的紅緞頭帕，趕緊四處尋找，倒是馬上在裙角邊找到了，想是無意間拖絆著。

她匆忙拾起頭巾，「我……我這就回去。」說罷疾步想離開。

他拉住她，「別這麼匆忙，小心動了胎氣。」說著拿過她的紅緞頭帕，「你現下是我大周皇后，我一生心願已足，其餘繁文縟節都不打緊。你歇息去吧，想睡在哪兒便睡在哪兒，保重身子要緊。」

她「哦」了一聲，「那……那你今晚……」

他微笑，貼伏她耳邊低聲說：「你要想讓我陪著你，我就陪著。可你現在身子金貴得很，咱們倆可啥也不能惦記。」

她毫不掩飾失望，嘟嘴瞪著他，「那你還是自個兒睡吧，省得我看見葡萄又吃不著！」

他四周看看，仍舊低聲：「該說這句話的是我，你看見的可不是葡萄。」

陶花笑著踢他一腳，接著飛快問了一句：「你見了他沒？」

「剛剛見了。」

「他可好嗎？」

「還好，我本來讓他見你一面的，可是他說怕滿身血污嚇著你。他連衣服都沒換就趕過來，若是戰馬再跑快些，說不定能及時擋住你我行禮。」

她推搡他一把，他眸色深沉起來，「我剛封授他吳越王，命他明日離京，去鎮守吳越。」

「哦，吳越是個好地方，可惜榕兒不能常見到他了。」

「見我不行嗎？」

她眨眨眼睛，「你今晚陪我一起睡，不能推三阻四的，那我就讓榕兒見你也行。」

他笑著在她腰側輕輕一拍，「胡鬧！」

翌日，陶花早早地起來，悄悄問旁邊的趙恆岳：「我去送送他行不行？他還不知道榕兒的事。」

他沒睜眼，「你想去送他，誰能攔得住？」

她撒嬌地推推他手臂，「別這麼說話，大不了……大不了我不梳頭就是了！」

他大笑起身，扶她到了鏡前。他仔仔細細幫她梳頭打扮妥帖，簪上自己親手做的珠花，點頭說：「可以出門了。」

一路上看見道路兩旁眾多妙齡少女，都跟她一樣細細打扮過，個個雙目盈淚。陶花被感染得也開始覺到離別的傷感。

她抵城門時，大軍正分列出城。

皇后駕到，六軍不發，全都跪地接駕。

秦文跪到車輦前來，仍是一身素甲白衣，纖塵不染。他想讓她最後記住他光鮮照人的樣子，而非昨日滿身血污手提敵人首級。

她屢次跟他提起她和幼年時的趙恆岳如何分吃一個饅頭，她說，他們兩人是一塊吃過苦的。他立時便想起，十九歲在江淮時被圍十日，能喝到泥坑裡的雨水就不錯了，哪裡還有什麼饅頭？他這次苦追錢元虎，最後是刺破他咽喉之後，靠喝了那噴出的鮮血才緩過勁。這些，他不會跟她提說，他要讓她留有最美好的回憶，永遠把他當作那位白衣倜儻的常勝將軍。

她的聲音從車簾內穩穩傳出，吩咐侍從全退出十丈以外，然後問他：「你傷到沒？我聽說你滿身鮮血。」

他回說：「沒有大傷。」

她絮絮叨叨說：「沒傷到便好。我就希望我們大家啊，全都平平安安的。我知道我對不住你，可是過去的事情已經過去了，希望你到吳越之後，趕緊尋一位般配的女子成親。還有啊，我剛有了孩子……」自有了身孕，她變得囉唆起來。

他也沒大細心聽她前面的絮叨，只是聽到最後一句怔了一下，抬頭剛想問話，卻不知該如何問出口。

她知道他想問什麼，低低地「嗯」了一聲：「榕兒，他的名字叫榕兒。」

他驚喜異常，又不顧禮數抬頭。

陶花一咬牙掀開簾子，「將軍扶我下車。」他走上前，她扶著他的手下來，同時向四周望了一眼，見所有人都跪地低頭，便拿住他的手在自己小腹上輕輕一撫，那孩子十分乖巧地在此時動了一下。

他再次驚喜，又看向陶花，見她腰身已有不便，苦勸她回去。

陶花笑笑，重新上車。

他垂頭，聲音有些沙啞，「此處距離建康不過數日路程，你若想我了，命飛鴿傳書，我星夜趕回，見你一面再返去便是。」

陶花吃驚，又把簾子打開，「將軍莫誤會，我不會想你，不是不是，我也會想你，但你我該似親人，因爲你我都是榕兒的親人，而不是……我是說……唉，反正等榕兒大了，我帶他去看你就是。」

他聲音低沉，「你最好生下孩子就送出宮去，我怕他會對孩子不利。」

「誰？誰敢對榕兒不利？」她一時沒明白，等反應過來後斷然搖頭，「不會，我以性命擔保，恆岳定會善待榕兒。」

兩人不再說話，車簾緩緩放下，離別已在眼前。他叩頭，拜別皇后。

車駕緩緩離去。他未敢再抬頭看一眼，他無法忍受在伊人背後看著她走，所以他選擇了不看。起身時，伊人已經遠去，連煙塵都看不見了。他抬腳抹掉落下地面的淚痕，而後大踏步離去。

吳越之地，魚米之鄉，那裡山清水秀，豐盈富饒，自古即以美女著稱天下。那裡生下了「豔色天下重」的西子，以美貌傾了吳國；那裡生下了「髮長七尺，光可鑒人」的張麗華，讓陳後主臨朝之際亦得要抱於膝上，同決國事；他更知道，那裡存在過一對古今傳頌的英雄美人，縱使如小喬般的國色天香，亦得有一個能配得起她的周郎。孫策曾對周瑜說：雖然二喬是絕色，『得吾二人做婿，亦足爲歡』。然而，陶花已嫁，要得誰爲妻，他才能「亦足爲歡」？

假如這些掌故，他都不知曉，那麼傷心是否會少些？這一刻他又恨不得從未讀過詩書，從不明白「斷腸」爲何意。又或者，從未遇見她，是否會好些？

到底是相遇好些，還是陌路好些？

他一路想著這個問題，南下吳越。

番外　松兒

春日繁花茂盛之時，長寧宮外一派其樂融融。

趙榕在一棵松樹底下跟乳母捉迷藏，他走得還不甚穩當，要兩個宮女在旁護扶著躲貓貓，卻不知道他躲好了之後，那兩個宮女仍是突顯在外。

陶花仰躺在松樹底下練箭，偶有飛鳥路過必成她箭下亡魂，甚至侍從的帽子衣飾亦成為她的目標。她卻不願到野外奔馳，幼子在此，離開一刻亦是牽掛不已。

侍從們全都繞著她走，卻不知道，越是繞得遠了她越有興致，距離太近哪還有練箭的樂趣？

遠遠地一人頂著塊盾牌走來，把陶花逗得大笑。那人如此誇張不過為博皇后一笑而已，是個伶俐不過的小監。他走到松樹底下，向著樹後的趙榕跪拜下去，「奴才給冀王，不，太子殿下道喜來了。」

趙榕聽見又被找到，氣嘟嘟跑了出來，跺著一雙小腳往旁邊去了。

陶花直起身來，「你說什麼？」

那個伶俐小監笑回道：「奴才也要給皇后娘娘道喜。今早聖上剛剛頒旨，立冀王殿下為太子。」

陶花坐在地上愣住，半晌才問：「皇上在哪兒呢？」

小監還沒回話，趙恆岳的腳步聲已於遠處響起，陶花抬頭一笑，招招手讓他過來坐下。

他坐到她身旁，舉目四顧，「榕兒呢？」

陶花貼近他耳邊去低聲進言：「恆岳，立儲是大事……」

他笑笑，「怎麼，你看不上咱們的乖榕兒？我可把他當寶貝。沒有早立是因爲小時候看不出他是不是安康，現在看得清清楚楚了，這麼聰明伶俐的好孩子。」

陶花輕咬下唇，「榕兒是好孩子，不過……」

他攬她入懷，「榕兒眼看就長大了，你別老這麼吞吞吐吐的，讓孩子聽見了會多想。等他懂點事了，你帶他，不，我帶他去看看他的親生父親，再原原本本告訴他當時情形。」

陶花仰頭凝望著他，「我總覺得，還是立你的孩子爲太子合宜些。」

趙恆岳當即把臉沉下，正色斥道：「都說了讓你別亂說話，你怎麼從不把我的話當眞？榕兒要是再大個幾歲，聽見這話會怎麼想？」他甚少與她爭執，今日若非爲了愛子，也不會這麼斥責她。他自幼便跟隨寄父，那是對他一生影響至深的一個人；而他自己的親生父親，不但與他無甚感情，還在宮變中下令誅殺了，所以他從沒有把血脈關係看得至關重要。

陶花垂首不語，目中竟隱隱有些濕意。

趙恆岳見她如此，以爲是自己話說重了，她一直被他寵著，這麼多年從沒受過他的斥責。於是他趕緊想個補救之策，擱在她肩上的手滑下捏住纖腰，「我還沒有孩子，先有一個，再來商量這些可好？」

她點頭，四處一望，侍從們早已悄無聲息退了出去。

趙恆岳見她在此處四顧，駭然道：「你不會……不會是想在這兒……」話還沒說完，竟反被陶花給按倒吻住。

他吃驚地睜著雙眼，掙掙扎扎想要移開往別處去。她箍住他的肩膀，微笑著喘息一口：「我要臨幸你了，躲什麼！」

番外 碧君

江南最美的時候該數梅雨時節了，然而這卻是碧君最厭煩的日子，到處泥濘不堪，老屋裡會若有若無逸出一股霉味。她在琉璃宮中住著時尚且如此，更遑說現在了。

杏花樓靜立煙雨之中，乃她入宮之前的居處，如今她又回來了。一生在男人手上輾轉，她再也過不慣淒清的日子。

她曾經癡想過做他的王妃，可終於還是不成，他只肯把她養在這青樓裡，連個名正言順的侍妾身分都不給她。

她愛他嗎？她自己也不確定，只知道她姚碧君這般的女人，就該配上站在權力巔峰的男人。

太陽剛剛落山，小丫頭為她磨了新墨，正要在薄暮微光中提筆賦首新詞的時候，王府來人急急把她召去。她抱了「綠綺」，如往常一樣換上紅衫，緩步走入王府大廳。其實她最厭煩紅色，只覺俗不可耐，而他卻喜歡。他亦是風雅之人，琴棋書畫俱有造詣，卻偏偏喜歡這般俗豔的顏色。唯此話輪不到她說，她的生計便是討好別人，她只能順從他。

她在席上見到了大周天子，施展出渾身解數欲博取天子歡心。無奈，她琴聲未歇，天子竟已打起了瞌睡。

他在一側望著她笑了一下，她難得看見他有笑容，忽就心中一動，彈錯了一個音。天子揉著眼睛醒來，帶著歉意對他說：「我趕路太急了，有些睏倦。她還是從前的脾氣，想起事情就立刻著辦，前幾天忽然想起你來，就定要我來看看。我差遣景雲她都不許，說他來了幾次也沒辦成事。」

他默然低頭。

天子又抬起眼來上下打量碧君，她立刻振起精神，微微含羞斂眉，擺出最動人姿態。

天子側頭對他說：「是個美人。」

他淡淡回道：「不如送入宮中，換她出來。」

天子朗聲大笑，「讓我帶個女人回宮？那你們就等著看『朕』駕薨吧，哈哈。」

他仍是淡淡的，「那你緣何一入吳越就遍訪美人？」

天子今日似乎心情甚佳，微笑著說：「我遍訪美人，是因爲她說你身邊總要有個女人照顧，交代我務必爲你尋一位王妃。」說著大笑起來，「家有悍妻，不敢不從啊。」

他微微側過臉去，神色間無比寂寥，卻不願讓這分神色落入旁人眼中，便只好側臉躲開，「我的事情，不勞聖上費心了。」

天子輕聲勸他：「你總不能一直這樣……」

他十分無禮地打斷聖言，「我曾聽耶律瀾說過她怕黑，你出來也好幾天了，還不回去陪她，在這裡囉唆什麼。」

天子微微點頭，「是啊，她母親早逝，很小就獨住，所以一直怕黑。只是……我不與她同住已經有些日子了，最近一直是榕兒在陪她。榕兒越長越像你，她每天看著榕兒，每天都催我過來親自爲你選妃。」

他的聲音柔和了些，「她曾經捎來信息，說你待榕兒甚好，我們都很是感激。你爲何不陪她同住？

是有新寵了嗎？」

天子微皺眉頭，「你怎麼從來不信我能好好待她！我是不敢跟她同住了，她新近有喜。」

秦文再沒說話，只怔怔然飲酒。

夜宴到二更方散。

碧君收拾起琴，甫要離去。一個侍從過來，低低說聲「王爺有請」。

她莫名一陣欣喜，隨著那侍從去了。

自從他受封吳越王，將她也帶至這故鄉居處，卻是再也沒碰過她，每次都僅聽聽琴而已。

夜色深沉，他房內未點燈。她借著月色走進，到了床前，先理理妝才柔聲問安。

簾帳開了，他輕輕握住她的手拉到床上來。

她也算閱人無數了，今日卻有些緊張。三年了，不知道他還記不記得那段繾綣，她甚至在想，她能重入他的懷抱，是否表明他願意娶她了？然而，他顯然不怎麼記得往昔，不記得他們曾經有過最親密的情事，於是她變得更緊張起來。

他覺到了她的緊張，輕聲問道：「怎麼？不願意？」說著竟然離了身。

她急忙大力搖頭，膩到他身上去。

她願意，當然願意，於情於利，她都萬分願意。

他解開她的羅衣，卻並不把衣服除下，只是一路吻啄下去。她呻吟出聲時，他柔聲到她耳邊交代：

「若是弄痛了你，告訴我。別忍著，知道嗎？」

她含淚點了點頭。三年前，他對她說過同樣的話，此外再沒有別人跟她說過了，他們從來是以讓她痛苦爲樂趣的。縱然是把她寵在手掌心的吳越皇帝，也一樣喜歡聽她的呻吟聲，不管是如何發出的。

聰明如他，很快分清她發聲出於痛苦抑或歡樂。總有些差別的吧，其實連她自己都分不清，他卻是細心看了一會兒就明白了。

他一如往日的溫柔，溫柔得讓她無法相信他便是那個征服吳越、手刃錢元虎之人。她還記得在她入宮前曾侍奉過錢元虎，而後歇了三天不能待客。

她看見了他肩上的傷疤，有些心痛地說：「早知今日，何必當初。」

他微微笑了，「不是不想，只是不敢。」他想起了那人兒在帳前望著蕭照憐咬牙切齒的樣子。

她不太明白，只懂得使出渾身解數來討他歡喜。他卻不怎麼喜歡她那些招數，到後來，他伏在她胸前，對她說：「你別動，好不好？還有，別叫我王爺，叫我名字，你以前都是喚我名字的。」

難道他憶起舊事了？只是她不記得她竟曾敢喚他的名字，然而她還是順從了。

一如往日。當她在巔峰旋轉不下時，她才相信他眞的便是那個征服吳越、手刃錢元虎的將領。他勇猛凌厲，卻又如此細心溫柔，每一分力氣都用在最恰到好處的地方，於是後力源源不絕，永無枯竭。想來他在戰場之上，亦是這麼對付敵人的。她恨不得把自己一切最好的都給他，讓他也如她一樣，享受這人間的極致，快樂得欲仙欲死。

可是她沒能做到。

因爲，他抱著她的脖頸哭了。

她嚇壞了。三年前他不是這樣的，縱亦時常鬱鬱，卻不至如此。

他在她肩側流淚，悲聲問她：「你就為我一句話，罰我受這些苦嗎？」

他的傷心瞬間讓她痛心起來，也讓她想起了曾聽過的種種坊間流言——那些有關他的，傷心故事。

男兒有淚不輕彈，只因未到傷心處。

她緊緊抱住他，輕拍他肩背安慰。

他慢慢斂住悲聲，仍是無限委屈地對她訴苦：「三年了，你都不來見我。我知道你一個人帶著榕兒辛苦，可是，我好想見你……只怕再不找個女人來，又會像上次一樣了。」

她雖並不明白他口中的「上次」是怎麼回事，卻已明白了，自己今日緣何可以在此享受這一夕之歡。她輕輕嘆口氣，心裡有些落寞，原來，她只不過是他口中的「女人」而已，連個名字都沒有。

可是，後來想想，她倒不十分介懷。沒有名字又如何？她也不是生下來就叫做碧君，甚至，她根本不姓姚。

碧君聽著他訴了很多苦，一直在怨某個人兒，哭哭睡睡，在她懷中過了一夜。

不知是為了這一夜，這一場悲哭，還是為了這恰恰好的時刻，總之，翌日一早，他帶她去見天子，說他願迎娶姚碧君為吳越王妃。

天子竟就當庭給了她難堪，當著她的面對他說：「你用不著娶她做正妃。左相有位千金，雖無國色之貌，卻是賢德才女，你定會喜歡。」

他淡淡回答：「不必害那麼多人了。」

後來她曾跟他提起此事，說天子與他霄壤之別，不懂憐香惜玉，不知留意女子的嬌小心思，竟然把那樣重的話說在她當面，讓她呑了半日才呑下去。他卻嘆了聲氣，道：「他比我懂得女子心思，只是你沒見到罷了。」

從那之後，他整個人都變了，同樣溫雅，卻漸露野心勃勃。

作爲吳越王妃，她發現了他的許多祕密，她想過是否該去告發。然而，終於還是沒有，到最後甚至連她自己都參與了進去。

沒有女人忍心害他，沒有女人能夠抵抗他的魅力。

只除了那一位。

第四卷

情殤人殤

太陽出山明堂堂，照著我的新嫁娘，新嫁娘有個高鼻梁，比我過去的姑娘強。

月亮出山亮晃晃，照著我的新嫁娘，新嫁娘一天能織布五丈，比我過去的姑娘強。

新嫁娘的頭髮長，舊姑娘的頭髮黃，新嫁娘的手腳暖，舊姑娘的手腳涼。

人人都知道新的好，可我還是忘不了，

忘不了我過去的那個舊姑娘！

第四十二章　玉瑕

魯王趙松周歲尚餘二十日，送來的賀禮已多得要在宮外另闢處所安放了。

陶花在昭陽殿中忙忙碌碌，準備兒子的周歲慶典。正想著穿紅還是穿綠時，乳母抱著趙松過來了，趙恆岳跟在背後，帶著趙榕一起走進。兩人一同坐下，看著兩個孩子笑笑鬧鬧。

趙松剛學步，不停想要去追哥哥趙榕，卻是追不上。他終於放棄，搖搖擺擺走到母親身邊，攀到陶花身上去。他還未斷奶，雖是慣吃乳母的奶，到了母親懷中仍隨天性找尋，磨磨蹭蹭就往陶花胸前拱。

陶花被他逗笑，只敢往後躲，不捨去推他。誰知趙松無比伶俐，竟然懂得探手去扯她衣襟，陶花笑得手上無力，一個失手即被他給扯開了半邊。酥胸半隱半現，隨著她的大笑微微亂顫。

殿中俱是親近女眷，她本也沒太在意，但一抬眼的時候瞥見趙恆岳正盯著自己，不由一下子紅了臉，放下趙松起身到內室去。

剛走入內室，背後腳步聲響。她猜想是侍女過來幫忙，便不加避諱地把衣帶完全散開，等侍女幫忙整理。背後那人卻沒走到她面前，而是從後探手抱住她，緩緩幫她理好衣服。

陶花禁不住渾身發抖，半晌顫著聲音說：「孩子們都在。」

他在她身後低笑，「你糊塗了嗎？我是在幫你穿衣服，不是脫衣服。」她再次飛紅面孔低下頭去。

他卻突然停了手，湊到她耳邊低聲問：「要麼，咱們快快的？」

陶花大力搖頭，「孩子們會看見……這裡這麼多人……」

他一笑放脫她，沒再說話。
兩人剛剛走出內室，趙恆岳便對侍從吩咐：「去落霞山打獵，這就走。」
她愣了一愣，他回頭笑，「桃花箭，什麼時候打獵你捨得不去？」她也笑了笑，立刻去換裝挽弓。
趙榕大叫一聲，跳著過來蹦到趙恆岳身上，想要蹭著同行。他卻把孩子抱下去，「下次再帶你。」
陶花跨上馬匹、拉開弓箭，頓時忘了形，在落霞山下縱橫馳騁，所獲獵物連車都快裝不下了。
趙恆岳幾番想要讓她安靜下來跟自己親近一會兒，她卻是如撒歡的小馬駒一般，片刻也停不下來。
他只好笑著吩咐侍從：「今夜在外露營。」
侍從微微一怔，回稟：「此番未準備帳篷，這裡與宮中甚近，不如回去。」
他皺眉輕笑，「沒有準備就回去取，哪裡這麼多廢話。」
夕陽終是落了山，獵物們也都回窩睡眠去了，不再陪著這個女魔頭搏命。
陶花在馬上餘興未盡，吆喝兩聲，見四野空曠，再無動物聲音，十分掃興地嘆息。
趙恆岳自後過來，笑道：「聽說這帶晚上有狼，你怕不怕？」
她頓時雙目放光，「眞的？那我們留在這裡候著！」她一直等到半夜沒看見狼影，卻亦不敢輕視，伏在草叢中動也不敢動。
正值盛夏，夜晚雖涼爽些，蚊蟲叮咬卻是不斷。他自背後覆到她身上去，她急忙往前逃脫，他貼她耳邊說：「咬一個人，總比咬兩個人好。」
本來，她往前逃是爲了甩脫他，他這麼一說倒讓她羞赧起來，只好不動了。

月亮已經升得很高。終於，一雙綠澄澄眼睛在黑夜裡閃現，陶花立刻架起弓箭，但旋即又放下了。那匹狼身後跟著兩隻小崽，不時回頭去摩挲挨蹭，她實在不忍下手。

夜靜得比海還深。

陶花不發這頭箭，便沒人敢出手。大家也都不敢出聲，生怕驚擾這匹母狼，會令牠突然暴起發難。陶花遂靜靜放下弓箭，等狼母子離去。

此時覆在她背上的人雙手下滑，唇也俯下來含住她的耳垂。她頓覺苦悶，卻是不敢發聲，只敢極緩慢地翻身推拒。他並不著急，就這麼輕柔而持續地逗弄她。

圓月照著他們兩個在草叢裡翻滾掙扎。

那匹母狼往這邊看了看，又轉開頭去，合該是將他們兩個當作了山野裡的動物。

不知過了多少時候，三匹狼才漫步離去。陶花連起身的力氣也無，不過發覺狼已經離開，終可大聲喘息。兩旁的侍衛見伏擊結束，甫要起身，卻聽見這邊如此聲音，又全都伏住不言。

帝后恩愛異常，這是所有人都知道的。

有一年冬天天氣寒冷，皇帝去早朝之後忽降大雪，皇后罵罵咧咧自熱被窩裡爬出，隨即拎了個小暖爐到皇帝回來的路上等。她又不肯讓他知道她是刻意來此，於是假裝散步，在大雪地裡從東走到西，從南走到北。兩旁的侍衛都在心裡暗笑的時候，正好皇帝下朝了，大家都以爲他定會感動萬分將皇后抱入懷中取暖，誰知他竟解開皇后的大紅襖子讓冷風直灌進去，兩個人笑鬧著不知打趣什麼。回屋之後皇后就抱怨腳冷，皇帝不及遣出眾人，立刻將她的腳放到自己懷中捂暖。他溫柔地說：「這是我欠你的。」

她肆無忌憚地踩踩他前胸，十分大逆不道地說：「你欠我的是你這條命。」

又有一年林景雲受封左衛上將軍，因他曾爲皇帝侍衛，所以跟這些侍衛們均頗爲熟稔，當值的、不當值的全都抽空前去道賀。這一行人過去的時候，正看到皇帝獨自等在屋外，兩旁當值侍衛遠遠避開，大家遂不敢近前。有三兩個跟林景雲日常來往親近的兄弟繞道走近內室，瞥見他跟皇后在喁喁細語，大家聽過不少流言，此刻不免有些驚懼，不知道該不該回報皇帝。便於此時皇帝踢門闖入，衝著兩人抱怨說：「這麼大半天，孩子都能生出來了，你們倆竟然還衣冠整齊！」皇后聽見大是羞惱，一言不發使出推雲手朝皇帝推將去，兩個人就在室內動手打起來，最後是林景雲沉了臉說：「你們兩位要卿卿我我，別在我這失意人跟前。」此話侍衛們全都不解，他受封左衛上將軍，娶得皇后最寵信的侍女，哪裡失意了？拷問他他卻抵死不肯說。這天回去，馬車兩旁的侍衛聽到皇帝對皇后說：「我吃醋了。」皇后大笑：「你以前可不這樣。」皇帝答說：「以前不覺得，現在覺得了，你以後不許單獨見他，還有，那個謝懷暢宰了算了。」皇后忙說不可，後面的聲音極低，旁邊人都聽不清楚了，只隱約聽見提起了靖玉皇妃。

這一樁一件，這些近身侍衛們比旁人都明悉得多。

皇后在草叢裡掙扎發聲，隱隱約約似叫過救命。幾個皇后的近身侍衛稍稍起身看了一眼，便又伏下來不言不語。莫說只是叫救命，就算她當庭跌倒，侍衛伸手扶早了恐怕也會衝撞到皇帝。這兩夫妻間打情罵俏的話，哪能當眞。何況皇帝待下屬們一向甚好，人人都受過他的額外施恩，就算兩夫妻偶爾鬧脾氣時，大家心裡也多是幫著皇帝。

新來的侍衛們猶有些臉紅，老練的那些倒見怪不怪了。

猛然間皇后低低叫了一聲，聲音壓抑無比，還是人人都聽見了。幾個年長侍衛相視一笑，大家繼續裝聾作啞。

趙恆岳一口咬住她的耳朵，輕聲說：「侍衛們都在呢，你別出聲。」

陶花大怒，「又不是我想出聲的！」

他趕緊認錯，「怨我，怨我。」

她滿足地仰躺在草叢中，「喂，松兒生辰快到了，還是把太子之位還給他吧。」

他搖頭，「本朝的規矩是立長不立幼，榕兒長大了會不高興。」

她握住他的手，「恆岳，你對榕兒如此之好，我們都很感激你，不過……」

他愣住片刻，忽然心中起了一陣波濤，冰冰涼涼的，「阿陶，你跟誰是『我們』？」

陶花趕緊靠到他身邊，「我說錯話了，請皇上開恩，要不要我下跪？」

他笑著在她額頭一點，「別以爲我不捨得讓你跪。」

她嘟嘴，「你也太小心眼了，以前不這樣的。」

「以前你跟他有婚約，輪不到我來小心眼，現在你是我的妻子，我當然小心眼。因爲……」他欠起身看著她，「阿陶，這天下我都可以不要，唯有你，我失去不起。」

她隨意地拍拍他，「知道了，眼下太平日子過得這麼好，說甚失去不失去的話。」

「太平？」趙恆岳哼了一聲，起身傳喚侍衛。

陶花最近愛上了聽蘇州評彈。每過幾天就會召一個盲樂者入宮彈唱，這天正巧趙恆岳路過，順便陪她聽了一會兒。

這個盲樂者在市井間名頭甚響，陶花請進宮來演唱多次了。盲樂者坐下來，調了調三弦，一口吳儂軟語在齒間飄出萬種輾轉。

趙恆岳一句也聽不懂，不置信地笑問陶花：「你能聽得懂？」

「我哪兒聽得懂，等他唱完一段，會給我們用官話解釋。」

說是官話，亦頂多勉強能聽懂，仍帶著濃重的江南口音。

盲樂者說：「這段唱的是，皇帝假言召酈明堂議朝政，其實是與她同遊上林，上林苑裡百花盛開，皇帝幾番言語試探，酈相只是裝聽不出來呢。」

陶花好奇問聲：「她為何裝聽不出來？」

「那是因為，皇帝想要與她共掌乾坤理朝政，想要與她時時刻刻不離分，皇帝愛上了她呢。」

「這不好嗎？」

盲樂者微微一笑，「娘娘您是皇后，當然覺得好，這酈相卻是女扮男裝的孟麗君。麗君雖在朝廷為官，是一位女中豪傑，可她已有心上人，她早心許元帥皇甫少華了啊。」

陶花斜斜靠在椅上，「對，前面唱過，她已有了心上人。」

那盲樂者多次前來，與陶花熟稔了些，把細節一點點解釋，解到騎馬過橋一節，不免笑道：「這麗君小姐，馬驚之後弱不禁風，被皇帝戲弄。若是娘娘您，莫說馬驚，便是陣前疆場也不弱鬚眉。」

陶花想了想，大方地承了這份讚揚，又順便謙虛一下，「麗君有麗君的難處，本宮亦有本宮的難處，雖然本宮不怕馬驚，卻仍有爲難時候。」

盲樂者把這一節〈遊上林〉唱畢解完，問陶花：「娘娘還要不要聽下一節？」

陶花側頭看看趙恆岳，他深坐椅中，面上帶著笑，眼神裡卻隱有不悅，「我不想聽了。這齣戲，以後再不許你聽了。」

陶花十分不解，但也知不能在人前與他爭執，於是對那盲樂者說：「皇上不想聽了，你不妨先給本宮講講結局吧，講完了結局咱們下回換其他戲。」

那盲樂者聞此竟是微微一嘆，「這故事麼，偏無結局，寫這個故事的人未能完筆就逝去了。」

「那先生覺得結局該是如何呢？麗君是嫁給了皇帝，還是嫁給了皇甫少華？若是皇帝威逼，麗君豈不只能從了？那皇甫元帥豈不萬千傷心？」陶花沉浸在故事當中，不厭追問。

盲樂者笑道：「娘娘多慮了，麗君又怎會從了皇帝？她與少華兩心似鐵。」說著，他輕唱起來：「國色天香酈相爺，她是那錦心繡口貌如花，她是個三貞九烈奇女子，歷盡艱辛訪少華。風流帝王懷私意，辜負天恩爲少華；誰知酈相心如鐵，玉潔冰清爲少華；言決裂，志靡他，件件樁樁爲少華；聖恩浩蕩歸家去，奉旨成婚嫁少華；且聽我，彈唱這株女貞花。」

這段不是評彈，他隨口自唱，便用官話唱出以讓陶花聽懂。唱完之後說：「這是我給他們續的結局，讓皇帝施恩，放了他們二人。」

陶花輕嘆：「皇帝施恩，談何容易？誰有這般好心，肯放棄自己心愛之人。」

盲樂者笑道：「咱們說書的，當然是給續個大團圓的結局才好說下去。若眞皇帝不肯施恩，我看這麗君小姐，便是寧死也不肯受辱。」

陶花點頭，一捋袖子，「不錯，正當如此，便是寧死也不受辱，大不了一人一騎殺將出去！」

她話音未落，趙恆岳倏地自旁站起身向門外疾行。

陶花再糊塗，此刻也曉得他是生氣了，幾步趕過去扯住，「喂喂喂，你這人怎麼這樣！」

那盲樂者早嚇得連連伏地叩頭，陶花衝盲樂者擺手，「不怪你，你快走，免得聖上發起脾氣來連本宮都勸不住。」

她把趙恆岳扯回座位，「唱戲呢，你生什麼氣？那個皇帝就是很壞，明明人家麗君有心上人，還要喜歡人家。」

趙恆岳看著她，不說話。

「哦，那個……這也不能算壞，喜歡人家沒有錯，可不能總去纏著人家。」

他仍是看著她，不說話。

她再次改口，「呃，其實纏著也不能算壞，可是……可是人家給他做臣子，他總調戲人家！」

他被她氣得笑起來。

她抓抓頭髮，「嗯，你也總調戲我的……」她開始變得疑惑，「恆岳，你說這齣戲裡，皇帝到底做錯什麼了？我怎麼想不明白呢？」

趙恆岳把她抱到懷中，讓她坐在他腿上，「他做錯的是，沒有趕緊成事，生米煮成熟飯……」一邊說著，一邊去煮他的熟飯。

陶花一下跳起來，問旁邊的侍從：「藥煎好了沒？」侍從趕緊端了藥碗過來。

趙恆岳看一眼，「你這藥怎麼天天吃？」

她笑笑，「養顏的，當然得天天吃。」

他笑著捏捏她的臉，「不用養了，十藥九毒，我又不是喜歡你這張臉。」

她一口氣把藥喝光，轉回頭來，冷森森問：「你剛剛說什麼？說你不喜歡我的臉？」

「不是不是，娘娘容稟啊，我是說，」他笑著探手在她身上遊走，「我更喜歡其他地方。」

陶花將他推開，站起來，「榕兒呢？把他叫來，他今天剛學的山歌，唱來聽聽。」

「你呀，聽就是聽評彈，唱就是唱山歌，俗不可耐！」

未久趙榕踢著腳跑進屋，立正之後乖乖唱歌，果然是俗不可耐的一首。陶花不通文墨，當然教不出什麼陽春白雪來。

太陽出山明堂堂，照著我的新嫁娘，
新嫁娘有個高鼻梁，比我過去的姑娘強。
月亮出山亮晃晃，照著我的新嫁娘，
新嫁娘一天能織布五丈，比我過去的姑娘強。

新嫁娘的頭髮長，舊姑娘的頭髮黃，
新嫁娘的手腳暖，舊姑娘的手腳涼。
人人都知道新的好，可我還是忘不了，
忘不了我過去的那個舊姑娘！

趙榕唱歌的時候，外面進來一個侍衛在趙恆岳耳邊低低稟報，神色肅穆。

陶花當即插話：「什麼事？」

這是趙恆岳的近身侍衛，當差多年，陶花早已認識，但侍衛並未如往常立刻回答她的問話。

趙恆岳擺擺手，「別打岔，榕兒正唱歌，他要不高興了。」

山歌唱完，趙恆岳喚過趙榕，拍拍他的頭，「唱得很好，可是這種山歌以後別再唱了，粗鄙不堪，莫名其妙。明明有新人了，還念著舊的做甚？」說著側頭瞪了陶花一眼。

陶花眼中閃過一絲複雜神色，黑白分明的眼眸竟不似從前那麼直接了。她垂下眉目，「縱然有了新人，舊的也一樣情深。」

趙恆岳的臉色微微沉下，「剛剛侍衛說，西涼質子逃走，怕是要動兵了……」

陶花不知他何故突然轉換話題，她愣了一下，「也許只是走失，未必是逃走，我見過那孩子一次，比榕兒大不了幾歲。」她停頓片刻，「那個……恆岳，這次動兵，我不想去了。」

趙恆岳看她一眼，沒說話，把榕兒交給侍從帶走。他轉回頭重新看著陶花，「新嫁娘都進了門，舊姑娘再好，終究不能跟你在一起了，她已經喜歡上別人……」

「沒有！」陶花大聲打斷，「她沒有喜歡別人！」

「就算他不喜歡別人，他也已經娶了人家！」

陶花愣住，「你說什麼呢？」

他靜默片刻，「阿陶，你不想上陣，我隨你，但你要守在我身邊。」

她靠到他身邊來，「我在說你的新嫁娘呢，你跟我胡扯些什麼？」

「你才亂胡扯，我哪有什麼新嫁娘？這輩子就你一個！」

她撇撇嘴，「眞的？那，那個蔡曉虹怎麼算？」

他有些赧然，「那是一時行差踏錯，不作數。」

陶花大笑著刮他的臉，嘲弄道：「羞羞，明明做了還不算數。你都跟人家好了，又不娶人家，眞是壞得很。」

他更加羞赧，「阿陶你別笑我了，以後再不會有這種事了。」

「可是我希望有人在你身邊呢。」

「不可能！」

「不可能？」陶花笑嘻嘻地看著他，「恆岳，我今兒個忽然想喝酒，你陪我好不好？」

第四十三章　夜奔

寧致靜先醒了過來。

她垂首看自己一身狼藉，溫柔淺笑，方想起身收拾，卻發覺半邊衣服壓在他身下。她只好靜靜躺著，含情凝望他的側影。

他輕鎖眉頭，一夜醉臥猶沒能散去那些隱憂。他時常掛心著很多事情，困苦的少年生活讓他養成了吃苦的習慣，恨不得睡著時候在夢中也能想些軍政大事。

寧致靜滿懷深情又滿含憐惜地望著他。

他突然伸手攬住她，眼睛仍是閉著，輕輕問聲：「醒了？昨晚我醉了，是否服侍得不夠周到？」

她沒聽太明白，只是答聲：「奴婢剛剛醒，怕是擾了聖駕。」

他聽到這話，猛然坐起來，不敢置信地看著眼前女子。

她低頭稟道：「娘娘說昨晚有些不適，讓奴婢來伺候。」

他如脫韁奔馬般大怒起來，「胡鬧！」迅即披衣起床，到了地下仍不解恨，回頭斥道：「她胡鬧，你們還不懂事嗎？竟跟著胡鬧！她惹事朕不敢動她，你們跟著惹事，就不怕禍及自身！」

她抬頭看了看他，「奴婢早知道會禍及自身，可是奴婢……」她的聲音漸漸低下去，卻更加堅毅，一字字地說：「奴婢心甘情願。」

他一愣之時，門外傳來侍從低低呼喚的聲音，他應了一聲。侍從走進來，附到他耳邊悄悄稟說：

「昭陽殿裡的親信傳話過來，娘娘昨夜裡不知緣何哭了。」

他怒哼一聲，「自作自受！你過去跟皇后說，這回朕無論如何不饒她！」說著一指已下床跪伏在地的寧致靜，「下到掖庭去。朕要是不治她，往後這種事難保還會再有。」

侍從領命而去，走到門口他又叫住，「今日是魯王周歲，事情辦完了帶皇后去小商河遊船上，四處不許留人，朕有些軍政大事要跟皇后商量。」

魯王趙松的周歲慶典，父母之間卻是冷若冰霜。

往常就算置身典禮場合，他們倆也會偷空說句私話，或者彼此推搡一把玩笑，今天卻是冷冰冰的。陶花試過跟他說話，笑嘻嘻問他「新人好不好」，被他狠狠一瞪，便再不敢多言。

典禮過後，陶花在太華殿裡召見宮廷命婦，一一聽她們上前恭賀。這群婦人大多老邁，因著夫力子力而討些封蔭，等拿到時都已年華老去。只有兩個年輕些的：吳越王秦文的王妃、一品晉國夫人姚碧君，以及左衛上將軍林景雲的妻子、三品定陶郡夫人朱弦。

陶花與朱弦頗爲熟悉，日常在宮中便經常來往，十分親熱。她卻是頭一次見姚碧君，這名字也算是如雷貫耳了。第一次聽聞這名字的時候，猶是在征伐契丹的軍中，如今彈指八年過，她終於見到了這個名冠天下的美人。

人人都知姚碧君是何出身，貴婦人們都離她遠遠的，生怕沾染上一絲不潔。可是也同樣人人都知，她是命婦之中封號最高的，也是最得寵的。自從秦老夫人亡故，這晉國夫人便獨占鰲頭，每至逢年過節皇后必有封賞親下到建康城。

陶花悄悄地細細打量她。她寂寞地站在人群裡，天生一股誘人溫柔，文靜清華之中隱隱又透出些許高傲，與秦文眞是一對良配。

陶花與秦文兩人五年沒見過面了，甚至於，她都記不太清楚他的模樣。她只記得，他永遠都是最出眾的那一個。

也許，現在是時候帶榕兒去看看他。

待眾人都退出時，陶花把姚碧君留下，與她閒談些生活瑣事。姚碧君是個世故女子，輕輕淡淡、不著痕跡地把秦文的近況說給陶花知道。

後來越談越深，陶花猶疑著問了一句：「你們怎麼還沒誕下子嗣？秦家總歸得後繼有人。」

姚碧君慘澹一笑，似在講述別人的故事，娓娓道：「我與他雖是盛年夫妻，卻是三兩個月才得親近一回，每次都擇在月亮隱去的漆黑夜裡。他柔情萬千，喚的卻是娘娘您的名字，有時夜裡會哭醒，怨您不去看他，怨您爲了一句話就罰他受地獄之苦。他終是娶了我爲正妻，而我出身煙花，他這是在回答娘娘您當年問他的那句話。」

陶花愣住，半晌無語，她一直以爲他已經安頓，不想竟是如此。她從未見過他的淚水，她眞的以爲他便是傳聞中那個無堅不摧的常勝將軍，百般危難都可以交給他解決，而他自身永無難處亦不懂傷心，只有一襲白衣之上的驕傲。

半晌，她才抬頭，「這次百官來賀，他怎麼沒有過來？」

姚碧君撇了撇嘴，「那要問您那賢明的夫君。兩年前，您那夫君親去爲他選妃，就是那天晚上，我第一次看見他哭。」她心底裡十分憎恨當今天子，爲著他那樣瞧不起她，所以說起話來雖無半句褒貶，卻是一樣鋒利到位。

陶花再次低頭，「恆岳，唉，他們素來不和。是本宮不夠周到，竟讓皇上去為他選妃。」

姚碧君淡淡展開話題：「西北苦寒，風沙遮天，我看他身體是一日不如一日了。」

陶花驚異，「你們不是居於吳越嗎？」

姚碧君一笑，「他早就請駐陽關了，難道您不知道？」

陶花緩緩搖頭，「本宮眞的不知。」

「我來之前才剛請過大夫，換了四五撥，眾口一詞說，他的肺病受不得風沙，若是執意居於西北，怕是眼看就要不治。」

陶花猛然抬頭，「你說的是……秦文？」她實在難以相信，需要確認。

這怎麼會是他？他應該是最出塵又最得意的那一個，樣樣都是最好的，功夫是最好的，琴棋書畫是最好的，就連容貌這種不能選擇的東西，也都是最好的。他應該是那個夢中的鮮衣怒馬少年郎，而不是風沙侵蝕、苦求一命的癆病鬼。

姚碧君仍是淡笑，「當然是他，吳越王秦文，誅殺契丹皇帝、手刃錢元虎的秦文，鐵箭公主許嫁而不嫁，如今他是我的夫君。他輾轉病榻，我數次勸他離開陽關，他執意不肯。他說，是您讓他在陽關等著，他不能走，就是病死也不能走。」

陶花眼眶已濕，「這……這從何說起？」

姚碧君緊盯著她的眼睛，目光變得炯炯，「我這次肯千里迢迢過來，就是想求您去勸勸他，只要離開陽關那風沙之地，他的病就能好轉。」

陶花點頭，「本宮會去，當然會去，本宮會帶榕兒一起去看他。」

姚碧君出言阻止，「娘娘，您的榕兒怕是帶不走了。」

「爲什麼？」

「帶著太子，我們怎能逃得出去？」

她大惑不解，「不必逃，本宮讓皇上送我們過去。」

姚碧君立刻站起，作勢要走，「娘娘，是我多嘴了，今天這些話您就當沒聽到吧。這事若讓皇上知道了，別說我們一家人，九族都是性命不保。」

陶花趕緊拉住姚碧君，「本宮不告訴皇上，你別走，先坐下。」

朱弦聽說皇后遣出所有侍從後靜坐不語了大半日，趕緊前去探看。遲遲疑疑試探著移步進去，看見皇后竟然淚盈於睫，朱弦趕緊搜腸刮肚想個討好的話題。想了一陣想起了靖玉皇妃。人人皆知皇上待皇后百愛千寵，那靖玉皇妃徒掛虛銜，爲著皇后的善心才能在這宮中生存下來，閒雜人等無事時便會去戲弄欺負她，反正她在這宮中無所依靠，皇上聽到也只一笑置之。

朱弦輕輕說：「皇后娘娘，我方才路過燕歸館，聽見靖玉皇妃在那裡啼哭呢。咱們過去看看，好嗎？」她心中想著，這靖玉皇妃多半是因爲失意而哭，皇后過去看到了，自然想起自己三千寵愛在一身，也就不會傷心了。

陶花迷迷茫茫站起來，「我從沒見過他哭，他也不曾告訴我。我提過什麼陽關，只是一時胡說八道，我怎知那裡風沙這麼苦？我得要勸他回來。」

朱弦哪兒聽得明白，只引著陶花去了燕歸館。

陶花一路行去，心口沉重。等進了燕歸館，朱弦生怕靖玉皇妃聽見有人來會停了啼哭，遂阻住侍從稟報，竟就推開門直闖進去。

靖玉果在啼哭，看見人來，慌慌張張收起桌上的一幅圖畫。

朱弦瞧見那畫上繪有一名紫衣少年，並不曉得是誰。

陶花卻認得那紫衣少年是誰，抬頭看靖玉，顯已哭得雙目紅腫。她走上前去，一把拉住靖玉，「我帶你去見他！」說罷一路扯著靖玉往外走去。

朱弦傻愣了半晌跟出勸阻，陶花揮手喝令朱弦回去，而後帶著靖玉上了皇后鳳輦，吩咐直奔天牢。

靖玉也嚇傻了，初以爲又遭戲弄，一味哀求討饒，陶花卻待她甚是和氣，不住安慰她。等到眞的進了天牢，靖玉反倒靜下心來，只要能見他一面，縱使粉身碎骨也好過這每日凌遲般的思念。

陶花呵斥勸阻的獄卒，強令他們打開牢門。

謝懷暢正於牢內昏睡，靖玉撲到他身上時，他上上下下打量她一陣，問道：「你是人，是鬼？」

靖玉大哭著抱住他。

陶花站在一旁看著不住拭淚，剛覺得心裡有些安慰時，竟見謝懷暢猛然扼住靖玉的咽喉，手下毫不留情，靖玉被扼得不斷咳嗽。

謝懷暢說：「讓我殺死你，咱們到黃泉路上去做一對同路鬼。」

陶花大驚，急欲上前解救。旁邊的獄卒卻拚力攔住陶花，另有獄卒去拿大棒把謝懷暢打暈，靖玉看見謝懷暢被打，死命撲到他身上幫他擋住，一時間局面狼狽不堪。

陶花讓這變故嚇得驚呆，獄卒首領趕忙跪下，「稟皇后娘娘，此人兩年前便已瘋癲。」

靖玉聽見，撲在昏暈的謝懷暢身上大哭起來。陶花淒然立了半晌，過去把靖玉扶起。靖玉怎麼也不肯起，叩伏於地，「娘娘，我知您仁善，求您將我也關在這牢中，日常亦可服侍於他。」說著不住叩頭，滿面涕淚交流。

陶花伸出一隻手臂扶住靖玉，「不是本宮不許，只是，他既已如此，怕會傷到你。」

靖玉抬起頭來，眼神無比堅定，「我不怕，我能夠讓他好轉。」陶花看著她的眼神，那個唯唯諾諾的靖玉皇妃不見了，當年那個喝一聲「十四萬人齊解甲，寧無一個是男兒」的靖玉公主又回來了。陶花不由點了點頭，交代獄卒把靖玉也關在此處。

獄卒跪地回稟：「此事不合大周禮法。」

陶花冷冷答道：「我這就回去擬旨，改了這禮法！」說著擺駕回宮。一路之上，那對苦命鴛鴦的慘狀不時浮上眼前，讓她心內愈發擔憂。

不知道秦文今刻如何？數年前，曾經爲了失去她，他在重傷之餘害了場大病。那麼，此時呢？姚碧君說他若再不回中原，眼看便要不治，到時她如何跟榕兒交代？榕兒現在還什麼都不懂，等到這孩子長大懂事了，她能告訴孩子，你的親爹被娘親一句話給騙到陽關、風沙侵蝕而死嗎？姚碧君遠自陽關前來，路上亦頗費了些時日，她離去時大夫們說他還有救，現下呢？

陶花越想越是擔心，車駕還未到宮門時，她猛然躍出。隨從們大驚失色，未及出言，即見皇后跳上前面的馬匹，一轉馬頭往反方向奔馳而走。

一時間眾人大呼小叫追過去，卻哪裡有人趕得上陶花這自草原上練出的騎術？她快馬朝西門奔去，一路上皆未遇阻礙，直至臨近西門，遠遠望見城門口站著一道熟悉的身影。

她奔到近前去，才看清是林景雲。

他也發現她，走上前來先見過禮，而後查看她背後，「連侍衛都不帶，這麼著急？」語調毫無謙恭之意，竟隱隱有些無禮。

陶花也不跟他客氣，「我要出城，告辭！」說著縱馬便要過去。

林景雲橫在她馬前並不相讓，「你都不問問我爲何在這裡嗎？」

陶花到此時才覺得有些蹊蹺，他官拜左衛上將軍，掌管京郊駐軍，怎會在此處守城門？

林景雲緩緩言道：「我在這裡守西門已有兩月，皇上說，若是皇后永不出京，天下太平自是最好；若是皇后有一日必要西去，那麼，我這左衛上將軍恐怕就得準備迎戰了。」

陶花倉促間不及細想，只是一甩馬鞭怒喝：「你是要跟我動手嗎？」

林景雲知道她會錯了意，搖搖頭說：「怎麼敢跟你動手？皇上說了，若是有一天我在這裡看見了你，就讓我跟你說，敵我不兩立，請你三思。」

陶花愣了片刻，「什麼兩立三立的，胡說一通，我走了。」說罷大喝一聲「閃開」，轉開戰馬隨即出城而去。

第四十四章　兵變

汴梁城外小商河，趙恆岳坐在船內，聽著侍衛的稟報，一言不發。

侍衛低低提醒：「皇上回宮吧。」

他搖搖頭，「再等等吧，興許她一會兒就來了。」

「可是……」侍衛不敢再說下去，這話反覆說過多遍了，皇上執意聽不進去，旁人也沒辦法。

一直等到月亮都升至中天了。

林景雲推開眾侍衛的攔阻，走上前去，「皇上，她已經走了，幽州軍也已經南下，咱們不能在這裡坐以待斃！」

他轉過頭來，似乎仍不確信，「眞的走了？」

「是的，眞的走了。正在今日，亦見幽州軍南下，西域各國齊反，由陽關直入中原，他們肯定早就約好了！」

他低下眉，看著江心。

這個曾經與他在契丹一路奔逃相依爲命的知心夥伴，如今一句話不說就走了。他知道自己即將面臨命運中一場巨變，也許是此生最殘酷的挑戰，偏偏，她卻在這個時候離開他！

第一次，他對她起了一點怨意。往常，不論她說什麼做什麼，他從未眞的怨過她。

月亮沉下，天色微微泛白。河上一夜，恍若千年。

林景雲一跺腳站起來，「她恐怕已經到了，兩人許多年不見，此刻定然正在床上酣暢淋漓。」其實哪有那麼快，她必然還在路上，可是他卻不能看著皇帝這樣下去了。

果然，趙恆岳連去探究路程長短的心思都沒了，只抬起頭看向遠方。這兩年以來，她漸漸推拒躲閃，他並非看不出。到最後連寧致靜都被塡了進來，可笑之至。

他垂下頭去，這些他並不大在乎，唯當他聽到幽州軍南下的消息時，他是眞的在乎了。他原以爲她是最堪信任的人，她卻懷著另一個「我們」，且居然不惜爲此將他推入絕境。

她先是他的夥伴、親人，其次才是他的女人。如今，她不再是夥伴、親人了，那麼，就只是一個女人而已。他趙恆岳何嘗會放不下一個女人？豈非笑話！攻城掠地之時，奪來了敵人手裡的女人，他何曾手軟過？便是靖玉那般的絕色天姿，於他也只是樹立國威的棋子，從未得過他一絲憐惜。

陶花，若只是一個女人而已，那便沒甚放不下的。

他長長嘆了口氣，終於轉頭對林景雲說：「此後，便是敵人了。」

林景雲低頭咬牙，狠狠答一聲：「不錯！」這個結果，這兩個字，對他來說同樣痛入骨髓。他又恨聲補上一句：「此人鐵箭天下無敵，聽說吳越王養了數千鐵箭兵，必是此人帶領，咱們得速想對策！」

趙恆岳驀然站起，長長披風掃過船舷，「即刻回城。昭告天下，廢黜中宮，立寧致靜爲新后。」

那個他深愛的人，從此以後與他再無干係，來日相見，恐怕是在兩軍陣前。

風沙遮天蔽日。

陶花快馬抵達酒泉城吳越王府，跟那門衛說要見吳越王。門衛問她：「你是誰？」

這一句話把陶花問住了，她是誰呢？——皇后嗎？這可不變成了大笑話。——民女嗎？吳越王爲何要見她。

她連姓名都無法示人，怔了半晌轉頭走開，直待天黑才越牆進去。

她綁住一個巡邏兵問到秦文居處，那裡卻黑著燈，不知道是否已睡下了。陶花躡手躡腳尋個空隙進去，門竟是虛掩著的。

她還在奇怪這王爺居室怎麼連門都不關，帶分警惕慢慢走到床前，探手去掀帳子。

他先她一步挑了帳簾，而後一探手將她拉到床上去。她頓時一驚，他卻沒有，彷彿輕車熟路地問：「這麼快就到了？」

兩人同時打量對方。月光底下，依是舊日模樣。

她成熟風韻了些，他越發清雅不群。

他有些消瘦，卻毫無病容，英姿倜儻一如當年。

陶花怔然片刻，「你……你不是害病了？」

他笑了笑，「相思病重，你總算來了。」說著將她按在床上，柔柔吻啄。

她在震驚中不及反抗，窗下傳來低低的聲音叫了一聲「王爺」。

他一邊繼續吻她，一邊問：「什麼事？」

那人答說：「一切安排妥當，只是，宮中有變。」

他立時頓住身形，「說！」

「皇后夜奔出城，皇帝傷心至極，翌日凌晨便頒旨廢黜中宮，夜裡又突然獨自隻身離宮出走。御林軍遍城搜索，最後在落霞山側峰無情崖上查到蹤跡，有山民看到他墜崖，只是還未找到屍首。」

陶花按住床沿，靜靜聽著。

聽完了，一躍跳下床，跌跌撞撞朝門外疾奔。

門外院子裡燈火通明，一叢弓箭全指向她。

背後響起秦文的聲音：「我知道你不怕死，然你該知道，你沒帶半件兵器在身上，想拚死都難。你我皆是久經戰陣之人，已知結果的戰局，不如省去動手吧。」

她站住，轉頭看著他。

他笑了笑，「你今晚在我屋裡歇息。放心，我不會碰你，我知道你想嫁給皇帝，你且等我把這萬里江山送到你面前。」

秦文果無食言，他只把她一人鎖在了他的臥房，自個兒連夜重甲出城。

陶花呆望著屋頂，有那麼一瞬間巴不得眩暈昏去，如此一來便什麼都不必看不必管了。

可是她知道不行。恆岳曾說過，若是她走了，他便從無情崖上跳下去。她一直當作是戲言。

無情崖她去過多次，九死無生，別說是找活人，就是屍體也難以挑上來。屍體……是的，屍體。那個在觀音廟裡誓願保護她的人，那個把最後一塊饅頭塞到她嘴裡的人，那個在她傷心時永遠守在旁邊的人，那個不管她說什麼、做什麼始終寬容的人……他教過她情事，卻不曾強行占有她，他在她有孕的時候娶了她，他待她的孩子比親生的還親……

孩子……是的，孩子。她的兩個兒子此刻怕是正哀哀慟哭，定然是的，榕兒那麼喜歡他，找不到他了肯定會大哭不止。更重要的，天下虎視眈眈的人數不勝數，她那兩個小小稚子尚不懂自保，此萬里錦繡江山總不能這麼亂了。不，其實，她才不在乎亂了天下，她已不在乎。如他所說，眞的在乎一個人，是不會拿家國天下作藉口的。她不在乎什麼家國天下了，只是，這是他的天下、他的江山，她不忍心亂了屬於他的東西，如此而已。除卻兩個孩子，這江山天下，她再沒有任何他的東西了。所以，她定得保住這兩樣東西。

若不是爲了這兩樣東西，她又何必苟活於世？他已經走了，她何必活著？

她沒有哭，站起來細細觀察屋內布置陳設，然而，半件鐵器也無，遑論弓箭。

怎樣才能逃走？她正焦急的時候，房門忽被推開。一個五短身材的矮胖姑娘走進來，她以爲是服侍的丫鬟，轉開頭不加理會。

那胖姑娘倚在門口，上上下下把陶花看了一遍，問她：「紅衣公主，我放你走，你走不走？」

陶花轉回頭，狐疑地盯住對方。

胖姑娘笑一笑，轉身出門。月光下看得清楚，這位姑娘面目微黑，因爲胖得不勻稱而顯得有些醜陋，眼神中卻是凌厲，氣度亦不凡，隱隱透著傲氣，在月光下盈盈飄逸而出。

陶花別無選擇，當即追著胖姑娘出去。

大隊兵馬已隨秦文出城，路上偶有盤查，一看到這胖姑娘的面容，都立即退去。胖姑娘送陶花到了王府門口，牽了一匹馬給她。

陶花萬分感激，對那姑娘說：「我日後定當報答，還望姑娘告知姓名。」

胖姑娘看著她，微笑說：「你永遠不見他，就是對我最好的報答。」

汴京城裡乍看一切如舊。陶花風塵僕僕又趕了回來，一刻不停直入宮門。守門的兩人看著面善，想是這宮中值守多年的侍衛了，她心情焦慮，頭也不抬就往裡走去，那兩人齊側身攔住她。

陶花皺眉說：「怎麼，不認得我了？」說著拂拂面上塵土。

那兩人冷冷答道：「禁宮重地，怎可擅入？林將軍交代，這兩日連朝中大臣亦不得出入。」

陶花想到了自秦文書房外聽到的「廢黜中宮」之語，當下也不爭執，只淡淡立於一旁，「既是林將軍交代，請他出來見我吧。」

那兩人卻是驕橫，「你是何人？怎可命將軍前來見你？」

陶花看著這兩人凜然一笑，「我還是大周國的樞密使，是否須拿出鐵箭令才能調得動他林景雲！」

林景雲來得倒是不慢，只是看到她時一臉輕蔑，問她：「是稱公主，皇后，還是吳越王妃？」

陶花冷冷答道：「我是大周武將，擔樞密使之職，當然是稱將軍。」

林景雲徐徐點頭，「不錯，陶將軍，陶大人，末將倒是有軍情稟報，只怕你早已知道了。吳越王大開陽關，引入西域二十萬大軍，此刻正與淮南軍對陣。幽州軍南下到了小商河邊，與京郊軍隔河對峙。京郊軍不過十萬人，幽州軍卻有十五萬，這一戰凶多吉少，想來你過不了多久又可再度入主中宮，只是不知，到時是你爲正呢，還是那煙花女子姚碧君爲正？」

陶花早已面色慘白，她沒料想到會如此凶險。她後退兩步，瞪著林景雲，「當眞？」

林景雲冷冷一笑，「皇上都被你逼得跳崖，還有什麼是不能當眞的？」

陶花又後退了兩步，「他……他眞是自己跳下去的？」

「難道你以爲皇上是被人推下去的？你倒是想，只可惜幽州軍尙未進城，誰能推得他下去。他臨走前將我們幾個親信之人連同寧皇后一起召到跟前，跟我們說，他欠你的是他的性命，今天便是去還了，還過之後，即與你兩清！」

陶花身子晃了兩晃，終於勉力站住，淚水潸然落下。片刻之後，她咬牙收住眼淚，抬起袖子在腮邊一拭，抬頭問林景雲：「榕兒和松兒在何處？」

「自然是在皇后處。」

「好。靜兒待恆岳是眞心，不會難爲兩個孩子。」陶花輕嘆一口氣，「其實我早知她對恆岳有意，只是顧慮她有家仇在身，才未早日促合他二人。」

林景雲斜起嘴角，「不錯，你心心念念就是要促合皇上與旁人，你可眞是賢德得很！當年我自嵩山上跟著你的，我還記得那時有位神醫杜若仙，你對她怎就沒這般賢德？」

陶花已無暇與他細辨是非，眼光冷冷一轉，「虧你還記得你是跟過我的，我賢德不賢德不是你該管的事！你只管聽我軍令便是。松兒交給寧致靜我可放心，且將榕兒帶到軍中去，萬不得已之時挾他性命逼吳越王退兵！」說罷佩刀帶鞘在他眼前一橫，「再多說半句廢話，桃花箭可不認你是左衛上將軍！」

林景雲收起面上的輕蔑笑容，眼前這個女子威嚴果斷，竟讓他恍若回到了五年之前，不由脫口叫了一聲：「公主。」

陶花一哂，「叫什麼公主？我與他是夫妻，不是姑姪姐弟。」

她收住自嘲的笑容，正色對林景雲說：「我未叛國，他也並未奪我虎符。如今我雖不再是他的皇后，卻還是他朝中將領。你速帶我去京郊軍巡防。我比你們更熟悉幽州軍實力，你若對我有嫌隙，我們打勝的把握就更小了。」

林景雲點頭，她既已說出拿趙榕來要脅吳越王的話，想是真有意退兵，而他此刻也確實沒有別的力量可以依靠。

他們二人合力把朝中諸事安頓，又密遣人四處尋訪趙恆岳的下落，卻是連屍首也未找回。這天兩人又去到京郊軍中，到時赫然碰見秦梧和羅焰也在。秦梧見到陶花，只跺腳大罵兄長，說他已抵對岸營中。陶花也不跟她客套，直入主題：「我們兩人過河去見他，勸他退兵。」

秦梧氣道：「我去過了兩次，他根本不聽！說我要是再去，就當作敵將拿下。」

陶花冷哼一聲，「要拿下我們，先問問我手中弓箭！今夜就過去，我倒要看看他是不是對我們兩個女子動手！」

幽州軍到底是在秦家軍手下治理，一看儀容陶花即知此戰凶多吉少。她與秦梧兩人身著重甲，並轡過河，在營門口見到了秦文。

他早聽到稟報，直接出營門，見她二人俱帶著兵刃，不由一笑，過去拉住火雲追，扶陶花下馬。陶花推開他的手，自己下馬，看他正跟火雲追親熱，淡淡說道：「這匹馬還給王爺吧。」

他笑著轉頭，「怎麼？跟我分這麼清楚了。明明人都到了我身邊，竟又一聲不響跑回來，我今晚得好好跟你算帳。」

他語調親密，又帶著分明的調笑之意，陶花不禁後退一步，「王爺，你我如今是敵非友，我們二人前來勸你退兵。你若是肯聽，咱們將來還是朋友、親人；若不肯聽，只有刀兵相見。」

秦文面色微微一沉，「陶花，秦梧來勸我退兵亦便算了，你爲何還來勸我？本來，皇上墜崖，這江山自然歸榕兒的，可我到底不放心，仍想親自領兵前來。這五年，我終是想明白了，若不能拿下這江山，就總不能穩妥了你。」

他說著又過去拉陶花的手，陶花又是後退一步，凜然道：「你該知道，我最恨禍國殃民之人。你若執意如此，讓天下咒罵我是『禍水』，那咱們便恩斷義絕，從此後再無一分情意！」

秦文看著她，笑容中泛起冷峻之意，「有沒有情意又如何？當日你對他也無情意，還不是一樣嫁給了他？你夜奔陽關，難道對我沒有情意？」說著猛然逼近一步。

陶花還不及答言，秦梧趨前一把扯過陶花，「哥，陶姐姐已嫁，請你自守禮節！」

秦文轉頭看看秦梧，「你是軒雲公主的女兒，從小萬千寵愛在一身，喜歡的每一樣東西都拿到了，你怎知我這苦情相思之人的痛楚！我這一生，最喜歡的不過這一個女子，卻被帝王強娶而走。」

秦梧被他問得啞口無言，陶花扯扯她手臂，「說不通了，我們回去。」

秦文立刻轉回頭盯住陶花雙眼，「你今日還想回去？」

陶花「嚐啷」一聲扯出佩刀，寒光出鞘，涼意懾人心魄，她語調卻是淡得波瀾不驚，「若要動手，那便一戰好了。」

秦梧在回去的路上問陶花：「今日若果眞一戰，你說咱倆能不能出得來？」

陶花看她天眞無邪的樣子，撇撇嘴一笑，「咱們倆加在一起，也打不過你哥哥一人，你說能不能出得來？」

秦梧奇道：「我瞧你那架勢，還以為你信心十足呢！」

陶花微微一嘆，「我不過知道他對我有情，不會與我動手罷了。唉，我這一生，最厭煩別人在戰場上說我是個女子，卻沒想到，最後仍要靠著自己是個女人來逃命。」

秦梧正要說話，陶花忽然望著眼前怔住，原來兩人在回程途中恰巧經過落霞山。

陶花側頭問秦梧：「我要上無情崖看看。你陪我去，或先回營？」

秦梧立刻轉了馬頭，「我陪你上去。」

第四十五章 明志

無情崖陶花來過多次，往日隱居落霞山時即常來此處練功，沒想到再來之時竟是這般心境。她只覺舉步恍有千斤，每登上一步，便想起摔下去時，也要多摔這一步之高。

崖上風景一如舊日，雖說曾有人在此墜崖，看起來卻像什麼也沒發生過。無論怎樣的慘劇，等事情過去，在外人看來仍一切如昔，唯於當事人的心裡留下重創罷了。

陶花在月光下往崖邊望過去，萬丈深淵，不見有底。她又拾起一顆石子扔下去，竟然連落地聲響都聽不到，可想見有多深了。她曾聽落霞山的弟兄們講過，崖底下怪石嶙峋，跌落下去絕無生還之機。

陶花抿住嘴唇，在崖邊坐了下來。

秦梧在旁邊緊張得很，生怕她一縱身也躍下去。

陶花靜坐了半個時辰，微微嘆息起身，卻在站起的瞬間，看見旁邊有金光在月色照耀下一閃。她走過去，在地上撿起了一枚小小金環。

她覺得眼熟，想了一刻才想起來——

某次兩人親近的時候，恆岳被她懷中斷箭硌痛了。她一向粗心，斷箭擱在衣袋裡，沒想到該扔掉。當時他大發脾氣，撒潑耍賴要把她那半支斷箭給扔了，又問她討要一件東西當作定情物。她被他磨得不勝其煩，氣著說：「這天下萬物都是你的，你還要什麼？」

他也不生氣，笑著俯近她耳畔，以唇舌取下了這只金環，跟她說：「這金環恰巧一對，一人一只。」

陶花哪裡當眞，一對耳環缺了一只便不能再戴，她早不記得另一只扔到哪兒去了。

如今，這只金環他終於也放下了，那自然表斷情之意。她卻顧不得如何傷痛，細心把這只金環收揣懷中，在月光中與秦梧下山。

到得山腳下，正在路邊看見一座觀音廟。陶花不由想起舊事，順路拐了進去。她進到那廟裡卻有些奇怪了，只覺看起來熟悉之至，連那觀音的模樣亦似曾相識。陶花不禁自言：「原來中土供奉的觀音跟契丹是一模一樣的。」

秦梧笑道：「一聽就曉得你不常來，這尊觀音是從契丹請來的呢。好像是皇上昔日做徽王的時候，派人去契丹請來這尊觀音，據說曾經過火燒，又重新漆畫好的。你在這落霞山上居住，竟不知山下蓋起了觀音廟？聽京城裡的小姐夫人們說，很靈驗呢。」

陶花聽得心內愈發酸楚，她走到那觀音像前，雙膝跪地伏拜下去喃喃祝禱：「觀音娘娘，求祢保佑我夫君平安，就算魂至黃泉路上，也請讓他先等一等，待我料理好了江山、幼子，自然與他……患難與共，生死相依！」

秦梧在旁聽見亦覺心酸，正要過去安慰，卻見陶花突地自地上跳起且往門外疾奔而去，遂趕緊跟著追出。

陶花站在門外舉目四顧，看見秦梧出來便焦急問道：「你剛剛有沒有聽到一聲嘆息？」

秦梧搖了搖頭。

陶花頓足說：「我明明聽到了，是恆岳的聲音！」

秦梧走近陶花身旁，輕輕握住她的手，「陶姐姐，人死不能復生，你想開些。」

陶花輕咬嘴唇，「眞是我聽錯了？」

陶花與秦梧兩人返回京郊軍營地，還未進營門即先聽到哀號聲陣陣。兩人大驚對望，莫非有人偷襲？她們疾奔進門，看見連哨兵都坐在地下捂著肚子呻吟，倒並未看見敵人。

林景雲一臉焦急，察見陶花回營立刻皺眉上前，「小商河竟然被下了毒，等我喝水的時候才發覺。今晚我營士兵全都中毒，並不致命，卻要人腹瀉一晚，明晨定然無力。看來他是要明日來襲了。」

陶花和秦梧登時驚愣，沒想到秦文連如此陰狠招數都不吝使出。正無措之時，有飛馬快使到來，快使忙得顧不上看滿營呻吟便跪至中軍帳前，「契丹大軍突然南下，已近烏由城！」

陶花握刀握得指節發白，「幽州軍全軍出動，北防空虛，竟是一點後路也不留麼，秦文你可眞夠狠絕！」當年他曾跟她說過調大軍南下取汴京城之意，那時還只說分兵一半，如今，他是全都不顧了，一意要先取這大周天下。

陶花沉思半晌，轉向林景雲下令：「今夜京郊軍北行，趕赴烏由，等趕到時自然恢復氣力。契丹軍曾大敗於我國，想必不敢急於求戰。」

林景雲遲疑著問：「那，京城怎麼辦？」

陶花不答，反問他：「揚州守將張闓今在何處？」

「他深得皇上賞識，已官升至右衛將軍，如今就在京郊軍中。」陶花心中暗嘆自己是到用人之時才想起，趙恆岳卻早伏筆千里了。

「速傳他來見我。京郊軍即刻拔營，不必再留。」

張閻很快傳到，卻未見有中毒之狀，林景雲不免問了一句：「你未飲水？」

張閻躬身答道：「末將自受揚州之圍後，食量水量都變得遠小於往常。」

陶花走到他跟前一禮，「張將軍，揚州圍城一役，陶花至今想來猶覺欽佩異常。」

張閻急忙還禮，「圍城苦守之志，不若皇上與陶姑娘在城下那一聲退兵之令，才眞教人心服。」

陶花一愣，「怎麼，你聽到我發令了？」

張閻微笑點頭，「是，末將當時正衝下來救助百姓，就在左近。陶姑娘說的話我全都聽到了，後來與皇上閒談時還曾提起過。」

陶花忽然有那麼一點臉紅，但馬上又意識到今日之勢，忙正色對張閻一揖，「如今汴梁空虛，還請張將軍協助守城。當年怎麼守的揚州，咱們今日就怎麼守汴梁！必戰至一人一卒方休。」

張閻似有猶豫之態，並未接令。

陶花微微皺眉，「怎麼？張將軍是怕再吃那份苦了嗎？」

張閻抬頭，「樞密使此言差矣，我張閻自親手殺死幼子之日，早將生死置之度外，唯願報效國家，輔佐一個體恤蒼生疾苦的君主。」

陶花輕輕低首，「張將軍，我也曾親手殺死我十一歲的弟弟，時局戰亂，那是沒有辦法。」

張閻徐徐點頭，「不錯。只是汴梁之守……」他抬頭看了看旁邊，見只有林景雲和秦梧，便開口續下去，「皇上去無情崖之前，曾經到過京郊軍營……」

三人一齊跟進一步，「什麼？」

「皇上找到我，對我說，十日之內會有大軍來攻汴京。他說，若是陶姑娘在敵軍中，那我們就要準備苦戰；若是陶姑娘在我軍中，那就要看陶姑娘的應對。陶姑娘要降，那就請我……請我……」他忽然看住陶花不語。

陶花抿唇，「你說下去！」

「若是陶姑娘要降，皇上命我立斬陶姑娘於軍前！留下了尙方寶劍在此，囑我們以揚州之志死守汴梁。」說著張闓解下佩劍，眾人一看，正是趙恆岳之物。他又接下去，「如果陶姑娘要戰，皇上卻說，命我們獻城投降，不可戀戰。如今，既然陶姑娘要戰，我張闓聽命於皇上，意欲獻城。」

林景雲聽到此皺眉，「獻城？那豈非把大周江山拱手讓與他人？」

張闓看了三人一眼，「我也這麼問過。皇上說，不到萬不得已，大周軍隊不可自相殘殺。他還說，吳越王無疑也是這麼想的，必會想方設法避開兩軍正面交鋒。我當時聽這些話還不甚明白，現在看到竟是吳越王兵臨城下，才明白皇上的意思。」

秦梧和林景雲各自沉思，又一起看向陶花。

陶花輕輕吐語：「既然是他的旨意，咱們就聽吧。快馬到對岸營中，告訴敵軍明早開城。」

張闓又說：「皇上交代，莫告訴百姓有了兵變，免得人心恐慌離亂，只說是閱兵即可。」

陶花點頭，「讓信使跟敵營說明白，允了這些咱們才開城。」

張闓這才躬身，「多謝樞密使大人顧全聖上一番心意。」

陶花回禮，卻是面色沉沉，一片哀淒。

四人計議停當，各自回帳歇息。陶花剛走出兩步，聽見背後有腳步聲響，她一回頭，見是張闓跟了上來。他到近前垂首說：「陶姑娘，有句話我方才怕動搖軍心，未對眾將吐出。皇上本是給了我尙方寶劍可以上斬公侯大臣的，不過皇上臨去之時又說，若陶姑娘果真要降，就放你去吧，還是別殺了。」

陶花咬牙，「要我性命，盡管開口便是，何必吩咐你們！」

翌日一早，汴梁四門大開，秦文仍是一襲白衣，帶著黑壓壓的鐵騎精兵進城。幽州軍過了小商河，進駐原來京郊軍的營地，而京郊軍早已北進拒敵。

陶花素甲素裙站在宮門口，背後是朝中大臣、宮內眷屬，她身邊站著四歲的太子趙榕，趙松則被抱在寧致靜懷中。

秦文原對陶花有些怒氣，一看見趙榕就全都忘了。他飛身下馬，過來一把抱起趙榕，四年未見過一面，他望著自己的孩子只覺萬千情誼。不想趙榕卻不這麼想，一下子大哭起來連聲叫喚「娘」。

陶花接過趙榕，秦文側頭向她母子一笑，又柔聲問：「怎麼你穿著一身白裙？還是紅色好看些。」

陶花冷冷答道：「敗軍之人，焉敢著紅？」

秦文皺了皺眉，隨即輕聲笑說：「你想打勝仗嗎？該早告訴我，我陪你練兵便是。」說著探手去捉陶花的手腕。

陶花即刻向後一閃，「群臣在此，請王爺自重。」

他點點頭，吐說一句：「你要名分，我會給你。」隨後起步進了宮門。

金鑾殿上寂靜無聲，只偶爾聽見有人顫抖時身上環珮碰撞的聲音。武將奪宮，人人都有些自危。

秦文走上御階，在金鑾椅四周踱了一圈，忽一轉身，殿下立刻跪了幾個文臣，陶花輕斥一聲「軟骨頭」。他望望陶花，一臉溫柔神情問她：「累了？你不妨先回家去。」

陶花朗聲答道：「國破家亡，無家可歸。」

他一笑，下去抱起趙榕，不顧趙榕掙扎扭動，強將稚子放在金鑾椅上，而後對階下眾人說：「自今日起，太子登基爲帝。孤爲攝政王，輔助新皇理政。樞密使陶花原爲吾妻，以後便是攝政王妃。」

眾人面面相覷之時，陶花踏前一步，「秦文，我並非你妻，也不會做這攝政王妃。」

秦文仍是和聲答言：「你是想要我明媒正娶嗎？那挑個日子行禮吧。」

陶花仰頭凝視他，「我已嫁爲他人婦，再也不能做你的妻子了。」

他輕輕一笑，「你我的婚約在先。」

陶花低頭再踏前兩步，走到御階底部跪了下去。

「秦文，我知道你我曾有斷箭之盟、陽關之約，我也知道這朝中沸沸揚揚有許多關於你我的傳言，今日我便是要在人前說清楚，我對你前情已斷，心裡只有恆岳一人。當初是他拆散你我，然而我卻是在那之前就喜歡上他，只是自己遲未察覺。儀熙殿中是你拒婚，征伐契丹時我又知道了家仇之事，對你的心便淡了，他晝夜陪在我身旁安慰，我親近於他卻是並不自知。後來知道你爲我捨命刺耶律德昌，我……我怎敢負你、怎能負你？竟是一直自欺欺人誤承了你的深情。

「我不知如何求你放手，今日跪在你面前的，不是周國樞密使、不是『桃花箭』，只是一個尋常女子，求你寬容。你若肯退兵，將天下還歸趙氏，我陶花甘願與你餘生相伴、近身服侍，也不要這什麼王妃名銜，只是還我欠你的深情；你若不肯退兵，立意要讓榕兒即位而你來做攝政王，那，咱們從此結下深仇大恨，我陶花手刃你也不會猶豫！江山、陶花，你只能取一，請你三思！」

說罷陶花伏首於地，久久不起。

秦文站在御階之上，氣得幾欲眩暈，雙手死死握住金鑾椅的扶手才勉力站穩。若是這番話在兩人之間說出，或許尚好些；如今朝中大臣都在，他這麼心高氣傲的一個人乃被氣得險險失態。陶花立意要在眾人之前撇清兩人關係，也是要讓他當著這許多人做出選擇，免得他將來食言。

他一手按到佩劍上去，劍鞘碰到鐵甲輕聲一響，雖是輕聲，在此時靜寂的大殿上著實明顯。趙榕就在他身邊，被他身上凜冽怒氣與殺氣所懾，又看見階下跪著自己娘親，立時驚嚇萬分，哭叫「爹爹」。

趙榕叫「爹爹」本意是呼喚趙恆岳來解救母親，然而聽在秦文耳中竟似叫自己一般，他那一時暴起的怒氣頓時被壓了下去，雙手離開佩劍和金鑾椅的扶手，緩緩調勻呼吸。他在激怒時伸手去按佩劍乃是武將本能，趙榕卻以為他要斬殺自己的母親，立刻對他痛恨入骨。

大殿中如死一般寂靜，陶花仍跪伏在地。

靜了有半炷香的工夫，秦文淡淡開口，「先皇已逝，太子登基是順理成章。太子幼小，還有人比孤更適宜擔此攝政王之位嗎？」

說完他冷冷一笑，輕輕搖了搖手指，立刻有幾個親兵過來。

他指了指階下，「把王妃送回秦府。」

第四十六章 跪塵

陶花被縛於秦府某處外室的太師椅上，人人都知她勇猛，怕她逃了，所以只能縛住。

秦文到深夜才歸來，見她被綁著，先過來解開繩索，而後問她吃飯沒。

陶花轉開頭不答。

他只好出去問過侍從，知道陶花拒食，於是端了一碗麵過來。

彷彿白天的事情未曾發生過，他輕笑問她：「還記不記得幽州城外那碗麵？那是個大湯碗，若盛滿了麵，我平時也就吃半碗吧，你竟是吃下了大半碗。」

陶花垂頭不語，一低頭時見到他腰際有白布包纏，忍不住問了一句：「你受傷了？」說罷一笑，「這朝中到底有骨氣的人多，必然有人來刺你這謀逆之人！」

他笑笑，「你想是誰來刺我，可讓我負傷？」

陶花認眞想了想，答道：「若是恆岳和景雲連手，三十招後應可刺傷你。」

秦文又笑笑，「你看見誰家的刺客有機會進攻三十招？」

陶花到此瞅了他一眼，「是誰刺的？」

他皺眉迎視她的目光，聲音中略帶溫柔，「除了你那寶貝兒子還有誰？他三番兩次想要傷我，我看他實在辛苦，只好讓他傷了一次。」

陶花頓住，滿面擔憂，「你……你沒跟他動手吧？」

秦文轉頭瞧著她，目光中盈滿不解，「怎麼？你眞把我當作了魔頭不成？別說是我自己的兒子，就是不相識的人，我也不會跟一個四歲稚童動手。」

陶花心底暗暗舒一口氣，又賠上些笑意，仍帶著半分戰戰兢兢問他：「那，一歲的小孩呢？」

此次兵變，松兒的安危是她最關心亦最擔心的。秦文即刻會意，冷冷笑了兩笑，「你是說趙松麼，他可不是什麼不相識的人。你若想保他平安，呵，竟然還敢如此對我？」說著側目斜了她兩眼。

陶花立時心驚起來，頓在那裡說不出話。

他望著她，「江山和美人，你讓我只能擇一。可是我清楚明白，若選了美人，到最後終究兩者盡失；而若選了江山，你早晚都是我的。反正，我就想要你。」

陶花冷冷轉開眼睛，「你到今日才認識我嗎？我不是個會屈服的人。」

他乍然動怒，「你還不是一樣屈服於他？」

「我服他，是心服！不是屈服於他的權勢江山。」

秦文點點頭，「好，你不服我是嗎？」他把那碗漸涼的麵端到她面前，「你不吃下去，明早便能看到那個一歲小孩橫屍在你眼前！」

陶花不說話，拿過麵碗來逕往嘴裡塞，她連筷子也不找，拿手往嘴裡硬塞。他立在旁邊看著，看她塞下去了大半碗，把碗奪回來，倒了一杯茶給她，而後輕攬住她肩膀，柔聲說：「不論我選什麼，都是爲了你，你怎麼就是不明白？」

他的親近讓她忽地心驚，往一旁側身閃開他的手臂，陶花想著自己有松兒這個軟肋捏在他手中，若是他……她抬頭看他一眼，目光裡淨是惶恐。

他卻是被她的目光刺傷了，他這一生何曾被女人如此忌憚過？於是離開她幾步，輕輕嘆息一聲，轉身離去。

不一會兒進來一個小丫鬟，陪著陶花在房中安歇，跟她說這裡是秦文舊日在秦府時的居處，又說他知道她怕黑，所以特地遣人過來陪著。陶花在房中四顧，心底暗嘆道：她曾經多麼希望能嫁進這戶人家，沒想到今日來了，竟是被綁縛至此。

宮變伊始，正是大局初定之時，秦文每日在外忙碌，只得晚飯時刻來看著陶花吃下些東西，便即離去。他帶趙榕過來讓母子相聚了一次，陶花囑咐長子，要時時刻刻跟弟弟在一起，弟弟吃的每一樣東西都要幫忙嚐過。幼小的趙榕乍逢危機，雖不甚明白，倒懂得聽母親安排。

陶花起初幾天總想著出逃，偏偏她近身功夫不強，數日之後即知力有未逮，又見秦文對她並無失禮，而她的幼子又在他手中，遂只能在秦府住了下來。只是每日一見秦文便沉下面孔，絕不與他有半分親近顏色。

這些時日，倒是秦梧時常過來陪陶花說話。當年趙恆岳賜羅焰府第時就特地選在了秦府附近，如今秦家親兵即使知道兩兄妹政見不合，到底不能為難她這秦家小姐，何況她這小姐也是在秦家軍裡摸爬滾打長大的，與許多將領都相熟。

這天陶花正在園中練箭，秦梧飛跑過來，一邊拉住她往外走一邊問：「你的騎術沒有荒廢吧？」

陶花一愣，「當然沒有，可是，我不能走。」她以為秦梧欲助她逃走。

秦梧搖搖頭，「不是的。林將軍剛剛找到皇上，我哥就察知了，他已經帶人趕了過去。林將軍讓我回來速速帶你前去救駕，你的火雲追我先命人替你牽到門口，希望牠還沒有老邁。」

陶花驟然聽到如此迭加變故，不及多問多想，腳下一步也不敢停地往門口疾奔。

秦梧到了門口與她同時上馬，鞭梢朝東一指，「就在落霞山南邊的李莊，我的馬若是趕不上你了，你盡管自去。林將軍的人已經在那裡了。」

陶花匆忙之中只及回頭問了一句：「他還活著？」

秦梧重重點頭，「現下還活著，可你若是到得晚了，只怕我哥哥會先下手。」

陶花再不言語，急催火雲追出城。這匹馬跟隨她多年，她從未動過鞭子驅策，今日卻是用了馬刺。火雲追明白遇上了大事，奮起全力往落霞山奔去。

陶花從前在落霞山時到過李莊，知是叢林深處的小村落，她略仍認得路，便一路狂奔過去。進到莊內卻見這處村落比她上次來時大了許多，無數新建的瓦房甚至連耕地都占去。她還不及細看，已有御林軍服色的士兵過來接應，將她引往莊子中間的一處低矮院落。

陶花進到院內，一眼看見林景雲按劍而立。旁邊的寧致靜盛裝華服，處在這院落中顯得十分不稱，正低眉對著院子角落的一人喁喁細語。

陶花仔細看到第三眼才認出那在角落裡的人正是趙恆岳。他穿著一身粗布衣服，正揮汗如雨地砍一堆木柴。陶花驚喜萬分，立刻跑過去叫了一聲「恆岳」，伸臂便想抱他。

趙恆岳閃身躲開，滿面愁苦對著她和寧致靜說：「兩位小姐，我真不知道你們在說什麼，求求你們高抬貴手放過我吧，我還要砍柴。」

陶花愣在原地，喃喃又叫了一聲「恆岳」。

林景雲的聲音由背後傳來：「我剛問過鄰里，皇上跌落懸崖，被這村中的李老漢救下，雖無大傷，卻是把從前的事情全都忘了。」

陶花吃驚地回頭，正看見寧致靜滿臉淚水，林景雲低頭嘆息。她仍是不信，舉步上前握住趙恆岳的手，凝望著他的眼睛說：「我不信，我不信你記不起我了。」

趙恆岳呆呆看著她，慢慢抽出自己的手，後退兩步往牆角裡縮過去。等到距離遠些了，他抱住頭「哇」的一聲大哭起來，「爹爹、娘親快來救我，這女人……這女人帶著刀啊……」

林景雲輕嘆一聲：「你別嚇他了。」

正說話間，外面跑來一對老公公、老婆婆，放下手裡的鋤頭後跑到趙恆岳身邊扶起他。那老公公緊跟著跪到林景雲跟前去，「將軍，大人，我們老倆口一直沒有兒子，幾天前在落霞山底救下這個人，看他什麼都不記得了，便騙他說我們就是他的爹娘。是不是這犯了法？還乞大人寬容，寒舍裡只有一籃子雞蛋，都孝敬給大人了。老太婆，快去拿！」

老婆婆卻在那裡扶著趙恆岳說：「不，我不去！我要兒子！」

趙恆岳立刻抱住老婆婆，「娘，我不要去，我哪裡也不去。」說著又大哭起來。

老公公堅決地站起身，一邊罵罵咧咧老婆子不聽話，一邊到屋裡去，不一會兒取了一籃雞蛋出來。

趙恆岳看見老公公出來，撲過去將那一籃雞蛋給推到地上，大叫著：「我不走，我不走！」

頃刻間，一地都是黃黃白白的蛋清蛋黃。

林景雲對著這滿院狼藉，抬起頭看看陶花，正待開口之際，外面忽然有了響動，有兵丁來往跑動的聲音，又有人驚慌大喊：「攝政王來了！」

林景雲怒聲喝道：「這自封的攝政王也能叫得！」

話音未落，一騎快馬馳到院外驟然停住，馬兒被勒得急停時前蹄騰空，仰天一聲長嘶。嘶聲未盡，馬上素甲之人已翩然落馬，一刻不停直入院內。他走到院內了，外面才又有大隊騎兵跟上來。

陶花連想也沒想，立時走到他跟前攔住去路。

秦文低頭，暫不看院內眾人，先柔聲問她：「你怎麼過來了？」

陶花皺眉，「你總不能囚我一輩子。」

他聲音低了些，卻是更柔了，「怎麼說這種話，我是擔心你孤身在外。要是家裡待膩了，叫上我陪你一塊出來豈不更好嗎？」

陶花在他如此溫柔語氣中正不知該作何應對，他跟進一步，語調依舊溫柔，嗓音卻是比剛剛高了些，院子裡的人全都聽見他問：「昨晚睡得好嗎？我自幼練功嚴厲，房裡的床都是硬木硬棉，你要是不習慣就再多鋪幾層軟褥。」

陶花驀然抬頭瞪視於他，知道他是刻意爲此，不由滿目恨意，又覺百口莫辯，回頭望著趙恆岳說：「我……其實……」話音未落，聽得院外有馬車來到，緊接傳來稚嫩的童聲叫了一聲「娘」。

趙榕由院外直撲進來，他多日未見母親，心情急躁了些，就把趙松留在了院外自己奔跑而進。還未撲入母親懷抱時，他瞥見了角落裡的趙恆岳，立時大喊「爹爹」，連母親也不顧了，逕往趙恆岳懷中撲過去。

秦文聽見這一聲叫，臉色瞬間沉下。他臉色一沉，陶花的一顆心便提到了嗓子眼。

想是兩個孩子來得匆忙，趙松的乳母並未跟著，趙松獨自一個站在院外晃晃腦袋，瞧見滿院子黃黃白白一地雞蛋，立時像發現了寶物，咿咿呀呀邁著不穩當的步子挪進來。他走過秦文身旁時，身子一晃似要跌到，秦文俯身探手想去扶穩他，還未碰到趙松身形時，陶花嬌叱一聲劈手抱過幼子。她分外疼惜幼子，又深深忌憚此時的秦文，自然而然做出此舉。

秦文見她如此疑心自己，本是驕傲而受不得半點委屈的一個人，登時就惱了，不再與她母子糾纏，只一言不發走到趙恆岳身旁。林景雲急忙趨前阻攔，卻被秦文身邊幾員副將擋住。秦文想也未想，一劍往趙恆岳左胸刺將去，以爲他會還手，卻見他只是縮起身子，嚇得大哭。

此瞬間秦文心中轉過許多念頭，最終仍是決定把這一劍刺下。

那一劍剛觸到對手肌膚，只消再有兩寸便能取下趙恆岳性命時，背後傳來陶花如瘋了似的一聲尖叫。秦文在心底暗暗嘆口氣，到底停住劍，轉回身。

陶花已經放下了趙松，她雙目含淚，卻硬生生擠出笑容，忙不迭地說：「王爺，求你饒過他，我……我什麼都依你。江山美人，你要什麼是什麼，求你放了他。」

秦文看著陶花那強裝出來的笑容，心裡難受得如蛇咬蟲噬一般。她從來是最倔強的脾氣，寧死也不會求饒，今日卻爲了「那個人」如此折損。

他見過他們兩人親密，聽到過她親口自述，甚至給他們的婚禮送過一份賀禮，只是，他卻從來不相信陶花會眞的愛上那個人。經歷過秦文這樣一個男子的女人，怎麼可能再愛上別人？他以爲她只是一時糊塗罷了。

可是今日在這院子裡看見，他才知道，她竟然是眞的愛上了那個人，爲了那個人，可以連她自己最看重的尊嚴都不顧了。秦文只覺心底翻江倒海地難受，劍停在那裡，收不回來也發不出去。

陶花見他不收劍，跌跌撞撞走過來跪下去，跪在那一地碎裂的蛋殼上，白裙滿是污跡。她含淚對他說：「我們兩人有過誓言，這一生都要患難與共、生死相依。一隻燕子若是死了，另一隻也不會逃，哪怕撞地殉情。你能制得住我一時半會兒，不許我自盡，你且看看能不能制得住我一生一世。」

秦文站在原地喘息幾口，拚命想壓下去那已讓他瘋狂的妒火恨意，他是文武雙全的周國名將，他是引得萬人空巷的常勝將軍，他無論如何亦要保持他的驕傲姿態。

此時寧致靜也已撲到趙恆岳身上大哭，連著趙松尚未止住的哭聲，院中哀聲一片。

秦文緩緩撤劍，凝視跪在地上的陶花，她哭得雙肩顫抖，梨花帶雨。他從未見過她如此情狀，見了這一次，卻是領略了何以西施捧心的愁苦亦能變成絕色，何以周幽王烽火戲諸侯欲討褒姒一笑。然而，這些……再也不屬於他了。

國事家事，四面八方俱是讓人透不過氣來的窒悶。這個女子本是他唯一的出口、唯一的安慰，也是唯一的目標，她是那箭靶正中的紅心，竟忽然地，在箭離手之後，移了位置。

秦文瞪著陶花，驀地將她拎入懷中橫抱起來，幾大步走出院外，跨上了門外的馬車。

陶花驚恐，卻又不敢掙扎，怕激怒了他。他滿眼血紅，將陶花拋擲到馬車之中，她還沒來得及驚叫出聲，他已吻住她的唇。

這次他再不復見往日的溫柔情致，如一頭瘋狂野獸般掠奪於她。她無力反抗，閉目等待命運的蹂躪。

然而，待了許久，卻什麼也沒等到。她睜開眼時，看到他埋首在自己肩側，深深低著頭。她猛然間覺到了有些不對勁。

陶花坐起身來，不曉該說什麼，滿腔怨恨消失得無影無蹤，半晌竟是說了一句：「杜姑娘呢？」

他遠遠坐到車廂一角，埋首膝上，靜默了許久，開始有一句沒一句地緩緩敘說：「西域各國與淮南軍對陣，一直不利，剛剛又在契丹朝中得到消息，他們打算傾兵發動一場硬仗。當初調幽州軍回來時我是想著，你和我兩人，一人可以掌控朝中局勢，另一人可領兵赴北疆抗擊契丹，但沒想到，你跟我不是一條心了……我既不能把這裡交與你，也不放心把大軍交給你……我原以爲，所有的一切都是我的，誰知到頭來，卻反變成陷國家於危難的罪人，就連你……唉，我也不在乎什麼家國安危了，只是，我眞沒想到，你竟……你竟然眞的愛上了他……」他低低埋住面孔，不願讓陶花瞧見他的神色。

陶花挪到他身邊去，看著他，卻是說不出話。

第四十七章 若仙

秦文回去之後就不大願意見人，連陶花也不見。他這一生，從未輸給過任何人，走到哪裡都是最出挑的那一個，天下女子莫不愛慕於他。而這樣一個人中龍鳳，偏偏到最後悔在了情事上。

當年燕子河畔，他看見紅衣女子箭技馬術當世無雙；幽州城下再見時，金童玉女兩情相悅；他能娶她的時候不娶，便是這稍一猶豫，就被別人攫住了機會。

陶花到底良善，趙恆岳和秦文的眼光於這點上都沒看錯。她並未在此時落井下石。

沉寂了兩天，秦文依然誰也不見，陶花好話說盡他也聽不進去，叫來了趙榕還是敲不開他的門。

第三天，陶花叫過秦府的親信，吩咐說：「傳旨下去，舉國遍發告示，尋一位叫杜若仙的神醫爲王爺治病。」秦家軍本來不受她調遣，唯此時知道關係重大，便聽命而去。

陶花隨後去了宮中，將堆積的政事先處理一番。她既是周國樞密使，趙恆岳的幾名心腹包括林景雲和張闓全聽命於她；她又是攝政王的心上人，秦家軍亦給她面子，於是朝中大臣不管哪一派，連觀望騎牆的都甘心聽她指派。有她出面主事，朝中倒是很快安頓下來。

過了數日，京城局勢漸趨安定，這天陶花把秦梧夫婦召到宮中。幾日不見，陶花竟覺秦梧長大許多，眉宇間多了些丘壑，比往日顯得有城府了。

陶花笑道：「秦梧你是不是有甚心事？怎麼看起來不像以前那般直性子了呢？」

秦梧沒有立刻回答，先是淡然一笑。她若是立刻大叫「有啊」，陶花反倒不會當眞；她如此淡然，倒讓陶花覺得她必是經歷波折長大了。她的生活中罕有別樣事情，縱與兄長政見不合，她這兄長卻對她依然寵愛，剩下的就只有她的丈夫。

陶花轉頭看看羅焰，「你是不是欺負秦梧了？」

羅焰尷尬一笑，並不答話。陶花立刻猜到是兩人有了嫌隙，但此事她著實不好置喙，只能在虛處說幾句。說完之後，她即刻話鋒一轉，問羅焰：「落霞山上如今已沒有弟兄，都去哪裡了？」

羅焰答道：「大都在公主營中，是何四和我聯手打理。這次兵變，其他各處的軍需武器都被秦家軍控制，只有公主營他們給了幾分面子，未派人接手。」雖然陶花早已不是公主，公主營的名字依舊按習慣保留了下來。

陶花點點頭，與他夫妻二人閒談片刻後送走，緊接著便赴城東公主營。她出城時遇上城門口的守軍盤問一陣，被她貼身的侍女寶珠斥退，對那些守軍說是出城為攝政王尋醫。

寶珠原本羈留宮中，這次陶花回宮她歡喜迎接，此後便一直跟隨著陶花。

陶花到公主營中也不去與何四招呼，逕去找一位舊日的落霞山弟兄。那人看見陶花十分驚奇，趕緊行大禮，陶花笑著扶起，「李大哥，我沒記錯的話，你是落霞山南面的李莊人，對不對？」

李大哥點頭稱是。

陶花接著問道：「敢問貴莊中是不是突然有了新營生？」

李大哥搖頭，「沒聽說。李莊地處偏僻，難與外界通商。」

陶花點頭，「我也這麼想。那緣何莊中突然增了許多人口，又連耕地都占了，這些人靠甚吃飯？」

跟在陶花身側的寶珠聽見如此問話，側望陶花一眼，微微含笑。

陶花遲至傍晚才回秦府，到門口時瞧見門衛與人爭執。她走近細看，正是在陽關替她解圍逃出秦文囚禁的胖姑娘。

那門衛十分不耐煩地回話：「說過了，秦將軍不見客，連他的心上人都不見，更別說是你！」

那位姑娘倒不生氣，只淡淡言道：「你對本姑娘這麼無禮，最好指望著一輩子都不生病，若是生點別人看不好的，也別來找我。」

陶花大喜道：「杜若仙！你是神醫杜若仙，是不是？」

杜若仙微微側頭，冷哼一聲，「我就知道，若不是你，他也不至於有今日！」說罷起步入門，門衛再不敢攔阻。

杜若仙走入門內後，又朝門外指了指，「把本姑娘的騾車牽進來，小心點，車上的草藥一根也別給我弄丟了。」

陶花跟進門去，忙不迭問：「杜姑娘，你若是需要什麼珍稀藥物，我即刻進宮去取。」

杜若仙停住風風火火的步子，轉頭正色說：「是呢，倒有件事情要請你格外幫忙。」

陶花忙道：「請講。」

杜若仙看著眼前之人，神態溫柔地說：「你要能立刻死了，那便是幫上我天大的忙，」接著語調一轉，幾近咆哮，「要是不捨得死呢，就離他越遠越好！」

陶花無語，垂首帶她到秦文房前，杜若仙舉手敲了敲門，卻聽得屋內大喝一聲「滾開」。

陶花早料到這局面，滿臉歉意待要解釋。杜若仙卻是狠狠瞪陶花一眼，將陶花的話全給瞪了回去，然後換了一副面孔，微微笑著向門內說：「秦文，是我。」

房門立刻開啓，秦文一把抱住杜若仙，竟然埋頭在她肩上哭了起來。陶花從未見過他的眼淚，登時在旁驚得目瞪口呆。

自杜若仙來後，秦文的鬱症日漸好轉，慢慢肯見人說話了，杜若仙說痊癒即在指日之間。只是，前方軍情已刻不容緩了。

這天陶花正在院子裡截住杜若仙詢問秦文病情，卻見林景雲焦急滿面地闖進，他幾步趕到陶花跟前報說：「契丹大軍與京郊軍在烏由北部開戰，我軍缺少得力大將，兼之寡不敵眾，一戰敗回烏由城南，死傷兩萬多人。」

「兩萬？」陶花身子晃了晃，強抿住嘴唇，唇角仍是流下一絲鮮血。她的舊疾在宮中養了五年約略緩解，不想今日又復發了。

杜若仙在旁探手抓住她手腕，握了片刻，放手說：「你這是外傷內傷互發，外毒內毒齊攻，惡人自有惡報，遲早油盡燈枯。」語罷拍手而笑。

陶花抹去唇角鮮血，淡然說：「我不能死，我還有兩個孩子。」

杜若仙冷冷一笑，「由不得你，你自己保重吧。」說罷即轉身離去。

林景雲上前一步，「你覺得怎麼樣？我去請大夫。」

陶花搖搖頭，「北疆不保，還請什麼大夫？」

林景雲四顧望望，趁左右無人，悄聲對陶花說：「我倒是有個良計，不如讓秦梧夫婦領幽州軍北進拒敵。只要秦文點頭，秦梧便能喚得動幽州軍。」

陶花慨然嘆說：「難就難在要秦文點頭。」

林景雲一笑，「這就要看樞密使大人的能耐了。」

「什麼意思？」

林景雲笑容更盛，「秦文此人氣傲，吃軟不吃硬，誰去當說客都不如樞密使大人一笑管用。若是笑不能打動他麼，那你便哭上一哭，他必能服軟。」

陶花凝視林景雲半晌，臉上淡淡一笑，「你這說話的口氣不似平時啊。」

林景雲一怔。

陶花微笑說：「你這口氣計謀，頗得你師傅的眞傳呢。」

林景雲臉上頓有尷尬之色，不知如何對答，陶花已轉身去找秦文調兵。

她果然是先笑了笑，又哭了哭，說起北疆慘狀，兩萬士兵傷亡，無數孤魂難以歸家。秦文終是嘆息一聲，留下三萬幽州軍駐守京城，其餘都交給秦梧帶去鳥由。

秦梧抵達後，成功將契丹南下的鐵蹄阻住。朝中立刻有了歡聲，因武將兵變而造成的緊張氣氛隨之緩和，畢竟臨到國家存亡的緊急關頭，總是這些武將拋頭顱灑熱血衝上前去。

這須臾的舒緩氣氛終因秦文病癒而消失不見。

他向來行事嚴厲，現下幽州軍大隊遠去之際，更加苛酷。臨朝之後第一件事便是囚住朝中幾位重要將領，包括林景雲。對陶花倒是放開了，不再強求她居於秦府，讓她入宮陪伴趙榕身側，只是公主營就此被秦家軍完全掌控，再不留任何餘地。

這天陶花正在宮內練箭，忽聽見一片忙亂聲自寧致靜所居的昭陽殿傳來，宮內僕從訓練有素，若非出了大事，不至於如此慌張。陶花心內驚疑。

寧致靜雖然封后，家人仍在邊疆流放，不知趙恆岳不肯赦放她家人，還是來不及注重這些細節之時便緊接遭逢兵變，此刻更無人管她了。儘管貴爲皇后，卻乏半個得力心腹在身邊；不像陶花，縱使廢去后位，在軍中一樣淵源深厚，戰場上並肩對敵、出生入死而來的交情究非尋常可比。

想到這些，陶花已走進昭陽殿，誰知剛一進去眾人全都噤若寒蟬。陶花尤更驚疑，抓住一個面熟些的侍女詢問，那侍女顫抖著跪伏於地，牙齒打著顫說：「皇后……皇后娘娘……方才吃過幾片玉帶糕，竟然就小產了。」

陶花登時愣住，緩過神後先問了句：「她有孕了？」

那侍女點頭稱是，陶花心頭一陣酸楚，偏偏這是她自己送上人的，又有何話可說？她穩持住心神問下去，「怎麼回事？」

那侍女戰戰兢兢回答：「剛剛有兩位御膳房的嬤嬤過來，說是……說是……」侍女抬頭看了陶花一眼，又趕緊伏下頭去，「說是攝政王送來玉帶糕給皇后娘娘嚐嚐。皇后娘娘不肯嚐用，那兩位嬤嬤遂就給娘娘硬塞入口，奴婢們哪兒敢攔，待兩位嬤嬤剛走，這就……這就……」

陶花愣愣怔怔站在那裡，似聽見寧致靜在內室呻吟，口齒不清地正大罵陶花心腸狠毒。寧致靜心心念念將有孕之事瞞住了陶花，卻不曉得，倘若不瞞，怕是孩兒尚能多活一刻。

太醫匆匆忙忙跑進來，看見陶花在此便立刻停住，不知該進該退。

陶花斷喝一句「還不快去救人」，猛然轉身出了昭陽殿。

她大踏步走往前殿，平時秦文都是在這裡處理公務，剛到殿門口，卻見幾名御前侍衛綁縛著林景雲出來。陶花立時停步，問他們所為何事。

那幾個侍衛看著面熟，想來在這宮中當差日久了，此刻唯唯諾諾跪下去答話：「回稟王妃，此人不肯歸順朝廷，攝政王命於宮門外斬首。」

陶花未及分辨她不是王妃，只大驚說：「你們先等著，我去攝政王跟前求情。」

她走進殿去，幾個秦家軍的親信將領正在殿內議事，看她急急忙忙闖進，霎都停住了話。

秦文坐在案後，也未起身，只說了聲：「榕兒不在這裡，你過來做甚？」

陶花幾步走到他近前，「你放了景雲！靜兒的事無可挽回，我也不想說了，你先把景雲放了。」

秦文微微仰頭，「這個人，我早恨之入骨，你不消求情。」

陶花大怒，「我什麼都順著你，又特地找來杜若仙為你治病，你怎還是不改嚴酷？」

他淡淡注視著她，「你想放了他，是嗎？好，拿魯王的性命來換吧。」說著他撥弄著案上的令箭，「這三個人——林景雲、趙恆岳、趙松，我原打算僅留趙松一個，到底你是他的母親，我也算是愛屋及烏了。若想救另一個，便只好拿趙松的性命來換了。」

陶花瞪視於他，明曉多言無益，轉身疾奔出門。

寶珠一直跟在她背後，隨著她到了馬廄。陶花親自牽出火雲追，甫跨上戰馬即見寶珠也牽出一匹馬跨上去，她不由驚訝地問：「你會騎馬？」

寶珠點頭，「小時候學過。」

陶花無暇細問，一路奔馳往城東而去。

抵達李莊時已是薄暮時分，夜色中有高大的莊民正來來往往走動，更有十數人在莊門口對弈。一看見陶花，即刻有人起身離去。

陶花微微冷笑，直往中間那處低矮院落走去。

剛要進門，當日在院中胡言亂語的那一對老公公、老婆婆攔住她的去路。

陶花向他二人微一躬身，啓道：「樞密使陶花來此見駕，煩請二位轉達。」

第四十八章　刺秦

陶花至李莊見駕，那一對看似年邁的老夫婦對視一眼，還想裝糊塗。寶珠在後笑道：「不用裝了，早便瞧破了。」

陶花跟著笑笑，旋即大踏步走入院內。

那矮屋內坐著趙恆岳和張閤，陶花過去瞟了張閤一眼，淡淡說道：「張將軍倒是忠心，只可惜對我這樞密使眞是見外。」

張閤淡然而笑，回啓：「國家危急之時，末將只敢聽從聖上，還請樞密使大人恕罪。」

陶花站在趙恆岳跟前，近得身體幾乎要觸到他面龐，帶了些嬌聲說：「你看，我白當了你這樞密使，不如把虎符都還給你好了。」

張閤見此情狀，微笑著向趙恆岳說：「皇上，臣先告退了。」

趙恆岳點點頭，張閤即刻出門，又特地把門關上。

陶花回望一眼，臉上浮起笑容，俯身拉住趙恆岳，「你還想瞞我，哼！」

趙恆岳抬頭看看她，臉上半絲笑容也無，只淡淡問道：「爲什麼過來？」

陶花這才想起前情，趕緊半跪到他身旁肅聲說：「我看你不能再等了。他要殺了景雲，我怎麼都勸不住，還說也要殺你，還有……還有……你那皇后……」她嘟起小嘴，低下頭去不肯再說。

趙恆岳微微點頭，「景雲之事，你不消擔心。我如今只擔心松兒，他處於深宮之中，你又交代過讓他跟榕兒在一起。榕兒身邊全都是秦家親信，若出了事，我眞是無法施救。」

陶花仰頭望著他，「那怎麼辦？我把松兒帶到這裡來？」

趙恆岳瞅她一眼，「帶到這裡來大家難免一戰，我們幾無勝算，我也不想讓大周軍隊自相殘殺。」

「那怎麼辦？」

趙恆岳頓了片刻，淡淡開口，「此事因你而起。」

「不錯。」她雖十分不願，仍只能如此回答。

「因你而起，便該由你承擔。你殺了他！我已在陣前悄悄急調秦梧回來，讓她管束在京的幽州軍。只要他死了，秦梧跟剩下的秦家軍陳明利害，不需大戰即可收回兵權。幽州軍歸服，西域各國必然軍心動搖，李涵慶一擊便可全勝。」

陶花張大嘴巴又抬起頭，「殺了他？我……我……」

趙恆岳冷笑，「怎麼，不捨得？」

「我怎是他的對手？即使能有三箭連發的機會，也難保必死。」

趙恆岳笑著望望她，「這京城裡沒人是他的對手，要殺他，只能請你這攝政王妃來想辦法。你不殺他，他早晚有一天會殺了松兒，就算今天不殺，等松兒大些呢？」

「我……我有什麼辦法？下毒嗎？我從不替他張羅飲食，忽然送去，豈不是此地無銀？」

趙恆岳仰頭大笑，「用得著下毒嗎？你這麼嬌媚的美人兒，就想不出一個好辦法來？」

陶花看著他的笑意，忽然明白了他的意思。她先是面孔發紅，隨即又有些傷心，「恆岳，當年宮變之時我聽人說過，趙登並無武功，你都不捨得讓我去，非請那弱女顏素素去，如今……」

趙恆岳斂住笑意，垂下頭來看著她，「當年是當年，現在是現在，當年你是我的心上人，現在你是我的樞密使。」

陶花怔住，語塞半晌後發出哀聲：「我……我在金殿上說的話，難道沒人告訴你嗎？」

趙恆岳笑笑，「聽說了，江山、陶花只能擇一，你就當他是選了你吧。」

「我不是說這句！」

「哦，你是說你喜歡我。可是，鶼鰈情意，豈非一個人說了算的，是不是？」

她漸顯絕望，「恆岳，我夜奔陽關，乃受了欺騙蠱惑，不是……」

「蠱惑？你若全心信任我，任憑千難萬難之事都會先跟我商量！」

夜色漸深。

是個無星無月的漆黑深夜。

陶花踉踉蹌蹌出門，院中寶珠正候著她，伸手將她扶住。爾後陶花在這院中站了許久。她輕嘆口氣，轉頭看了一眼，那小屋的房門卻已經闔上了，她只好離去。

又是一個薄暮黃昏，秦府內熱鬧非凡，杜若仙正跑前跑後指揮大家掛起五彩燈籠。她說，今天是她們家鄉的燈節，要掛五彩燈籠才吉利，秦文在旁微笑看著她忙活，只覺她像個任性的小孩。

燈籠還沒掛好，家人進來稟報說王妃回家了。杜若仙即刻沉了臉，一言不發走了開去。

秦文疾步迎到門口，果然看見陶花正進門，已經換下白衣素裙，穿上了一襲紅衣，五彩燈籠照得她美豔奪人。他情不自禁過去拉她入懷，她沒躲閃，仰頭向他一笑。他只覺她這一笑燦若晚霞，再美的燈火盡皆失色。

他攬著她，柔聲說：「你好久都沒對我笑過了。」

她毫不相讓地回應：「你也好久沒對我笑過了。」

他聽到這話，馬上被逗笑。那一笑實在太柔太暖，讓陶花心神蕩漾了一瞬，不由在心底輕嘆一聲。

兩人面對面吃飯，誰也不提舊日嫌隙。

她突地抬手去拍他後背，他本能地一躲，她即刻嘟起嘴巴，「我說錯話了，你就恨我一輩子？你說錯話，我可都沒恨你一輩子。」

他看著她生氣的俏模樣笑了，滿目冰雪融化殆盡，貼過去摟住她，溫柔地親吻面頰。陶花膩在他懷中，不動不言，只是嬌笑。他顧不得兩人正吃到一半，抱她到羅帳中去。

這一次，他十分細心周到又無限溫柔，她覺得自己幾乎迷失，快要忘記此行的目的。

可是不成，她一定得撐住，一定得是最晚失去神志的那個。

他似察覺她心思，竟是無所不用其極來撩撥她，就要看看她能清明多久。然而，到底，他還是沒能比得過她。因爲他愛，他便迷失得快些。

在他迷失前的那一刹那，他輕聲問：「你究竟有甚事要求我？下這麼大本錢。」

她心內稍稍一驚，原來他還是看出有詐了。唯此刻已不能收手，她緘默不語，只緊緊抱著他，看著他那一雙華光流轉的眼眸終於昏昏沉入情事，於是，她的手顫抖著，將一支短箭插入他後背。

以她的功夫本應正中後心，可是在箭入肌膚的那一刻，她忽然想到，當年那柄長矛刺入他身體時，不知痛不痛？

就這麼一想，箭尖便偏了半寸。

秦文驟然驚住，他從未想到她竟是要取他性命。

他一手電閃而出，扼住她咽喉。

陶花面孔發紫，嗆咳起來。

他望著她，眼神中的驚痛盛怒漸漸消淡，終於，手鬆開了。

陶花大口喘氣，抬頭看著他，驀地落下淚來。在那一瞬間，她乍感些許後悔。朱雀門之役，是他以手臂擋住射向她的毒箭；烏由谷誘敵，是他捨身衝出阻住迫近的追兵；擊敗契丹，他不顧性命殺死她的仇人；永嘉重鎮，他爲她斷然傾城……他們兩人，怎麼竟至於今日？

他看著她的眼淚卻是微笑了，輕聲說：「沒事，我……沒事。」然而，他隨即咳了兩聲，伸手一抹時滿是鮮血。他笑笑，又萬分不捨地看看她，「我有幾句話，非跟你說不可。」

她急忙扶住他，「別說話了，我……我……」又落下淚來。

「再不說，怕沒機會了……這三件事情擱在我心裡很久，一直想跟你說……」他又咳了兩聲，「第一件，當初殺耶律瀾，我是有心的，對不住，瞞了你這麼久，是我擔心你們舊情復燃。」

陶花忍住淚，「別說了，都過去了。」

「第二件，寧致靜的孩子是我害的，因爲，這個孩子對你有百害而無一利……你在這京城無親無故，眞正能靠得住的人不過我和他罷了。他是萬萬不肯傷這個孩子的，就算明知對你不利……所以，只有我來做這個惡人，替你除去。殺林景雲，殺耶律瀾，我是嫉妒他們跟你交好；殺這個孩子，我卻全都是爲了你。我知道，你跟我不會長久，早早晚晚，你還是要跟他去……我本已打算明早發退兵令……」

陶花剛剛忍住的淚水霎時全傾洩下來，再也說不出話。

「第三件，陶花，我是真心喜歡你的……當年揚州城下你問我，你失了貞潔，我會不會嫌棄你……不會，真的不會……七年了，到今日才來回答你，對不住，讓你等得失了耐心……」

陶花大哭出聲，秦文此時依然平和，他靜靜地倒在她懷中，就此不省人事。陶花只哭了一刻便立刻收住，輕輕挪開他身體，一邊向外奔跑一邊大叫：「救命，救命！」

陶花跨出門便看見杜若仙站在門外不遠處，立刻衝她大叫：「你救救他，救救他！」

杜若仙先是鄙夷地看著陶花這衣不蔽體的模樣，而後萬分焦急奔進屋去。

陶花看見她如見神仙，連聲問：「有救嗎？要不要我去拿傷藥？」

杜若仙在百忙之中回頭，「公主殿下，你聽我一句勸可好？」

「好，好，我聽。」

「請你遠遠離開他，好讓他多活一刻！」

陶花只好走了出去，在院子裡來回踱步，踱到一半時心情漸漸平靜下來，才看見了院子裡那一圈圈的腳印，想是杜若仙在這裡踱步已經有些時候了。唉，她暗暗自嘆，竟是做了如此殘酷之事，將這兩個人都傷得體無完膚。

不知過了多久，房門打開了，秦文仍舊昏迷，也不知是死是活，陶花有心上前問問，卻又不敢。

杜若仙費力地抱著秦文往外走，走兩步就歇一歇，陶花過去想要幫忙，她用狠毒的目光將陶花刺退。就這麼一步一挪的，她把他拖到院子裡去，累得直喘氣。

有秦府家人過來探看，杜若仙大喝一句：「別動！你救得了他嗎？」眾人聞言，全都退後。

杜若仙去馬廄裡牽出她的騾子，又費力地套上她的草藥車，然後牽回院子裡。她重又過去抱起秦文，大喘著粗氣把他拖到車上。旁邊圍觀者沒有一人敢出手幫忙，雖知這個姑娘並不會武功，大家仍是忌憚她三分。

車子終於裝好了，杜若仙到前面拍拍騾子，「小灰，咱們帶他回家去，再也不理這些壞人了。」

小灰懂事地點點頭，卯足了勁一步一挪往前行去。

五彩燈籠尚自通明，映照著杜若仙痛惜無限的含情雙眸，映照著車板上秦文蒼白絕望的昏沉面色。

小灰嘚嘚前行，在那蹄印之後，在那車輪的轍坑裡，一滴一滴猶有鮮血落下。陶花實在忍不住，走過去提醒：「杜姑娘，他還流著血，你這麼出去不大妥當。」

杜若仙面如寒霜，「血流乾了，我有本事救回來；腎被傷了，我也有本事救回來；可是心被刺了，我沒本事救回來！秦文早被你一箭刺死，屍體流些血又有甚打緊，你再不勞關懷惦念了。」

陶花黯然低頭退後。

這個矮矮醜醜的胖姑娘，這個江湖中赫赫有名的奇女子，默默趕著她的騾車，載著她的心上人離開了京城。

陶花眼看著秦文離去，竟覺心如刀割。他終是走了，滿帶著她劃下的傷痕離去了。從此天涯海角，希望他再也記不起她來。他這樣高傲不群的一個人，這樣苦求完美的一個人，又這樣出眾、這樣俊逸無雙的一個人，不知在昏迷前那一刻可曾後悔過——遇見了她。

曾經讓田倩如初見便即悔婚的他，曾經讓顏素素青燈古佛了此餘生的他，曾經讓蕭照憐苦候五年橫刀自刎的他，曾經讓姚碧君閱盡滄桑心服口服的他，終究是，顛倒在了女人身上。

第四十九章　君臣

杜若仙帶走秦文後，汴京城連夜就有了兵變。秦梧早將秦家軍在京各主要將領聚於一處，對他們曉以國家大義，又說攝政王已死，這些將領見大勢已去，國家又正與契丹大戰，紛紛歸順了秦家小姐。

陶花深夜入宮，在金殿碰見幾個重臣，便與眾人齊等候趙恆岳。

趙恆岳身披重甲，與秦梧一同來此，進殿後毫不猶豫登上了金鑾椅。

階下有大臣請示：「廢帝如何處置？」經此一變，大家心裡都有些懷疑趙榕的身世。

趙恆岳淡淡答道：「廢去太子位。」

而後他掃視一眼眾人，「此次平叛，秦梧、張闓、林景雲三位將軍俱有大功，明日臨朝再細加封賞。秦家軍中所有在京將領革職，擇一兩個位高的斬首示眾，在烏由陣前的由秦梧酌情處置。」他轉向陶花，「樞密使陶花為攝政王妃，算是首惡……」

陶花聽到此，大聲辯駁：「我沒有！」

趙恆岳冷冷瞅著她，「夜奔陽關時不怕死，此刻倒怕死了嗎？」

陶花氣得雙目含淚，看著趙恆岳竟是說不出話來，半晌方道：「欲加之罪何患無辭，我從未通敵，你要殺我便殺，何必找什麼理由？何苦勞煩張闓將軍？」

趙恆岳仍是冷冷的，「你是我大周樞密使，被叛軍擄進府中去做王妃，猶不懂以死相抗嗎？朕容得你如此，國威何在，殺你難道還冤枉了。陶花，朕身為一國之主，不殺你，是人情；殺你，是本分。」

陶花在階下仰頭看著他半晌，方才的怒氣全都化成傷心，淒然道：「我未一死殉國殉夫，不過是顧念孩子們都還幼小，等到把他們安頓好了，我自然與你患難與共、生死相依。」

趙恆岳又是兩聲冷笑，「朕現下活得好好的，你倒是想跟朕生死相依了。」

陶花瞪視著他，只覺眼前的他不像她所認識的趙恆岳，彷彿變了個人。

他收住唇角的譏嘲之意，恢復平淡聲音，「念在你手刃攝政王，赦去你的首惡之罪，往後盡心爲我大周效力便是。」

陶花眼神中的驚異與怒火俱慢慢黯淡了下去，終於，她成爲了他麾下一員將領，僅此而已。

門外有侍衛來報，說淮南軍擊潰西域軍隊之後，分兵五萬護駕，甫至城外，淮南軍部將求見聖駕。

趙恆岳立刻吩咐陶花這樞密使前去迎接淮南軍將領。陶花淡淡問道：「五萬淮南軍今晚到此，必是早接了調令。你既有如此籌碼在手上，爲何還非要逼我殺死秦文？」

他冷冷凝視她，「你若不殺秦文，一身罪惡如何洗去？怎麼，你後悔殺死他了？」

陶花徐徐點頭，「不錯，我早已後悔。他是爲我才到如此地步，便是當死，也不該由我去殺他。」

趙恆岳微微一笑，「就是要你去殺他，才讓他知道國威嚴厲，才見得你這樞密使忠心耿耿。」

陶花咬唇，不再與他爭執，轉身大步出殿。

既然終於變成了君臣，那麼，再爭執又有何意義？

此後不久，西域軍隊請和，前線不斷有軍情請示，汴京城則忙著軍權交接，陶花著實勞累了一陣子。她以前長居宮內，在外並無府邸，這時便受秦梧之情在秦府住了下來。等到事務處理完畢，她即刻進宮去探視兩個孩子。

往常她向來疼愛趙松多過趙榕，如今卻是心疼趙榕得多了，細細問他飲食起居，生怕他受一絲苦。她說著說著難免就說到「廢去太子之位，是因爲國家政局，不是因爲榕兒不好」。

趙榕吃驚看她，「爹爹說，是因爲我好才讓我做冀王呢。」說著他做出躍馬揚鞭的姿勢來，「冀王多威風啊，我才不要做什麼太子呢。」

她輕嘆了口氣，卻見趙榕滿臉歡笑朝她背後跑去。她回身時，正看見趙恆岳和寧致靜挽手走來。趙恆岳立即把趙榕抱起到懷中，兩人親昵無比。過了一會兒，他把兩個孩子交給侍從帶走，走近對陶花說：「榕兒還小，你別口無遮攔。」

陶花淡淡答聲「遵命」。寧致靜也走到近前，面色中帶些明顯的防備，趙恆岳看見寧致靜的神色，立刻攬她至身側，柔聲細語不知說了幾句什麼，她面上瞬間浮出笑意。

他一直是這樣一個人，事事照顧周到，令他身邊所有人都覺舒適體貼，忠心相隨。就只有陶花，爲著她曾有那樣出眾的情人、爲著她剛強硬氣不夠敏感的心性，竟是許久都沒覺到自己對他的依賴，與他這份生死相依、全心信任的感情。

陶花望著他二人親密的樣子，獨自落寞離去。

此後國政漸趨安穩，兵變的陰影逐日淡出朝臣議論。皇帝對陶花也和氣了許多，如同對朝中其他股肱大臣，謙恭有禮又體貼周到；亦曾說起兵變初定時自己口不擇言，那是暗含道歉之意了，陶花心裡也就不能再存什麼難平意氣。他爲她賜過一處府邸，竟眞如他舊日說過的，就在朱雀門對面那條街上，陶花卻未接受。她自己孤身一個懶得張羅，仍是借居在秦府了當。

她常常進宮探望兩個孩子，初時擔心過皇上會對趙榕存有嫌隙，卻是沒有，他明顯更加偏愛趙榕。有時也會有親近之人開玩笑問他為何寵愛冀王勝過魯王，他會笑著說，因為榕兒長得俊。

帝后相敬如賓，待兩個孩子一般慈愛。皇后出身鐘鼎之家，自然賢良端淑。皇上特赦了寧氏在邊疆流放的親族歸京，襲以官爵。皇后感激涕零，在族中和民間又選了幾個姿容佳麗的女子一同服侍聖前。皇上也不推託，好意從來欣然受之，連帶著日常即興寵愛過的宮女，後宮嬪妃漸漸累有數十人之多。只是，從來沒許旁人留過他的子嗣，便是寧皇后，也只有那一次不知情的偶然。

陶花漸漸變得寡言少語，也收了平時那直來直去的脾氣，倒是跟秦梧日漸知心。契丹得知周國政變已平，大軍退去，秦梧遂就日常留在汴梁。

秦梧跟陶花抱怨過，當日皇上在落霞山假死乃有多個心腹知情，羅焰便是其中之一，他熟悉落霞山地形，是當日布局的直接參與者，只是他卻將此事瞞住了妻子。秦梧為此十分負氣，他擔心她是秦文的胞妹，絲毫不敢露出口風，她卻是從來都將這丈夫看得比哥哥親近，自然覺得委屈，夫妻間冷言冷語越來越多。

這天秦梧又跟羅焰口角，跑到陶花這裡來躲了半日，到午後卻見天上飄起雪花來。秦梧感嘆一聲，「這麼早就降雪了，我得回去看看他穿棉衣了沒。」

陶花笑著拍拍她，「既然關心，何必如此。」

陶花送到府門外，甫看著秦梧的車駕消失在路口，就見一行十數人向著自己這邊過來，全都是玄色風衣風帽，個個身材魁梧，步行極其迅速。她心內微湧吃驚之意時，先頭兩人已經到了，跪下向她行禮。中間一人走到她跟前摘下風帽，微笑說：「降雪了，想起來你的救命之恩。」

接著後面有人自風衣中放下趙榕和趙松，陶花急忙去拉過兩個孩子，回身對趙恆岳說：「怎麼走著過來？這麼冷。」

他微微一笑，「不走著過來，如何能想起那天你救我時所受的寒冷。」

陶花倒是被他這些熱情話語說得有些赧然，垂首道：「小事不值一提。」說著拉兩個孩子到廳內的暖炕上取暖。陶花看見那暖炕，卻想起來什麼，笑問榕兒：「還記不記得娘教你的山歌？」

榕兒立刻像獻寶一樣大聲唱起來：

太陽出山明堂堂，照著我的新嫁娘，
新嫁娘有個高鼻梁，比我過去的姑娘強。
月亮出山亮晃晃，照著我的新嫁娘，
新嫁娘一天能織布五丈，比我過去的姑娘強。

新嫁娘的頭髮長，舊姑娘的頭髮黃，
新嫁娘的手腳暖，舊姑娘的手腳涼。
人人都知道新的好，可我還是忘不了，
忘不了我過去的那個舊姑娘！

趙恆岳在外聽見了，就沒有跟著進去，只站在門廊望著外頭大雪飄落。

陶花把兩個孩子安頓好後走出來，輕聲問道：「不進去？外頭冷。」

他仍是望著外面，嘆口氣說：「你在雪地裡救過我一次，在耶律瀾帳中救過我一次，在吳越宮中救過我一次，這三次救命之恩，我原以爲可以一生一世慢慢還，誰知到最後竟是無法報答了。」

陶花勉強一笑，「是啊，還把兩個人都剩得孤孤單單。」

他聞此，側頭看了她一眼，「我哪裡孤單了？你不知道昨天宮中又晉了一位貴人。」

陶花回望他，「我還記得你跟我說過，人越多的時候你越覺得孤單，因爲沒人可以信任。」

他點頭，「是呀，信任這種東西，一旦破裂，就再也回復不了。」

她低下頭，「實在信任不了，那，不如你也晉我去做貴人吧。」

他轉開面孔不去看她，「你若是想做貴人，何必做我的，當年就是爲了不讓你做什麼貴人，才宮變奪權。」

陶花仍是望著他，因他轉開了面孔，便只得一個淒清側影。她徐徐開口：「我就是想做你的，其他人的，皇后也不做。」

他不說話，靜立片刻後緩緩答聲「好」，伸出手來攬住她的肩膀，也沒看她，只把她攬進懷裡。

雪花一片片飛落。

他抬起她的面孔來，想要輕輕薄薄吻下去。

一個女人而已，他一遍遍這麼告訴自己。

然而，當他快要觸到她雙唇的那一剎那，卻又突覺心裡百般難過，竟是要猛地將她推開才舒緩些。

正在此時，院子裡有家丁來報林景雲來訪。兩人頓覺尷尬，一起迎往門前。

林景雲看見陶花便遠遠奔過來，走近了見趙恆岳在此，立刻笑道：「我就是要找你呢。」他竟未向皇上行禮，只笑著問：「師傅，徒兒今日想趁大雪請你到家中一聚，不知道有沒有這個面子？」

趙恆岳笑著回林景雲：「你是要開謝師宴嗎？我當你師傅這麼多年，還眞不曾吃過你一口酒呢。」

林景雲笑道：「好吧，那便算是謝師宴吧。既然是謝師宴，咱們可就只論師徒，不論君臣了，你是我的師傅。」他又回頭看一眼陶花，「樞密使是我們師徒的媒人，咱們今天只論師徒之誼，暫不管你們倆一個是皇上、一個是我的上司。」

趙恆岳到此微一蹙眉，「怎麼，你就只請了我們兩個？」

林景雲仍舊是滿臉笑容，「還請了那時跟我同袍的幾個侍衛兄弟，大都升官了，有幾個在京中，有幾個做了地方官，也都叫回來了。本打算選個吉日，我看今天正好大雪，就在今天吧。」說著拉住趙恆岳往外走去，還一邊絮絮叨叨，「你還記得馮大年不？幾年不見，他吃成個胖子了……」他走出十多步後微微側頭，竟沒看見陶花，立刻回頭朝她使個眼色，她只好緊趕幾步跟上。

到了林景雲府邸，果然已是濟濟一堂。趙恆岳帶來的幾名侍衛也過去跟眾人一一見禮，受眾人苦留一起吃酒，他們十分懂事地回答：「待我等亦建功立業時吧。」說罷退出屋外守候。

趙恆岳坐在主席，陶花的位子在他身側，大家熱熱鬧鬧道過別情，林景雲事先交代過了今日不見君臣之禮，趙恆岳待下屬又格外寬厚，眾人也就十分親近。

陶花剛剛坐穩，席中一個身材略胖的人便笑道：「你們猜猜，我當侍衛那幾年最慘的是哪天？」

林景雲笑問：「是不是捉吳越刺客時被小姑娘甩了一箭那天？」

那人搖搖頭，「戰前負傷、馬革裹屍皆為男兒本色，要說最慘的，還是秦淮河上那夜下水去救人……」他剛剛看到陶花，立刻想起了這件舊事。

眾人一齊大笑，七嘴八舌又說了幾句，卻又忌憚陶花在場，都緩緩住了口。

趙恆岳側頭對陶花說：「你出去吧，免得大家拘束。」

陶花聽他全然吩咐下屬的口吻，一言不發站起就走。林景雲趕緊跟出，將她帶至夫人朱弦的房中。

朱弦正用晚膳，她和陶花許久不見，拉住陶花的手不停嘆氣。兩人坐下一邊吃飯一邊敘舊，朱弦不斷說些寬慰話語。

不知不覺間已至夜半，院子裡一陣熙熙攘攘之後，林景雲遣人來請她倆過去。朱弦拉著陶花走入前廳，唯見杯盤狼藉，眾人皆已離去，只有林景雲和趙恆岳仍坐在那裡。林景雲微微醉態，趙恆岳比他好些，卻也有些迷濛，抬起頭來看見陶花時凝望了片刻。

林景雲招招手讓兩人坐下，朱弦坐到他身邊去，他卻把陶花拉過來說：「你坐這裡，有些話，我要跟你說。」朱弦笑著讓開，他拍拍她的手，「你別生氣，我跟公主的情誼不比尋常。」

朱弦微笑點頭，答聲「知道」。陶花卻是開口反對，「我早不是公主了。」

林景雲側頭望著陶花，「咱們是敘舊，敘的就是你做公主時候的事呢。」他眼睛裡醉意漸深，「你這鐵箭公主，營裡頭仰慕的弟兄不少，可真正敢到你跟前說話的，就只有我和師傅兩個，要不，怎麼說我們最有師徒緣分呢。那時候有秦文在，他那般俊模樣一個人，又是那般人才，誰看見他都要自慚形穢。」

趙恆岳聽到這裡，微笑開口，「景雲，你別不承認，你也是個俊模樣的小子。」

林景雲大笑點頭，「好吧，就算是吧，不然也不敢在嵩山上站出去跟公主說話。公主待我是很好，她身邊沒個知心人，有個直爽些的夥伴她便坦誠相待，若是沒有師傅，興許公主就跟我了。」

朱弦聽到此，不禁笑了，「你以爲你能爭得過秦將軍？我才不信。秦將軍每次出征，我可都是到城門口去看呢。」

林景雲笑著將手中的空杯擲到朱弦身上去，佯怒喝聲「你敢」。趙恆岳卻是側頭對朱弦說：「那倒未必，你不是最後仍嫁了景雲嗎？我看在秦文和景雲兩人中，阿陶倒是多半會跟景雲一起。秦文雖是百年一遇的人才，卻太過傲氣又冷冰冰的，哪像我這徒弟是多麼熱乎乎的貼心人。」

陶花聽到他這一聲「阿陶」，立時眼眶濕潤，他已多久沒這樣喚過她了。

林景雲雖是半醉，卻察覺到他的舊主眼眶濕了，他即刻笑著接過話來，「到遇見謝懷暢，師傅忽然來問我，公主會不會喜歡這個小子，我那時就知道，我們誰都爭不過他了。他就是那麼實心眼萬般不顧地對公主好，連他自己都不顧。我自問比不過他，心思也就淡了。後來他變成我的師傅，我們日常在一起，越發熟悉得跟親兄弟似的，那可是什麼烏七八糟的事都知道了……」

趙恆岳斜睨他一眼，「什麼叫烏七八糟？你這徒弟當的。」

林景雲一笑，「你嘴硬不認，那我趁此時當著兩位女眷說出吧。在揚州圍城時，有天半夜我睡下了，你忽然跑過來把我們一帳子弟兄全都叫醒，說要出門。我悄悄問你怎麼了，原來是公主練箭擰著肩膀，你幫她揉了一晚上，終於就撐不住了……」林景雲說著大笑起來，「我們連夜微服出營，你說要去秦淮河。我便回你，說你要是實在不喜歡營裡頭帶著的這批，倒不如回周國境內去吧。可你卻說秦淮河上風光好，早晚要帶著公主去玩，不如先探探路。咱們遂就趁黑渡江，夜奔秦淮。七八個弟兄跟著你到了吳越心腹之地，倒也沒覺著害怕，誰知你這小師傅卻挑得很……」

林景雲側望一眼陶花，對她說：「我猜公主你是不知道，他在你跟前定然不敢說這些，我師傅喜愛處子，幼弱些的更好，到底是帝王脾氣呢，即便到了煙花之地也定要找未破身的女子。我們連夜趕過去的，頗費了些力氣才替他找到一個，其他的他偏偏不肯相就，說碰過一次的便不好玩了。我這才知道，爲何那隋煬帝宮中要養著十萬宮女，原來……」

趙恆岳抬手把一杯酒灌到林景雲嘴裡，杯子也不拿出來，就塞在他齒縫間，「你少說幾句吧，比誰不好，比那隋煬帝！」

林景雲笑著推開趙恆岳的手，「你脾氣暴起來的時候，可也不比那隋煬帝好多少。永嘉城外找到公主的那天，你當夜衝去秦文帳中，我們在外頭都聽見你們高聲爭吵，出來之後你去了俘虜營，放開幾十個人讓他們跟你打架。你打得倒是痛快，我們這些近身保護的人可全都捏著把汗，那一夜，你自己算算你殺了多少人？就爲著公主跟秦文……」

趙恆岳卻在此打斷他，「你錯了，景雲，我不是爲他們倆那回事，我氣的是我自己。我早就說過，這一輩子都要護衛阿陶周全，她那時正爲了斷情而苦苦掙扎，我竟然沒能阻住他們見面……我是氣自己思慮不周。」

林景雲驀然坐正，臉上醉意竟是不顯了，「師傅，你說了，這一輩子都要護著公主。她性子粗疏，難免一時糊塗，你怎麼苦苦計較？你以前可不是這麼待她的。」

朱弦也忙著插話：「是啊，我聽還在她身邊的姐妹們提說過，這些日子她可難過得很呢。本來大局已定，人人都歡喜，只有她，半夜裡對著一只金耳環垂淚。」

趙恆岳輕嘆口氣，臉上神色和緩了些，望一眼陶花，又回頭問林景雲：「你們是覺得我虧待她了，是嗎？」

林景雲想一想，搖搖頭，「那倒不是，換作是我的女人夜奔到敵人枕邊，恐怕也就提刀斬了。我說這些話，是因爲我知道師傅你有多顧著她，咱們在小商河那晚，你明知她已走遠，還是苦等了一夜。那天你眼睛濕了，別以爲我沒瞧見。即便這麼著，到後來亦僅廢去后位，並沒罷她的樞密使、收她的虎符箭令。你既然這麼愛惜她，又何須逞這一時之氣，讓她百般難受，你以後想起來豈不是又得心疼。」

他話未說完，陶花已經淚盈於睫。

趙恆岳又嘆了口氣，朱弦察言觀色，悄悄向林景雲使個眼色，兩人便要離席。趙恆岳卻是出言把兩人留下了，他掃視一眼三人，緩緩說道：「我身邊最得力的四員將領，陶、李、秦、林。李涵慶是我寄父舊部，他的老母親生病時我把宮中珍藏的一朵救命雪蓮送了過去，他感我的情，我也自信能得他的忠心。秦文爲人冷淡、不易深交，做事也有些狠了，十六歲時即懂得凌遲陶若來逼其父親、姐姐回救，後來對田倩如、蕭照憐亦都是毫不留情，我本來就不喜歡他，爲了阿陶和榕兒勉力應酬親近，卻終還是不成，竟至如此收場。好在秦家軍有秦梧接手，她是我的表妹，得過我許多照應，夫婿亦是我的心腹，我從不擔心她。景雲麼，更不必說了，跟親兄弟一般，我也下了苦心栽培，雖然我們曾喜歡過同一個女子，卻並未礙過我們的交情。這幾日我一直在想，若再有一次兵變，或者又如幼年時一般被契丹擒住，再或者大周竟陷入絕境，那誰會在我身邊？」

他再次掃視一眼三人，自答道：「這李、秦、林三位將軍，我都自信他們會留到最後，倒不見得是爲了往日恩惠，更多是顧念這份情誼吧。就只有這鐵箭樞密使，我竟是不知道怎麼去留住她……」說著他垂下頭去，過了片刻又抬起頭來看著陶花，「兵變之事已過，我並不想再去追究，況且這戰局最終能定還是靠了你。當時說了些傷你的話，那是我歷練不深、情傷所致，說過之後便後悔了。你我之間，非僅僅是兒女私情，若只是私情，我何至於如此難過？你鐵箭騎術無敵中原，兵法戰策也是深諳其道，又在我大周屢次參戰，年紀輕輕已是一位經驗豐富的老將，更是《兵器譜》之首、群雄馬首之瞻，我……我眞是千方百計、不惜一切也想留住你。你想要什麼，其實我清楚得很，但凡這大周國有的東西，我都不吝惜，只是，你要的東西若是我沒有的，那我可就沒辦法了……」

他望著陶花長長嘆息，「你若是想讓我重封你爲皇后，那自然容易，我願意爲你盡廢六宮，獨尊你一人。倘若這些便是你想要的，拿這些能留住你鐵箭陶花，那麼我此刻即去做。可是阿陶，我知道這些不是你想要的，所以我想來想去，想了這麼久，還是想不出一個安頓你的辦法。你想要的東西，再也沒有了，我給不了……我……我也不敢欺哄你，說我還能給你，那只怕會眞的把你氣走。我只能像現在這樣，戰戰兢兢，生怕多一分親密就不夠尊重……」

他重又垂下頭去，面色頹喪已極。

陶花站起身，走到他身邊半蹲下去握住他的手，淚水終於無聲滑落。他們兩人曾經死生相繫的這一份情誼，終是風化成了今日彼此小心翼翼的君臣關係。

他輕撫她的秀髮，剛撫得一撫卻又趕緊收住手，生怕冒犯了她。

第五十章 錦囊

冬季過去，春日姍姍降臨。

然而，禁宮中無數待春的嬪妃卻再沒有等來自己的春天。一如人們悄聲相傳的那樣，當今聖上愛好處子，一夕之後便不再碰第二遭。此話原也不假，可是宮中乍迎開春竟大幅削減了宮女數量，亦不再納取新人。

鄭丞相於此事最為敏銳，當即赴秦府拜訪了樞密使陶花。

他握著陶花的手，拿出三個錦囊，「我老鄭要告老歸田了，唯一一件放心不下的事，就是你們倆。唉，要說起來，你們倆這樁好姻緣還是我幫的媒，我老鄭只好義不容辭，再為姑娘出個餿主意了。」

暮春之際，皇帝率領群臣去落霞山祭天。皇后、皇子亦隨行在側，五千御林軍綿延山道上，旌旗蔽日。

趙恆岳執意步行上山，以示赤誠，皇后卻禁不起山路顛簸，一直坐在軟轎中。等到儀式完畢下山之時，皇后想與皇帝並肩同行，隊伍遂只能慢下來，一眾人等極其拖沓地緩緩向下。

樞密使陶花與左衛上將軍林景雲兩人都是全身披掛整齊，一左一右走在聖駕之前。陶花是風風火火的性格，走得慢了頗有些不耐，卻也只能忍著。帝后兩人不時說些溫柔話，連林景雲都聽得尷尬，察看了陶花一眼，越發覺得可憐，就往她身邊靠了靠，欲出言安慰。

陶花側頭一笑，神態十分親密，說了句「看你，走個山路還出汗」，抬手幫林景雲擦了一擦。就這麼個微小的動作，大家全都聽見走在後面的趙恆岳聲音一頓。

陶花聽見這一頓，即刻按指示取出鄭丞相給的第一個錦囊打開。她看完後，走到聖駕之側，緊挨著趙恆岳走了幾步。

他微覺些奇怪，轉頭覷她一眼。她清咳一聲，開口道：「恆岳，我有件事要跟你說。」

寧致靜與趙恆岳挽手同行，自然也聽見了。她盯了陶花一眼，微笑著問自己的夫君：「要不，臣妾先迴避？」

趙恆岳忙答：「不必，」接著轉向陶花，「樞密使有甚話，講在當面，皇后是朕信任之人。」

陶花還未開言，寧致靜向陶花笑言：「樞密使大人不必見外，只是，皇上名諱咱們做臣子的應該避著才是。」

陶花冷冷而言：「好吧。我想請皇上下旨，賜婚於我。」

寧致靜聽到此言，微有些吃驚。

趙恆岳則面不改色，一步一步沿著山路階梯向下走，走出十數步去，才問了聲：「和誰？」

「謝懷暢。」

他再走出十數步去，又問了一句：「養在家裡玩樂？你不是一直顧念靖玉麼。」

陶花想了想，「不是玩樂，是……是……嗯——看上了人家的俊模樣。」

寧致靜在旁接話：「皇上，您這樣問法，朝中大臣怕是沒人敢求您賜婚了。」

趙恆岳又走出了十數步，點頭說：「隨你。」說完不再理會陶花，只問左右侍從，「到無情崖了嗎？朕去看看。」

下得山去已是日落，大隊人馬按原計畫於山下駐營，本來是說今夜晚飯後圍獵，明晨踏青回城，趙恆岳卻說累了。眾人自然隨著他，也都不去圍獵，只有陶花試箭心切，仍帶上幾個隨從到山腳下晃了一圈。

歸帳時已是深夜，四處靜寂，陶花剛躺下還未入眠，隱隱聽得有女子哭啼哀叫之聲。她初時只想不管，只是這聲音持續不去，擾得人無法安眠，她只好又起來，出帳看看左右卻全黑著燈，難道大家都聽不見嗎？

陶花循聲而去，先遠遠看見有人跪在地上，走近了見是小鄭丞相。老鄭丞相已回家安享天年，如今是其長子繼了丞相之位，與他父親一般的直諫脾氣。

陶花看丞相跪在這深夜的帳外，已知不妙，疾步過去問他出了何事。小鄭丞相長嘆著告訴她，皇上雖未去打獵，卻在晚飯後去了附近幾處村落，強帶了幾個少女歸來。這幾個女子此刻正在帳中，年紀幼小不堪人事，想來皇上亦不憐惜，竟至一夜慘呼哀啼。

丞相捶地向著帳內高聲叫喊：「桀紂暴君，方這般行事，不意我朝天子竟至如此！」

陶花靜立半晌，驀然轉身，「此事與我無干，我也管不了。你跪著吧，我先回去睡下。」

小鄭丞相卻極其迅速地伸臂攔住她腳步，「陶姑娘，你怎說此事與你無干？家父曾經囑咐過我三句話，說但凡皇上不聽規勸時，便來找你陶姑娘去勸；但凡皇上在情事上失寸時，便來找你陶姑娘去管；但凡皇上暴怒無人敢近前時，便請你陶姑娘上前。」

陶花皺眉，「我又不是神仙，此一時彼一時，如今皇上並不聽我勸了。再者，鄭丞相，我是樞密使，還是別稱陶姑娘了吧。」

小鄭丞相抬頭望望陶花，語調已不似剛才嚴厲，神神祕祕跟她說：「『樞密使』三字怎能道出陶姑娘在我朝地位？家父跟我說過多次，我猶半信半疑，今日方才看得清清楚楚，皇上是剛頒了為陶姑娘賜婚的詔書，這才致今日之事。」他一心要說動陶花去勸諫。

陶花卻不上他的當，急忙搖頭，「丞相你可別什麼事都往我身上推，我也擔不起。求皇上賜婚正是令尊錦囊所示，他可沒教我怎麼安置這些女子，還是你自己想辦法吧。」

小鄭丞相實比老鄭丞相年輕靈活許多，此時哈哈一笑，對陶花說：「我倒是有個辦法……」說著他竟站起身來，到陶花耳邊壓低了聲音，「不如陶姑娘進去，把那幾個幼女換出來……」

他話音未落，陶花手中一支短箭直逼到他喉間，「難道老鄭沒告訴你，我最恨別人在朝中陣中欺負我是個女子！」

小鄭丞相臨危不亂，仍是笑嘻嘻說：「樞密使大人，你在朝中主管武將，我在朝中主管文官，咱們是分庭抗禮，你拿箭指著我有違大周國的規矩啊！」

陶花怒道：「規矩？你怎麼不進帳去跟那人講規矩，淨會在這兒管我！」說到此處生了氣，起步往外走了兩步，又終是頓住身形，掉轉方向往帳內走去。

帳門口守著幾個侍衛，看見樞密使跟丞相在附近商談許久，接著便氣沖沖過來，幾人都不知該如何應對。陶花也沒給他們應對的機會，一到近前就甩出袖箭，趁那幾人避箭的工夫，直入帳內。

帳內縛著幾名少女，正伏在地上啼哭。陶花過去把她們解開，安慰幾句放走了。床帷之內有人哀哀嚷叫，陶花進來後叫聲漸歇下去，接著就見一名瘦弱少女慌慌張張跳出簾帳，連衣服都顧不得穿齊整即奔出門去。

陶花看看人都走了，便轉身出門。

她還沒走到門口時，聽見簾帳內一聲低喝：「站住！」

陶花背著他站住了。

他聲音裡帶著喘息，帶著沙啞，柔柔喚了聲「阿陶」。

陶花低著頭，漸漸有些害怕，假若他此時要將她留下，那她該如何處置？她若是不應，心裡竟是有些不忍；可她若在此時應了，與他新晉的那些貴人們又有何不同？不過是他情動時的發洩罷了。

她十分心慌，也十分害怕，微微顫抖起來。

他卻是一如既往的體貼，沒走近前來增添她的恐懼，只遠遠說了一句：「我不想讓你嫁人。」

她的懼意霎時消散，立刻伸手去抓她的第二個錦囊，看完之後起步出帳，再未停留。

陶花的婚事並未鋪張，但因她在朝中的地位，雖然沒請什麼人，賀禮仍是絡繹不絕地送來。

她在喜房之內摘下頭巾，寶珠坐於她身側。她細細看了寶珠兩眼，寶珠竟似不見改變一般，依舊是上次婚禮時的模樣。

陶花慘澹一笑，「一點都沒變，連你的樣子都跟六年前一模一樣。」

寶珠莞爾，「那就算是奴婢駐顏有術吧。」

門外響起兩聲輕輕的敲擊，寶珠即刻壓低嗓子，問聲「誰」。

秦梧和聲答道：「是我秦梧，我來跟陶姐姐說幾句話。」

寶珠仍是帶些警惕，「今晚乃花燭之夜，有話請改日再說吧。」

秦梧在外一嘆，「我有件事非得今晚說呢。」

陶花起身過去開門。

秦梧進門後看看四周，先遣出了寶珠，接著壓低了聲音附到陶花耳邊說：「我受人所託，帶一封信給你，他要我在婚禮前交付。」

陶花覺得奇怪，伸手欲拿信，秦梧竟不立刻給她，只說：「陶姐姐，我哥哥爲你所刺，京中人等全以爲他已死去，就連目睹的家人都是那般以爲。可是你當時在他近身，又是親自動的手，你心裡應該有數，他其實爲杜姑娘所救。」

陶花驟時驚喜交集，她心疑此事許久，只是不能確定，更不敢貿然去問詢別人。此刻聽見如此消息，那是歡喜得眼淚都要掉下來。

秦梧微笑道：「我偷偷去見過他一次呢，他……他跟杜姑娘已成眷屬，夫妻倆隱居在契丹上京城。我哥哥這人博聞強記、學識駁雜，這些日子正跟從他的妻子研習醫術，頗有所成。這封信就是他給你的。」說著這才交給她那封信。

陶花雙手顫抖著接過來，打開書信，卻是漢文寫成。她並不識漢字，不由一嘆，「他用漢字寫信，分明已然忘了我不識字。」

秦梧赧然道：「他如今只顧著他的愛妻，對旁人都粗心得很，我來幫你看信吧。」她拿過信來細細讀過，笑道：「他勸你莫急著成親，說那謝懷暢配不上你。他還說你的身體不能再拖了，邀你去他那裡住個一年半載，你們敘敘舊，他順便幫你好好調養身子。」
陶花笑道：「幫我調養身子？我看他擺明要拿我試藥。」
秦梧不由跟著笑，「我看也是。」說著把書信遞給陶花，又勸了她幾句取消婚事之語，見她執意不聽，只好告辭出去。
秦梧剛走沒多久，院子裡響起幾簇腳步聲，門上又有了兩聲敲擊。
陶花正待起身去開門，寶珠拉住她，輕聲說：「聽腳步聲，這次來的人多，仔細些。」
陶花乍覺寶珠此時氣勢、氣度不似個侍女，還未來得及出言相詢，即聽得寶珠在屋內朗聲喝問：「何人驚擾？」
門外之人低聲答道：「聖駕在此。」

第五十一章 疑忌

陶花趕緊打開第三個錦囊。

老鄭丞相的錦囊皆是圖畫。

第一幅要她在皇帝吃醋不悅的時候打開，圖中花燭高燒，一邊是枝桃花，一邊是個漂亮的少年。

第二幅要她在皇帝挽留她的時候打開，圖中是一個女子不理不睬絕裾而去。鄭丞相深諳男子心理。

第三幅便在今天大婚之夜，皇帝來的時候打開。

陶花打開了，圖中畫著老鄭丞相捂住眼睛，陶花一下就被逗笑了。

寶珠起身開門，看了一眼院中，立時回頭拜別陶花。

趙恆岳獨自走進來，也不說話，只慢慢走近陶花身旁。等走到跟前，他柔聲柔語喚了聲「阿陶」，沉默半晌才說：「你別嫁了吧。」

她哼一聲，「不嫁了，你娶我嗎？」

他卻又不語。陶花篤信老鄭丞相的推算，不管他說不說話，先把自己累累贅贅的喜服脫下來。誰知他看見了，竟是轉身想要出門。

陶花一步搶過去關上門，嚷道：「喂，你敢！」

她這一步搶得甚急，胸口微微起伏喘息，滿臉委屈負氣的模樣。

他在那一瞬間失了控制，心裡頭那些約束霎時煙消雲散，再不去想她會不會被冒犯，也不再想他能給她多少，猛然捉住她手臂將她整個人帶到懷裡。他對自己說：「好吧好吧，就是對這個女人心動了，先跟她親近了再說其他。」

陶花被他凌厲而來的亂吻擾得神志不清，聽他在耳邊喃喃說著：「不管了，我就是要你。」他將她抱起來按在紅床上。

她不想這麼快被俘，手上卻偏使不出多大力道，遂只能絮絮叨叨靠嘴巴發些怨氣，「先找你的三宮六院去，先找你的嬌弱處子去，先……」

他立刻封住她的嘴，急不可待地撕開她的衣襟。

一封信箋自她襟內滑落，他也沒有在意，兩人早已纏綿在了一處。

只是那信封上的字跡實是眼熟，他讀過那人的許多奏摺，當然認得筆跡。

趙恆岳伏在美人身上隱隱覺得不對，重又拿起這封信，「你果然是念舊啊，明明不識字，一封舊日信件還心心念念保存著。」說著大力把信件擲到一邊，連讀都沒有讀。

「不是那樣，你聽我解釋……」

「好，你說吧，我聽一句，只一句。」他還在她身上，所以一時沒有十分絕情。

只一句？那要說哪一句？

陶花是個實心眼的人，想了半天，既然只能說一句，那——「我跟他眞的早就沒什麼了。」

「沒什麼了？沒什麼了，還把他給你的舊信貼身放著？一如當年，把春宮圖放在枕邊。」說著他就生了氣，忽然發力。

她不知道該不該掙扎，只覺疼痛，咬牙苦忍。快要忍不住的時候，他停下來。

她趁著這片刻空檔，趕緊開口：「你聽我從頭說……」

這個說來話長，要慢慢說，說不好又會惹怒他，單是秦文還活著這一條，怕便難以蒙混過關。本或許有機會說出來的，就算他此時起身走開，仍有容下她幾句話的工夫。豈料，門外有人低聲稟報：「皇后已到了府門口，說明日做壽，原定的戲班又不喜歡了，想請皇上一同拿主意換個戲班。」

趙恆岳點點頭，一邊起身一邊向外吩咐：「趕緊去迎皇后車駕，別讓皇后等久了。」說著一步不停地即刻出門。

三更開門去，始知子夜變。

他們兩人之間那份性命可託的信任沒喚回，即使肌膚之親回來了也無用。料事如神的老鄭丞相給了她三個錦囊，卻沒料到秦文的一封來信，就算他能料到，也拿不出第四個錦囊來應對。別的外人，又怎能理解他們兩人之間這份生死相依的感情？

趙恆岳在回去的路上想著：「她若不是大周國的樞密使，若不是百年難遇的良將之才，若不是曾經救過他性命，他一定殺了她，免得總是讓自己這般悽惶失措。」

趙恆岳這廂固然難過，陶花卻也同樣用盡了最後一絲力氣、最後一絲耐心。她穿著凌亂嫁衣仰躺在床上想了一夜，心裡頭終是冰冰涼涼了，翌日一早還得匆匆忙忙梳洗更衣去宮內給皇后做壽。

皇后壽誕，今日請的全都是武臣，明日才是文官。皇上愛重皇后，這生辰戲一連要唱滿七天。既然座中都是武將，皇上又顯得甚是和氣，席間氣氛便沒那麼整肅。

戲班老闆拿了單子過來，趙恆岳隨手遞給寧致靜。寧致靜看了兩眼，說：「今日都是將領，聽一齣

《羅成叫關》吧。」

那戲班老闆跪在地上，叩頭稟道：「娘娘，今天這《羅成叫關》怕是聽不了，我們的武生高小奎剛剛摔傷了。」

寧致靜笑了笑，「聽說那高小奎是你們的臺柱子，他摔傷了我們還看什麼？」

戲班老闆忙不迭地叩頭，嘴裡也不敢停，「看還是能看，不如看一齣《鎖五龍》，看看他的扮相，聽聽他的唱功，只是翻打跌撲的戲演不了了。」

寧致靜看著單子訕訕不語，戲班老闆便一刻也不敢停地磕頭。

此時秦梧插了句話：「那便看看吧！聽說這高小奎把京城裡的小姐們全迷住了，我還沒見過呢。人人都說他與我兄長面容有三分相似，我倒是很想瞧瞧。」

那戲班老闆在百忙中瞥了一眼秦梧，見她座次十分靠前，明擺是這朝中顯貴，立刻回身吩咐道：「快叫小奎出來給貴客瞧瞧。」

不一刻，一個穿著短打的小生出來跪拜，秦梧同樣在軍中日久無所避忌，當即命他抬頭，陶花亦隨她看了一眼，此人還未上妝，眉目間果與秦文有幾分相似。他們學戲的從小就練眼功，自然而然一雙眼睛神采四射。

秦梧笑道：「當真有幾分相似，若是穿上白袍只怕就更像了。」

那戲班老闆隨即諂媚笑道：「羅成穿的正是白袍，咱們這就看齣《鎖五龍》。」

高小奎的扮相果真神俊，臺上一站甚有大將風度。《鎖五龍》裡羅成不是重頭戲，他雖然受傷，也還能夠勉強客串。秦梧和陶花都是自幼習武，看他舉手投足已然知道傷勢不輕，否則亦不至於在皇宮裡亮相都不撐檯子，不由暗暗替他捏一把汗。

宮中其他女眷卻看不出來，只目不轉睛盯看他那一雙顧盼神飛的眼睛。等他們演完時，趙恆岳向眾人招招手，他們便走到近前來謝幕。

趙恆岳笑望著高小奎，「這冷面銀槍俏羅成演得十分傳神，果然英俊無雙，連單雄信的風頭都搶了去。只是，羅成雖是唐王跟前的大功臣，若論到義氣，卻是負了單雄信甚多。當年賈家樓結拜，大家也都說過……唉，患難與共、生死相依的話，到最後卻各為其主、兵戎相見了。單雄信對羅成有恩有義，羅成卻是捉了他到唐王跟前問斬，免不了單雄信要咒他亂箭穿身、屍無處埋。當年朕和寄父就是被叛臣陷害才入陷契丹，寄父說他生平最恨背叛之人，越是信任的人，背叛時越讓人寒心……」他忽然頓住說不下去了，最後只好轉開話題，「這羅成果就應了個亂箭穿身、屍無處埋。」

那戲班老闆在旁邊聽見，小雞啄米似地點頭，連連說「聖上高見」。

等趙恆岳說完，高小奎正要退下時，秦梧問了他一句：「你是怎麼受的傷？」

戲班老闆忙搶過答話：「小奎有招絕活，能由兩張疊起的桌子上翻筋斗下來。前幾天唱完了有看客起哄，要疊三張桌子讓他翻，小奎推不過只好試了，這就摔了背，直到昨天才堪堪能起身。」

秦梧聽得，哎呀一聲，「那就別上臺了，回去養傷吧。」

戲班老闆還未回話，寧致靜一笑，「他不上臺，我們這麼多人看什麼？」

秦梧看寧致靜一眼，輕聲說：「摔壞腿腳胳膊都是養養便好，只有這背，若是摔到了不好好養著，怕是要落下病根。我幼時有一次和哥哥練功時……」

秦梧還未說完，寧致靜皺眉打斷，「亂臣賊子之事，也好說得？」她為著那一個失去的孩子，忌恨秦家已久。

秦梧面上頓時變色，卻是壓住不能發作。

一時場中靜寂，無人敢開口，那戲班老闆趕緊賠笑，「不妨事、不妨事。小奎，快回去換裝，利索點！」

高小奎待要轉身，卻聽得這邊傳來一陣刺耳響聲。

陶花單腳揚起，軍靴踏住她身旁的椅子向旁一踢一推，那椅子四腳刮擦地面劃出刺耳聲音。待眾人皺眉回頭時，正看見那椅子穩穩停在了她面前案子的側旁。

陶花收靴，向高小奎指了指那張椅子，「坐這兒，陪我看戲。」這張椅子本與她並排，她把椅子推到側邊，才好讓他坐下。高小奎卻不敢坐，先看看老闆，又偷眼瞄瞄皇上。

寧致靜覷了一眼陶花，也回眼去看趙恆岳。秦梧先看看陶花，再看看高小奎，最終也是看向趙恆岳。他自寧致靜手中拿過戲單，說了聲：「選出不需武生上場的戲吧。」

高小奎這才小心翼翼到陶花身邊坐下了，陶花將自己面前的果盤推了兩碟給他，便不再說話。他卻哪裡敢吃，只察望著陶花和眾人的臉色。

寧致靜膩在趙恆岳手中看著戲單，面上起了些嬌嗔之意。趙恆岳一邊攬著寧致靜，一邊柔聲說：「樞密使大人念舊，你就看在她情深意重的分上，讓她一次好了。」

寧致靜笑了，聲音低低的，卻也讓旁邊的人都聽得到，「最情深意重的人，怕是皇上了。」

趙恆岳撫撫寧致靜的秀髮，「那也得是遇見一個像你這麼值得的人，遇見不值得的，情深意重都只是笑話罷了。」

兩人相視一笑，溫情無限。寧致靜細細翻過戲單，問了句：「這《再生緣》是講什麼的？聽起來像是才子佳人，不用武生了吧？」

戲班老闆趕緊回話：「是，是齣文戲，講的是孟麗君女扮男裝，考中狀元入朝爲相的故事。」

寧致靜還未答話，趙恆岳倏地把戲單闔上，「就這齣吧。」

陶花坐在一旁，一言不發地聽下去。

她本是想好了一句話也不再出口，不論他說什麼做什麼，她就只當沒聽見沒看見。可是偏偏地，看到一半時，她實在忍不住問了一句：「怎麼這齣戲跟我原來聽的不一樣？」

旁邊坐著的高小奎趕緊問：「您原來聽的是什麼樣的？」

「我原來是聽天香茶樓那個盲先生唱的彈詞，應該是麗君守情守志，大團圓了啊！」

高小奎自幼便在戲班，熟知掌故，當下輕輕一嘆，「這齣戲、這個故事，怎麼能大團圓了？若是要團圓，麗君高中狀元時即可團圓，寫到入朝爲相，便是團圓不了了。雖然看起來志得意滿、光鮮著錦，卻是所有的活路都已不通，她已無路可走了啊！」

陶花癡癡然愣住，「怎麼？無路可走了嗎？」

高小奎又嘆一口氣，「皇甫元帥定要逼她承認女兒身，好嫁與他爲妻；太后賜酒脫靴，她無處可逃；本來皇帝對她有心，可她又不願嫁入深宮，在那三宮六院中仰人鼻息。所以她，唉，竟是只有死路一條了。」

「死路……」陶花喃喃重複。

此時，場上剛剛換過布景，正是孟麗君病中出場了。她唱的是：

風陣陣雨陣陣雷聲隱隱
孤寂寂愁悶悶昏昏沉沉
四肢綿綿渾身軟
晴天霹靂擊碎了心
彷彿我攀登在懸崖上
跌進深谷摔碎了身
彷彿我掙扎在枯井內
空見天中月一輪

陶花怔怔看著她的愁容，忽覺心中傷感萬千。

血濺法場無悔恨
豈不笑煞天下人
一道白綾懸梁盡
豈不傷透了父母心
少華呀你當年絕情不會面
而今又借助權勢苦逼人

金釵半斷與君絕
覆水難收女兒心

陶花伸手捏住几案，暈眩眩虛弱不堪。
那孟麗君稍收些愁容，又含羞斂眉輕吟低唱：

年輕的帝王解人意
實成麗君一知音
有心擇爲終身伴
誰讓他偏偏是國君
棄臣攀君留笑柄
千般苦衷言不清

陶花忽然伏案輕咳，旁邊的高小奎趕緊起身到她身邊來，卻又不敢碰她。
那臺上之人卻看不見，繼續唱了下去：

進無路退無門
茫茫暗夜鎖孤魂

昏昏孤燈伴孤影
淒淒苦雨淹苦心

那臺上的孟麗君此時也咳了兩聲，一絲血意自她嘴角滑下。今日是宮中演出，戲班亦下了本錢，這嘴中藏著的血袋並不是紅色顏料，乃是剛剛殺就的雞血，紅豔豔的十分淒慘。她滿面愁苦唱道：

我渾身力氣都耗盡
落落寞寞二十春
我空讀聖賢書萬卷
難解人生況味深
我空在朝堂居一品……

猛然間臺下一聲重咳，陶花身子前傾，一口鮮血噴在案上。高小奎大驚，再顧不得避忌，趕忙伸手去扶住她。

陶花搖搖頭，推開他，帶著滿口鮮血竟是說了一句：「你身上有傷，回家去吧。」

趙恆岳已經奔到她身旁，聽到她這一句話，就後退了兩步不願再上前。

秦梧過來抱扶住她，陶花抬頭迷迷濛濛看了一眼眾人，她只看得見眼前幾個，卻沒有她想看到的那個人，於是心內暗暗嘆息，一聲不出昏了過去。

迷迷濛濛中臟腑內百般煎熬，每次在最難受之際總會有一股暖和氣息自背心流到腑間，幫她撐持了過來。

陶花醒轉時，看見是在自己的臥房，寶珠守在床邊。寶珠看見她醒了，立刻出去喚人。

秦梧和羅焰不多時便進來，想來是一直守在這秦府內左近的房間。陶花看看他兩人，想要說話，卻覺虛弱難以開口。

秦梧急忙問：「你是不是要找皇上？」

陶花搖頭，緩了半晌說：「把景雲叫來。」

秦梧答應一聲，起身正要出去叫人。陶花卻阻住她，「梧妹，你留下，我有些話要跟你和景雲說。」

羅焰當即出去請林景雲。秦梧坐下來，輕輕嘆息，忍了片刻仍是沒忍住，到底說出口來：「陶姐姐，你在這間房內日常居住，怎麼也不打理打理？」

陶花被這話說得摸不著頭腦，「怎麼了？平時都有你秦府家人打掃呢。」

「唉，」秦梧又是一嘆，「這房間壁上掛著的畫，你不認得嗎？」

陶花側頭看了看，「這是永嘉城，我剛搬進來已經認出了。」

「這是我哥哥追擊錢元虎歸來時，在你大婚之夜所繪，一直掛在這裡，你竟也不知道摘去。」

「一幅畫而已，有甚打緊？」

「這畫上題的字：『一生一世苦相待，只得永嘉半日歡。』」

陶花赧然道：「我不識字。」

「你不識字，皇上卻識得。他來看過你，一進門先看到這幅畫，連你的面都沒看就走了。」

陶花慘澹一笑，「就算沒有這幅畫，也會有其他的。是他自己想走，任誰也留不住。」

秦梧在旁不住唉聲嘆氣，陶花卻是終於下定了決心，「梧妹，把你兄長住處告訴我，我去找他。」

秦梧一驚，「他已經跟杜姑娘……」

陶花嗆咳著笑了兩聲，「你想到哪裡去了？我是過去請他們治病，往後就在那附近安居吧，大家也好有個照應。」

秦梧黯然，「你……你終是要走了？不想想還有兩個幼子在汴京？」

陶花面色也黯淡下來，「我是沒辦法，再不走，怕會眞如杜姑娘所說的，早晚之間油盡燈枯。我並不怕死，可是爲了兩個孩子，我還想多活一活。」

「皇上問起來，我可怎麼說？」

「你就跟他說，我被他氣病了，只好去找大夫。別的什麼都不消說。」

不一刻林景雲到了，陶花把軍政要事細細交代給兩人。林景雲覺到了離別之意，竟然抓住陶花的手不放，卻又不知該怎麼挽留。

他沉默半晌，最後說了一句：「早知如此，當初你還不如跟我。」說完竟是紅了眼眶。

陶花微笑，「景雲，念在我對你的知遇之恩，待會兒你陪我進宮帶走榕兒。」

林景雲無可推託，扶著陶花按劍入宮，在皇后處帶走了趙榕。皇后見他二人帶劍入昭陽殿，大罵叛逆，林景雲淡然回道：「末將自會面君請罪。」

趙恆岳接到稟報說陶花帶走了趙榕，並不太在意，他從未想到她竟是要走，敢在重病之中受這顛簸之苦。林景雲一路馬不停蹄護送陶花出京，也沒有向他回報。他以爲她或許是發發脾氣，或許是想念榕兒了，對他而言，樞密使按劍入宮威嚇皇后算不得什麼大事。

他是第二天早朝時才明白陶花走了。她的官印、虎符箭令全都呈在案上，甚至於，還有那孤孤單單的一只金環。

林景雲和秦梧跪在地上。

林景雲甫才趕回，面上猶帶著風塵。陶花催著馬車連夜趕路，他也一路送過去，直到再跟下去就趕不上早朝了，他才快馬奔回。

秦梧老老實實告訴趙恆岳，陶花是昨夜離去的，她傷心欲絕，說要去契丹上京找一位名醫治病。

趙恆岳把整個御案掀翻到階下去。林景雲和秦梧看著那案子往下砸來，皆未躲未擋，就在原地受了。案上東西全跌落去，陶花的虎符箭令散落地上，那只金環彈跳到角落裡，白玉印章摔落了一個角。

趙恆岳起步離開，一句話也沒說，朝臣們等了一陣不見皇上回來，只好各自散去。

此後三天，皇帝未上早朝。

他一直以爲，自己早已忘卻與她的情誼、與她生死相依的諾言，如今的她只是大周樞密使，只是他曾經的一個女人。一個女人而已，還是曾經的。只有她那樞密使的身分讓他敬重些，所以日常裡也都是禮敬有加。偶爾湧動些無法自控的情欲，那是因爲他們有過曾經，更因爲她是個美貌嬌娘，所以他覺得自己的反應合該算正常的。

她不再是他的夥伴兄弟、生死相託的朋友，再也不是了。

直到她走了，他才明白過來。

不錯，她再也不是他的夥伴朋友。她是他血脈中流出來的激情，心房上鐫刻著的名字，她早已融入他的血肉之中，再不是另外的一個人了。

她與他已爲一體，再也不能分開。

三天之後，金殿上一切如舊，連那只白玉印章摔落的碎片亦仍在原處，沒人敢去碰觸。大臣們看見皇上來了，全都屏住呼吸，不敢出聲。

他走下臺階，把她留下的這些東西又一件件給收起來，連那摔落的白玉碎片也細心收起。那只金環，他放到了懷裡最貼身的地方。

然後他坐在金鑾椅中，緩緩說：「遣散六宮，年輕侍女禁入朕的居處，今日之言若有違背，請御史直諫。」

御史戰戰兢兢叩頭接旨，殿內靜如深夜、無一人敢發出響動的時候，殿外突有人飛奔而來，跪在地上說：「星夜兼程，已請來神醫『鬼師傅』，現在宮門外等候。」

趙恆岳搖搖頭，「不必了，請他先歇息吧。朕也乏了。」

第五十二章　騙技

陶花抱著趙榕，指指面前的人，「榕兒乖，叫爹爹。」

趙榕竟抽出他的小佩刀，想要撲將過去。

陶花帶著歉意向秦文笑笑，「我會慢慢跟他講。」

杜若仙緊扯著秦文的手，目不轉睛盯著他二人的一舉一動，陶花衝她擠擠眼睛，「杜姑娘，要不，你爲正、我爲偏，可好？」

杜若仙恨不得撲過來把陶花撕碎，秦文捏捏她的手，「我的愛妻可非小氣之人，連玩笑都容不下。」

陶花正色道：「你若是想讓我早點走呢，就最好快點把我的病治好。」

秦文卻皺起眉頭，「不是說好我來治嗎？」

杜若仙即刻擋在他身前，「我來治，我來治！」

陶花隨著他二人走到屋裡去，一路上把秦文好好打量一回，她往常從來沒有這樣看過他。

他笑問：「現在才知道好看？」

陶花也笑，「以前太親近而不覺得，又整天打仗，只想著你槍法好、馬術好，是可擔大任的良將。」

他側頭問她：「還有呢？」

「還有兵法好。」

「沒別的了？」

「嗯……還有琴棋書畫，樣樣精通。」

秦文一哂，「聽了這麼多，都沒聽見我最想聽的。」

陶花猶疑著想了半天，不知道他到底想聽什麼。杜若仙卻是嘴角含笑，臉色紅撲撲地抓住他手臂在他耳邊低低說了幾個字。秦文立刻笑顏逐開，「這才是我想聽的。」

陶花看著杜若仙的臉色，已然猜到定非什麼好事，趕緊把趙榕抱在懷裡不讓他看。

三人一路歡聲進屋。

陶花笑問：「你們怎麼住到上京來了？這裡可是契丹國都。」

杜若仙毫不避諱地說：「就是為了躲你遠點，也不受你夫君轄治。」

陶花笑著走到秦文身邊去，轉頭向杜若仙扮個鬼臉，「想躲我？你看清楚，越來越近了，越來越近了……」

她話未說完，秦文一把抓住她的手腕，作勢要將她帶到自己懷中。

陶花頓時怒道：「不能這麼開玩笑的！」往回猛抽手腕。

秦文臉上漾著促狹的笑意。

杜若仙在笑，榕兒也在笑。

最後，連陶花都忍不住尷尬地笑起來。

然而，最先變色的是秦文。他不確信般垂頭看了看她的手腕，以眼色喚杜若仙過來。

六個月之後，周國藉口契丹國今年歲貢遲交，撕毀烏由城下之盟，興傾國之兵而伐。

趙恆岳能等這六個月，已經算是很有耐性了。他度日如年的數著月亮，就是想不明白，什麼樣的病半年了還看不完。

契丹國力經烏由之敗後大不如前，周軍一路勢如破竹。

隊伍進入錫蘭時十分小心。趙恆岳更是脫下戎裝，換了布衣，抱著趙松由錫蘭集市穿過。即便打仗，百姓們也還是要吃飯的，所以集市上依然有人。

他指著路上的景物，對趙松說：「爹和娘以前來過這裡，以後我們再帶你一起來。你乖乖地幫爹爹去求你娘，讓她別生氣了。」等他看見路邊上的「鐵口直斷」條幅時，立刻笑著走過去坐下。

李半仙一看見他，當即大驚，「這位客官，換了是別人，求我看相我李半仙也不給看的……」

趙恆岳哈哈一笑，「別給我看了，給我的孩兒看看吧。」說著扔了一錠金子。

李半仙盯著趙松看了半天，「嗯，天生富貴，一生順遂，沒什麼好說的。」

「怎麼？不是君臨天下之相嗎？」

李半仙搖頭，「您是，他不是。」

趙恆岳當即沉了臉，「我君臨天下，當然會傳位給他。」

李半仙笑著搖頭，「您爲什麼沒傳位給他，我也不知道，我只知道您反正沒傳位給他。其實當皇帝也不見得就好……」

趙恆岳倏地站起，「胡言亂語！」

他轉身欲走時，李半仙又叫住他：「您是不是來找人？」

他頓住步子。

「人都說算命得撿好的說，可我看您仁善愛民，不得不提醒您命中這一大劫。您要找的這個人，只怕是很快便要離您而去了。」趙恆岳手按刀柄回頭，李半仙微笑，「您若是生氣殺了我，鑄下惡果，那你們就不但要分離，還要深恨。」

趙恆岳冷哼一聲，「無稽之談。」

趙恆岳離去不久，劉一刀不解回頭，「你為啥淨撿不好聽的說啊？」

李半仙笑笑，「這位客官啊，氣宇軒昂，一看就不是常人，撿好聽的說沒用，撿不好聽的他才可能聽進去點。」

「你怎麼知道他在找人？算出來的？」

「你看他那副樣子，尋尋覓覓滿心期待，一看就知在找他的心肝兒呢！」

兩日之後，周軍圍住上京。

圍城的當天晚上，一名紅衣女子自城中出來求見周國皇帝。中軍帳設在淮南軍中，她找的那個哨兵也是淮南軍兵士，並不認識她，只斜眼打量一遍便把她轟到一邊去。她搜腸刮肚想了半天，「啊，其實我是要找金德貴。」

金德貴隨幽州軍駐營，把他找來時已是深夜。他一看見這個女子，腳步都沒停就往中軍帳急奔。這個女子身手亦甚俐落，跟著他一起跑，竟不落後於他。

淮南軍的兵士們駐足觀看，都說：「嗯，小金肯定又犯錯了吧，他這娘子也真是厲害，居然追打到軍營。」

等跑至中軍帳時，兩人氣喘吁吁，誰都說不出話來。

一個小娃娃正好散步路過這裡，拍拍手叫了聲「娘」。

旁邊跟著的爹爹笑他，「別一看見女人就叫……」話未說完卻僵住，又即刻改了口，「所有人都退下，把魯王也帶走。」

松兒大哭不許，趙恆岳也快哭了，只差跪下來求孩子，「兒啊，你讓給爹爹一晚上，明天要什麼都行。」

那女子笑著過來，抱起松兒好好親了親，看了又看才讓人抱走。

滿面笑盈盈，相看無限情。兩情濃時，他小心翼翼地說：「我把嬪妃們都遣散了，只留下你的侍女靜兒，她掉了一個孩子，實在可憐，我不忍趕她走。」

她點頭，「靜兒挺好，對你是眞心。」

他覺得這句話甚是難測，趕緊又解釋道：「我留她也是爲了松兒，松兒還小，跟她處得久了，就跟親娘一樣。」

她再次點頭，「很好。」

他開始覺得有點不自在，偷眼看她是喜是怒，可惜看不出端倪，只好繼續解釋：「其實最主要的，我是想著，咱們倆要是萬一有人害個病、遭個災，松兒不至於無依無靠。」

她突然有了反應，「我死了還有你，松兒怎會無依無靠？」

他笑笑，「咱們不是說過麼，一隻燕子死了，另一隻也不會獨活，哪怕撞地殉情呢。」

陶花伸出手，無限愛惜撫了撫他的面孔，而後點點頭說：「我知道了。」

山盟海誓總是動聽，美好時光總是短暫。

翌日早晨，陶花很早就醒了。算起來，這是她與他共度的千百個夜晚中，唯一一次比他早醒。想到此她不免有些感動，又有些心傷。

她側過頭來，反覆看了看他，將他的樣子細細記在心中。而後她起床出帳，過了小半個時辰才回來。

趙恆岳已經起了，一見她回來就跳過去抱住，「怎麼起這麼早？我好久沒碰你了，是不是生疏到不能讓你盡興了，不然怎麼起這麼早？」

陶花臉色平淡，「你先坐下，我有話跟你說。」

他坐下來，「阿陶，你這次回來，眼神跟以前不同了。」

「哦？」她有些好奇。

「以前一眼能望到底，這次好像藏著東西似的。」

她笑了笑。

他緊接著補上最重要的那一句：「不過，不管你變成什麼樣，咱們倆永遠跟以前一樣親。」

她淡淡看著他，「你說得對，這次我確實有事要跟你說，但是說之前你得先答應我兩件事。」

「快說吧，難道之後再說我就敢不答應你麼，我哪有那膽子？」

「第一件，我要你答應生夠五個皇子，現在才只有兩個。」

他站起來，「看來，昨晚你是真的沒有盡興，現在補還是等晚上？」

「你坐下吧，答應我了沒？」

「阿陶，你要知道，你生一次孩子，咱們倆就得好久都……」

「你別囉唆了！答不答應！」她忽然惱怒起來。

他只好被迫似的萬般委屈地點了點頭。

「第二件，我要你即刻撤兵。契丹是我的故鄉，在烏由與你訂下盟約永保太平，你卻不肯遵守。」

「阿陶，這都已經打到京城底下，不出幾天就攻下了。」

「你要敢繼續打，我就敢到那城上去守衛故土！」

「好吧好吧，我打這上京城一是爲了見你，二是爲了重溫咱們當年走過的地方。現在見到你了，就回去吧。」

陶花點點頭，算是認可，而後慢慢坐下來，「皇上，希望你能信守承諾。現在我有一個故事要講給皇上聽。」

他嘻嘻笑著問：「香豔嗎？」

她不理他，正色說下去。

「這是個很老套的故事。一個草原上長大的女子，愛上了遠方來的客人，相許終身。他們對著草原上的月亮發過誓言，要在此地相伴一生。」

陶花指住門外一叢綠地，「就是那裡。」

「可是這個客人卻背負著兩條祕密使命——殺這個女子一家，還要找到一個流落在外的皇子。這個客人實在沒有辦法，終致女子一家慘死，他拚著受傷才救下他愛的姑娘。偏偏姑娘卻不原諒他，她當夜奔出上京城。她不知道，這個客人爲了讓契丹人放她出城，不得不與相府小姐虛與委蛇。

「老天爺安排得巧，姑娘在雪地中遇見皇子，她一眼認出即是心上人要找的那個人，所以救了他。後來許多年，她明知道心上人就在不遠處，也始終恨他，不肯相見。然而，她救的皇子讓她出征，她沒有辦法，只好又見到了她的心上人，兩個人眷戀深深，這次一見面便再不願分離。直到他們回京了才發現，這個皇子也愛著這個姑娘，本來是沒什麼，可這個皇子卻當了皇帝。唉……」

陶花在此一頓，轉過頭去瞧了一眼。趙恆岳平淡地看著她，眼睛裡窺探不出喜怒。她淒慘一笑，「契丹一戰，爲了讓姑娘報仇，他們假裝彼此什麼都不知道，假裝中了敵人的離間計。可憐姑娘的心上人身負重傷，兩個人思念成狂，卻因爲皇帝的阻隔連面都見不到。

「後來，他們想過許多辦法，調幽州軍南下，甚至聯合西域諸國一戰，豈知仍逃不出皇帝的掌心。姑娘在皇帝身邊困了五年，強顏歡笑，她心裡實是不願的，始終不樂與他親熱，房事能推就推，還想方設法找別人替上去。」

她又轉頭去看他。

他點點頭，「原來如此，莫怪這件事我一直不明白。」

陶花又續下去，「這姑娘還曾經被迫去刺殺她的心上人，她當然不捨刺死他，但爲了掩人耳目，只好刺成重傷，那一箭的傷痕也就永遠留在心裡了。好在，謝天謝地，皇帝終於不愛這姑娘了，她終於可以逃出牢籠，帶著他們的孩子一起到說好的那片草原上相聚。他們在上京城裡度過了一生中最爲幸福的日子。

「可惜好日子沒過幾個月，這個皇帝就興兵來犯，當年烏由的城下之盟全不作數。這個時候，西域歸降了，吳越全境亦已收服，他們再無地方可去，可憐天下之大，卻再沒有他們兩個人容身之所。姑娘只好回到皇帝身邊盜取權杖，只爲了能換心上人一條性命。

「現在，這個姑娘絕望了，她已經跟她的心上人永訣，因爲她不想再拖累他。她只想來求問這個皇帝，能不能放她回家？回到她在上京的家，讓她死在故鄉。她在周國許多年，可契丹才是她的故鄉。她與契丹交戰多次，從沒有殺過一員將領，因爲那些都是她的夥伴。那裡……」她指著遠處的上京城，「才是她的家。」

說完，她跪在了趙恆岳跟前。

他從椅中站起來，「阿陶，你是騙著我玩的，對吧？」

話音未落，門外傳來急促的腳步聲，林景雲不經通報便闖進帳來，一邊走一邊說：「師傅，崗哨跟我說，今天早晨有人拿著你的腰牌從城內出營，奇怪的是，居然有個小孩很像冀王，更奇怪的是，都說那個大人像極了秦將軍！他怎麼會在契丹？他不是最恨契丹人嗎？不是不是，我是說，他不是死了嗎？許多人親眼所見！」他說完了才看見地上跪著的陶花，登時愣住。

趙恆岳指著陶花，對他說：「把這個女人拉出去，砍了。」

林景雲更加發愣，朝左右兩邊輪看一番。

趙恆岳的聲音仍是冷靜，「趁我還沒想到更折磨人的方法之前，趁淮南軍的將領們都還沒到，你趕緊拉去砍了吧，對她好。」

陶花站起來，率先走出帳外。

林景雲一邊跟出去，一邊問著：「公主，怎麼了？」這麼多年過去，他一到心急時還是叫她公主。

陶花頓住步子，「你殺不殺我？」

「不殺。」他連想都沒想。

陶花起步繼續往前走。
林景雲愣了片刻，發覺問陶花問不出什麼來，決定回去問問趙恆岳，於是又進帳內。
陶花見他離去，總算可以停步，她回頭望了望旭日中的大周皇帳。
朝陽初升，帳頂上鑲著的金邊正盈盈閃爍。
她多想再回去看他一眼，親一親再走，可是不行了。她只能閉了閉眼睛，在滿目黑暗中把他的眉目重新描畫一遍，而後大步離開。她的臉上，始終帶著笑容。
已經走到營外了，聽到背後有馬蹄聲。她立刻回頭，佩刀出鞘。
林景雲叫一聲「公主」，下了馬。
她緩緩放回佩刀，「什麼事？」
他一臉焦急，「這夫妻吵架，向是床尾和，你們倆怎會鬧成這樣？我知道你脾氣硬，可也不能倔強到底，回去說個軟話成不？」
她哼一聲繼續朝前走。他一把扯住她的臂膀，「好了！你先回去消消氣，我讓師傅來跟你道歉！包在我身上，我管保勸得他給你認錯，下跪也成。」
陶花回頭看著他，眼神中一片死灰。
半晌，她拉起他的右臂放在手中。他的右臂因那次重傷，已經不甚靈便。她輕輕撫摸他的右臂，「以後，自己多保重。」
他瞪著她不說話，眼神中的焦急慢慢化作疑惑。
她笑一笑，「景雲，這次是眞的不成了，我也不想這樣，可是沒辦法。」

他眼神中的疑惑最終全變成驚恐。

她轉身再走，他從背後一把抱住她，「公主，我知道你們這次是真的鬧翻了。可你別去那上京城，那是死路一條。你跟我回營，我照顧你。」

她苦笑，「景雲，傻孩子，你放手吧。」

「我不放，師傅剛剛下令撤去幽州軍和京郊軍，只讓淮南軍攻城。淮南軍的人全都不認識你，他們萬不會容情。你跟我回去。」

「你放手！」

「我不放！放了你就是死路一條，我不能讓你死！」

陶花嘆口氣，「生死由天，豈是你我能改變？」

她回轉過身，「景雲，你說以前喜歡過我，是不是真的？」

他一下子臉紅，放開手臂低頭，「烏由山谷誘敵那次，秦文在營門口送你，你俯身下去跟他告別，面孔一側，我正好看到了。你那時候滿面都是關懷情意，一心一意想著對方的樣子，我……我難免就動了一下子心。」

陶花笑了笑，「那，我親親你好不好？」

林景雲驚異地看著她，而她卻毫不猶豫靠過面孔來，他本能地閉上眼睛。

等他發覺不妙睜開眼睛的時候，陶花已坐在他的戰馬之上，向他拱手，「景雲，你的情意陶花來世再報吧！」說罷縱馬而去。

整個早晨，她沒有掉過一滴淚，而這一齣重複的騙技卻讓她憶起了舊事，瞬間眼眶潤濕。

第五十三章 利箭

契丹皇宮內，蕭照影握著陶花的手。

兵敗將亡，身爲契丹太后的她已乏人可依靠。上京城不日即破，陶花連詐降都無必要，所以她選擇了信任陶花、接受陶花的幫助。她早就聽說了陶花被廢去后位，想著也許這就是其背叛周國的原因吧。

門外有人跌跌撞撞跑進來，「啓稟太后，周軍向……向南門發動猛攻，今晚、今晚就要守不住了。」

宮女、內監全都嚇得一顫，只有七歲小皇帝耶律雲天穩坐龍椅，斥道：「城還沒破，慌什麼慌！」

蕭太后手撫愛兒，望著陶花說：「這是瀾哥哥的兒子，我把他交給你可好？」

陶花握緊她的手，「我們換了裝一起衝出去！你的馬上功夫比我還強。」

蕭太后搖了搖頭，「我乃一國之主，自幼不曾低過頭，要我換上百姓衣服，在千軍萬馬中苟延殘喘、逃命而去，我做不到。」

她望著門外大好河山，唱起一首在草原上傳唱的民歌，淒怨哀涼——

亡我祁連山
使我六畜不蕃息
失我焉支山
使我婦女無顏色

這是匈奴被大漢征服後，遊牧民族代代傳唱的哀歌。不論哪個民族、不論哪個時代，被鐵蹄踐踏的國家都有它的哀傷。漢族被他者征服時如是，漢族征服他者時，他者亦如是。

那一瞬間陶花忽有點後悔，也許在她的計畫中，應該把保衛上京、勸周軍退兵列在更重要之位。她只是沒想到趙恆岳的恨有這麼重。她進城之後，他非但沒有如約退兵，反令周軍晝夜不分，發動了圍城以來最爲猛烈的攻擊。他這麼恨她嗎？

蕭太后把幼子之手交在陶花手中，「飛飛，以後，這就是你的姑姑，你要聽她的話。」她又轉向陶花，「飛飛的名字是瀾哥哥生前取的，要他如蒼鷹一般飛翔，心在雲天。」

陶花點頭，「我會照顧飛飛，也會照顧你。你放心……」她還沒說完，蕭照影已拿出一把匕首，刺入胸膛。鮮血順著衣襟滴下來。

飛飛大叫著「阿媽」，陶花大叫著「照影」。

她眞的開始後悔，她應當先陪趙恆岳退兵，可是之後呢？之後，總有一天，他還會攻入上京。他愛她，便想重溫舊地；他恨她，便想把她的故鄉撕成碎片。反正，她再沒有辦法一直在身邊看著他，那遂只好由他去。

她本來以爲他仁善治國，不至於如斯慘烈，爲何竟到了這般地步？陶花心裡隱隱湧升一股怒氣。

門外又有人飛跑進來，「啓稟太后……太后？」他愣在那裡。

陶花在蕭照影屍身旁站起，握著飛飛的手，看向那人，「皇帝在此，你還不趕緊奏報軍情！」

「是，是，大事不好，南門即刻將破。哈布圖將軍已經殉國，臨死前令我奏請太后趕緊出宮！」

陶花驀地起身，「帶我去南門！飛飛跟著我！」

她入城數日，這還是第一次參戰。因她的參戰，哈布圖的鐵箭兵又有了指揮，便又多抵敵了一陣。恩師的屍體在身側，師兄弟們的屍體也在身側。攻上前的周軍兇惡至極，竟然在箭尖上都餵了毒。

陶花踏在屍身叢上，對著周軍陣營大罵：「你這個說話不算話的混帳皇帝！背信棄義，撕毀盟約，你有哪一次說話是算話的！」

她這一聲喝罵，竟令周軍的攻勢停了。

片刻之後，一人縱騎到了城下，四周密密跟著侍衛。他一身舊日穿著，與契丹人的打扮略仿，短衣軟甲長靴，仍是一襲黑衣，他素來不喜黃色。

他在城下仰頭，大喊：「阿陶！」

她站在城樓上俯看著他，不說話。

「你跟我回去！我不殺你。」

「我不信！」

「我怎麼會殺你？別傻了，跟我回去！以前的事我既往不咎，你還是我的阿陶。」

「你向來說話不算話，我不信你！」

「你要我怎樣才信？」

「我要你退兵！」

「退兵不成，我一退兵你就去找他了，我也不信你。」

陶花在城樓上一陣苦笑，「你說過，兩個人在一起要全心信任，咱們倆誰都不肯信誰，你還要我跟你回去做甚?」

「阿陶,我從沒騙過你,可你一直在騙我,你再多信我一次可好?我讓松兒來勸你。」他吩咐了下去,侍衛們立即有人回馬。陶花咬牙,她不能看見松兒,她不能把松兒攪到這兩軍陣前,她拉開鐵弓,搭上一支鐵箭。

陶花鐵箭,從沒失過半次準頭,箭射在他左胸,穿甲而過,差心臟一寸。

城下侍衛們齊攏過來舉盾護衛,密密盾牌底下,猶自聽見他的怒聲:「你這個惡婦,看我親手殺了你們這一對狗男女!」

趙恆岳受傷之後,周軍攻勢更盛,淮南軍幾員悍將親自攻上城樓。

陶花知道守不住了,她抱起飛飛,剝下他的皇袍,跨上戰馬穿過城池奔出北門。可惜火雲追隨秦文夫婦走了,這匹戰馬揹負兩人便嫌吃力。陶花不停鞭策馬匹,狂奔到了北門外周軍營。

甫摘下弓箭準備闖營,連腰刀都未取出時,燈火突然通明。一整隊弓箭手自營門口的箭垛後站起,想是已等候多時了。

陶花伸手一抹額上汗珠,喝問:「守將是誰?」

「五妹,是我。」羅焰自火光中走出。

「既然叫我五妹,還不放行?」

「五妹,我知道你這次跟皇上吵得狠了,但是夫妻終無隔夜仇,你不看他的面子也看松兒的面子,回去吧。」

「三哥你還不知道吧,我剛剛在城上一箭險險射死他,現在回去,他鐵定會殺我。」

「哈哈，」羅焰卻笑了，「五妹你原來是怕這個啊。三哥拿人頭擔保，就算他被你射了一箭，他不但不會殺你，還會紮好傷口馬上過來巴結你，你要他往東他不敢往西。」

「三哥你看錯了，我方才讓他退兵他都不肯。」

「那八成是在氣頭上，他怕你跑了。你想調他的兵，他不是早給你鐵箭令了嗎？回去吧，五妹。」

「我不回！」

「五妹！」

陶花圈著馬在北營門前急得團團轉時，忽見城中又有周軍衝出，似往此方向奔來。她更大急，腰刀往頭上一橫，「三哥！你再不放我，你的五妹可就沒了！」

北營的營門緩緩打開。

一騎兩人，如箭般飛奔出去。

陶花穿梭而過的瞬間，看了一眼羅焰，「三哥，好好保重，來生再會了！」

林景雲隨後趕至，還沒到近前就大喊：「羅將軍，有人看到她從北門逃出，你可見到人了？」

羅焰向前一指，「剛從這裡過去。」

「咦！你竟然放她過去！」

「她拿刀指著脖子呀，你還不曉得她的脾氣？」

陶花縱馬奔馳，她攬著飛飛在身前，低聲問他：「怕不怕？」

他搖頭，「生爲天下君主，就不能害怕。」

她點頭，「不錯，生爲天下君主，命途坎坷、一身傷病、至愛之人也無法相扶到老，都不能害怕抱怨。」說著憐惜地摸摸他的頭髮，回頭看周營已遠，方要鬆口氣之時，忽見東南方向有一人一騎飛馳而來。

陶花頓時一驚，看馬速知道比不過，察其服色又是周軍，當下再不能猶豫，摘下弓箭，三箭連發都往來者騎的馬身上去了。

那人貼伏在奔馬之上，連頭都沒抬，忽地右手前探，一柄短刀撥開三支木箭。陶花這一生當中還是頭一次見人能逃得過她的三箭連發，血蓮教主逃過了箭卻仍斃在城頭，此人不動身形用短刀擋開，又是在奔馬之上，武功高不可測。

陶花一愣之後只能再發三箭，這回全往他身上去了，可是身上比馬匹更靠近他的兵刃，他擋得越發容易。這下陶花明白遇到了強敵，再不能心存僥倖，打馬急向前奔跑。

那人也不著急，就這麼追著，直等到追近了，猛地一撲把陶花連同飛飛一起撲落馬下。落馬時他尚且顧著這一對婦孺，不讓他們摔傷。

等到身形落定，陶花轉頭來看此人。三十多歲的一個男子，看起來消瘦不堪且滿面病容，察見陶花看他，咳了兩聲後拱手說：「淮南軍李涵慶，初次拜見樞密使大人。」

陶花後退一步，她曾在兵變後見過淮南軍帶隊的部將，然從未見過李涵慶本人。他看起來似個不會武功的癆病鬼，出手卻如此驚人。陶花又後退了一步，「我打不過你，要殺便殺，放這個孩子逃生去吧。」

李涵慶一笑，「末將怎敢以下犯上？我只是感念皇上的恩德，替皇上來請一請姑娘。」

「我要是不受你的請呢？」

「那末將只好強請了。」

「哼，你這麼強的功夫，竟拿來欺負一對婦孺。」

「姑娘此言差矣。我已經多年沒有與人動過手了，皇上說，不到萬不得已，不許我以眞功夫示人。我猜皇上今天是眞眞到了萬不得已之境，尙請姑娘體諒。」

陶花在原地站了一會兒，忽然問了一句：「聽說皇上曾以一朵千年雪蓮救過你的母親？」

李涵慶點頭，「是，那時家母病重，連鬼師傅都說無救。這千年雪蓮宮中亦只珍藏一朵，我那時還說，萬一皇族有人要用，豈非僭得。皇上卻是一意給了我，李某感念至深，不單爲一朵仙丹，尤爲這份情誼。」

陶花接著又問：「那東西眞的百病都能治？」

「據說如此。」

「到哪裡去找呢？」

他微笑搖頭，「千年雪蓮，一千年才出這一朵，再要一朵，恐待千年之後吧。」

陶花苦笑，「怕是等不到了。」

她說完之後，拉著飛飛假裝不經意地向李涵慶的戰馬走過去。他看見了一笑，也不著急，只是猛地出手抱住飛飛，接著便往回飛奔。

陶花大驚回身，看他跑得比馬還快，只得跨上他的戰馬從後追趕。

三人就這麼進了淮南軍營。

一入軍營，立刻有女兵上來縛住陶花，押往一側的帳篷。陶花大叫著飛飛，他卻被押往別處了。

周軍攻陷上京後休整了幾日。因趙恆岳受傷之故，幽州軍和京郊軍繼續前行，清除餘孽，淮南軍則護駕緩緩回京。

陶花被縛在囚車中，她看見拔營了，遂詢問看守她的女兵：「怎麼現下就回去？皇上明明受的只是皮肉傷。」

那女兵冷冷看她一眼，「什麼皮肉傷？聽說好幾天都下不了地，契丹人真可惡。」

「下不了地？怎麼可能？」她十分不解。

當晚大軍在錫蘭紮營。

陶花仍被綁縛於帳中，連吃東西都是別人餵她，就怕她逃跑。

晚飯過後趙恆岳來了，左胸從上到下都包著，陶花先看了一眼他的傷勢，迅即轉開目光。

他在她對面坐下，「我是心傷成疾下不了地，非因你這一箭。」

她轉回頭來，「可恨沒有射死你！」

他看著她的眼睛不說話。

須臾過後，他問：「他到哪裡去了？」

她哈哈一笑，「你這一輩子都找不到！」

「我不找他，我是怕你去找他。」

她狠狠瞪著他，「我還記得你對我說過，只要我開心，我跟誰在一起都沒關係。本來我很感激，如今才知道到底他說得對，這全是你的花言巧語跟手段而已。」

他低頭半晌，終是抬起頭來，「不是。當時說這些話的時候，我眞這麼想的，可是如今不行。」

又沉默一陣，他似是想找些話打破靜寂，「那次你們怎麼瞞過去的？有許多人親眼看到他滴滴答答一路流血。」

她笑嘻嘻的，「我放了一個豬血包啊。」

「怪不得，所以才要讓杜若仙用藥材車拉著，杜若仙也是你們的人吧？」

這點細節陶花不曾想過，便沒答話。

趙恆岳自己接下去，「杜若仙的師傅是西域皇子，當時西域兵變他自然有份，我只不過佯裝不知情罷了，爲了怕將來有一天咱們要找他看病，所以睜隻眼閉隻眼。既然鬼師傅是你們的人，他的徒弟當然也是。」他看著她笑了笑，「我還記得那天在落霞山狩獵，你說了個『我們』惹我不高興，現下我才明白，你們才是一幫的。當初我跟弟弟爭皇位，他也是到最後才知道許多軍中將領俱與我一幫。我現在體會了他那時候的心情，也算是報應吧，應得的。」

他說完又沉默好半天，最後竟然一笑，「阿陶，我從來不知道你心機這麼深沉呢，那是我小覷你了，以後再不敢了。今日錫蘭鎮有夜市，咱們去玩好不好？」

陶花一下愣住。

他探手過來解她的繩索，「這是哪個大壞蛋把你綁成這樣？咱們以後都不理他。」說著笑起來，「你還記不記得那天，你說『大壞蛋』的時候，呵呵，我一輩子最高興就數那天了。」

她冷冷回答：「那是作戲給你看。」

「好吧，只要你演，我就看。」他說著，強拉她起身出了帳門。

錫蘭鎮的夜市十分紅火，熙熙攘攘，吵吵鬧鬧，漾著溫馨的家鄉氣息。

陶花回轉身一看，竟沒見到侍從。

趙恆岳低頭輕聲帶過一句：「沒帶別人，你有個小孩在我手上，也別想著逃跑。」說完這句話，他就拉住她往旁邊一坐，抬起頭來，對面是李半仙。

李半仙心內暗暗得意，這個尊貴的客人果然又回來了，看來自己那天說的話到底起了點作用。於是他故意綳起臉來不說話，以示高深。

趙恆岳笑著跟他閒聊，「你在契丹，怎麼用周國的字作招牌啊？」

李半仙捋捋鬍子，「我這相面功夫是跟周國的老師學的。」

趙恆岳點點頭，拿出一錠金子給他，「我想跟我的娘子來看看相，看我們倆合不合。」

李半仙凝神細看，不說話。

趙恆岳笑笑，把身上帶著的所有金子全拿出來，放過去。

李半仙張大嘴巴，「百年好合！佳偶天成！再也沒有這麼般配的一對了！」

陶花笑笑，問他：「那你說，我跟他會一起死嗎？」

李半仙皺眉，心想：「除非天災人禍，這兩口子一起死的並不多。」於是搖了搖頭。

他剛搖了兩下頭，對面那位男子的面孔就沉下去了，他趕緊又點頭，大力點頭道：「會、會、會，同生共死，世世相依！」

陶花嘆氣，「先生，我本來以為您真正是活神仙，今兒個才知道不是。」

她站起身走開，趙恆岳趕緊跟上，指著遠遠一處燈光大笑拍手，「喂、喂，那邊有個糖葫蘆紮子，我買一串給你吃。」

等到近前了，他扒拉了半天，糖葫蘆都選好了，低下頭拿錢時才想起來，剛剛把錢都給李半仙了。他訕笑著看看陶花，回頭對那糖葫蘆攤主說：「我改主意了，不要手裡這一串了，要最頂上那一串。」攤主往上看了看，把紮子傾下來想幫他拿時，他忽地拉住陶花的手連同手中糖葫蘆，躥向旁邊的小巷。

小巷子裡燈光昏暗，隱約傳來攤主的喝罵聲。

他笑一笑，「這種事，我小時候幹過好多次。」說著數數糖葫蘆，「嗯，你吃兩顆，我吃兩顆，留兩顆給松兒，剩下兩顆給契丹小皇帝，好不好？」

陶花一驚，「你知道他是契丹皇帝了？」

他滿不在乎一笑，「早就知道啦。」

她沉吟不語。

他過來纏她，「我問你好不好呢？要是不好，把我的兩顆分你一顆也行。唉，算了算了，別老這麼拉著臉，我的兩顆都給你吧。」

他把糖葫蘆遞到她嘴邊，已經快挨到時又忽地撤開，換了他自己的唇上來。待見她臉色十分不善，他又趕緊讓步，側過頭換成腮邊。

小巷子裡寂寥得很，遠處的燈光和人聲若隱若現地透過來。

那一瞬間，她不由地想，假如他們兩個是尋常人家的一對小夫妻，不必征戰、不必受傷，一輩子平平安安的，那該有多好。這個念頭讓她心裡波濤起伏。

陶花死死咬住牙，那一口腥甜抑在嘴邊，她唯靠一條信念在支撐：「無論如何我也不能噴到他臉上，否則他定會找太醫，那就瞞不住了。」她轉身疾走兩步，扶住一棵老槐樹躲到樹後吐了這一口血。

他沒察見，只怯生生站過來，「我錯了，我太心急了。」

她吐完這一口便有些踉蹌，他小心翼翼搭把手扶著她。

集市是出鎮的必經之路，他問：「你還能跑不？咱們待會兒得路過那個糖葫蘆攤子。」

陶花默然搖了搖頭。他一探手抱起她，把她扛在肩上向鎮外跑去。

饒是他強壯高大，到營門口時也不免累得氣喘吁吁。

他的傷口崩裂了，鮮血開始殷透，又終於滴落下去。

他指著滴落的鮮血說：「你還有沒有豬血包？也給我兩個用用。」

她冷冷不語。

他獨自訕笑，「怎麼，只捨得給他用，不捨得給我用啊？寧可我流血是嗎？」

她仍是無語。

「好吧，那就流吧，我認了。」

這一句話，又讓她開始抿唇咬牙。

走進營門，他無奈放下她來，「我得歇歇了。」

汗水連著血水，在他衣服上滴得到處都是。

他指指前額，喘息著憨憨地問：「累死了……幫我擦擦汗好不？」

她轉頭看了看，手往他額上去，先狠狠抿住嘴唇，而後啪地就是一掌。

他被打得側開了頭，沒說話，又過了一會兒，抱起她往營內走。

帳內燈火昏暗。

帳外漆黑無月。

他把她輕放在床上，說：「阿陶，就今天一晚上吧。要是還不成，我便放了你好了，也算是咱們夫妻……唉，相識一場吧。」

陶花微微把頭側開去，不讓他瞥見自己的眼睛。

他疲累至極，一邊喘息著，一邊認認眞眞去親她，解她的衣服，動作與往日有些不同。一會兒，他趴到她耳邊去，獻寶一般說：「我的飛鴿傳書今天剛收到回信，你猜是什麼？嘿嘿，我問了姚碧君……」他的聲音越來越低，「我想知道，到底怎麼樣才能令你喜歡，哪怕學他的手段也好……」

她再也忍不下那口血了，噗地全啐在他臉上。

他驚問：「你怎麼了？」

她在轉瞬之間有了計較，冷冷地大聲呵斥：「你還記不記得我怎麼說的？你要敢強迫我，我就是咬斷舌頭也要噴你一臉血！」

他震驚地看著她，慢慢從床邊起身，忽地打了她一記響亮的耳光，「你不願意就直說！別人把心捧到你跟前來，便是仇人，也不該這麼對他！」他轉身而去。

他終於離開了。

第五十四章 病狂

陶花坐在囚車中仰望天穹。

飛鳥自由自在，不受人世羈絆。可是，牠們總有病痛的吧。

當然，萬物都是一樣的。

好在他再也沒來煩過她。

大軍緩緩南行，在燕子河邊休息了幾日。

陶花擔心時日不多，於是對看守的女兵說要求見皇帝，得到的回話是：「皇后娘娘甫抵軍中，皇上沒空見你一個囚犯。」

她跟那個女兵套近乎，「小妹，那我見見林將軍成不？」

小妹答：「皇上說了，只許女兵接近你。」看見陶花十分不豫，她又補一句，「別不識好歹，那些看囚犯的男兵什麼都能做得出來。」

「那……」她想了想，「我見見秦梧總成了吧？」

好在，這是大周的軍隊，她有一眾出生入死的好友們可以託付。

秦梧告訴她飛飛安好，她悄悄靠近秦梧問：「能不能想辦法放我們出去？」

秦梧四周看看，「你們到底怎麼了？再不能和好嗎？」

陶花緩緩搖頭。

秦梧靠過來，「我哥哥傳了信息給我，說他得到一種藥草對你的身體有益。他會帶給我，讓我拿給你服用。」

陶花大驚，「他不能再來周營，皇上會置他於死地。」

「我何嘗想讓他冒險，可他傳信的時候已經上路了。」

「那你趕緊放了我，他知道我走了就不會來。」

當夜，秦梧讓陶花扮成旗下女兵，帶她和飛飛一起出營。周軍對陶花的監控已經大大放鬆，待她與尋常女囚幾無區別，她逃得並不難。

然而，她們兩人在營門口撞見了一場苦戰。

她們偷偷摸摸走到營門口的時候，乍見燈火明亮，四周弓箭手個個箭在弦上，她們剛以爲是自己行蹤暴露之際，卻見弓箭方向都對著圓圈正中。圈子裡是兩個馬上的將軍，一人執短刀，一人持雙槍，正殺得難分難解。圈子一側，黑衣龍紋的男子冷冷觀望。

陶花和秦梧齊驚呼一聲趨前一步，只有飛飛在旁莫名其妙，低聲問：「姑姑還不快走？」

陶花顫抖著握住飛飛的手，「走不了了。」

飛飛甚覺驚訝，他這位姑姑踏在屍體堆上都不曾發抖，怎麼此刻竟生害怕了？

秦文明顯落居下風，李涵慶不慌不忙，只一招招想試清楚對手的實力和底限。

秦文乃武狀元出身，從未落過敗，自不懂得敗局該怎麼處理，越發焦急起來。何況，他今天是肩負重任來送藥的，絕不能敗。

等到最後發覺實在勝不過，他把火雲追往旁一提，轉向趙恆岳說話：「我不是來比武的，見見秦梧便走。」

趙恆岳凝視他片刻，他的眉目依舊清朗，這麼多風塵波折掃過面頰，猶是清俊不凡，無人能及。趙恆岳垂下眉，「先拿下再說。」

身旁幾個兵士圍上去，秦文見趙恆岳如此不通人情，怒極了，雙槍一掃把那幾個兵士全都打傷。

李涵慶已經縱馬過來，見秦文傷人，趁其雙槍在外時短刀倏地到了對手左臂。

趙恆岳早就口出諭令，一定要拿下他，生死不計。

可這一條左臂，當年在朱雀門之戰時，是陶花拚了性命不要才留住的。怎能讓別人取了去？若讓別人取了去，她又怎麼跟若仙和榕兒交代？

陶花摘下背上弓箭，她穿著女兵衣服，雖少了玄鐵寶弓，然這麼近的距離下終也無關緊要了。雕翎箭「嗖」的一聲破空而出，一擊中的，彈開了李涵慶的短刀。

趙恆岳手按額頭，皺眉嘆了口氣，他從戰役指揮者的角度客觀地想著：是我疏忽，早該想到他們是約好的，怎麼沒多派些人看住她？

李涵慶側頭，「陶姑娘失了玄鐵弓，這箭的力道不怎麼夠啊。」

陶花無可遁逃，索性走上前去，「大周名將率隊圍捕一個無辜平民，可覺羞恥？」

李涵慶還未答言，趙恆岳斷喝一句：「拿下！別廢話！」

李涵慶再不多言，吆喝一聲，隊伍中幾個手執鐵索的淮南軍將士出列。他們顯然平時習練過，陣法與他的兩柄快刀配合無間，只一盞茶工夫就將秦文拖倒捆住。

陶花走前幾步，心內大急大憂，轉頭向趙恆岳斥道：「他沒損在契丹戰場，沒損在揚州城頭，沒損在永嘉陣前，倒是損在了淮南軍手上！要是兵變時你擒他，我亦心服口服，可他現下身為良民，於你秋毫無犯，你擒他做甚！」

趙恆岳臉色一陣青一陣白，最後冷冷說：「你們兩人的罪狀，滅族也綽綽有餘了。」

秦文被綁縛於地猶在掙扎，登時向趙恆岳喝道：「我曾謀逆，算是不冤，可陶氏一族與你何涉？你如此為政，不怕天下大亂嗎？」

陶花嘆道：「你跟他說什麼？根本說不通！」疾步搶到秦文跟前，待要解他的繩索，「你快逃！我不要你的東西。」

她的手還沒觸到鐵索，趙恆岳已經抽出佩刀，刀背朝她的手臂橫掃而去。

陶花急速後退，沒退得及，仍被掃中了小臂，「啊呀」一聲。

秦文似沒料到趙恆岳竟會向陶花動手，他呆愣了片刻，先問陶花：「要不要緊？傷到骨頭沒？過來讓我看看。」他學醫已經許久，又曾為陶花治病，這句話說得再隨意不過。他說著又轉向趙恆岳，「原來你就是這麼對待你的阿陶！早知道這樣，我可不會把她留給你！」

趙恆岳額上已有青筋隱現，他倏地以刀尖指住秦文的左臂，眼望陶花，「你心疼他的手臂是不是？我倒要看看，你的箭還救不救得了他！」

陶花登時傻了。

趙恆岳的刀尖緩緩下去，鮮血湧出。

「不要！」秦梧大叫一聲走上前來，到趙恆岳跟前跪下去，「哥哥他只是來給陶姐姐送藥，求皇上放過他吧！」

陶花看到那鮮血，驟然清醒，腦中反反覆覆念著：「我怎麼跟若仙交代？我怎麼跟榕兒交代？」她再也沒有別的辦法，走到趙恆岳身前，說了句：「恆岳，我是騙你的。」

他轉過頭來，饒有興致看著她。

「我跟他沒什麼私情，我那些話都是騙你的，他跟杜若仙早就結成眷屬了。」

「杜若仙？」他笑了笑，「杜若仙是你們的人，怎麼編派都不會出妻子。可你也不想想，那姑娘的模樣，他這不可一世的秦將軍會看得上眼嗎？」

「恆岳！」陶花的臉沉下來，「你怎能這麼說話！」

當著別人的面批評別人妻子的模樣，他怎能這麼說話！

他依舊笑著，「你要我怎麼說話，陶姑娘？」

「我說過了，我都是騙你的。我跟他沒什麼，剛剛梧妹也說了，他只是來給我送藥。」

「送藥？這倒真巧，你也正好是今天逃出來，還在這營門口碰上了。」

「我剛剛好今天求梧妹幫忙，讓她帶我出去。」

「是呀，當然是秦梧，換了是我，也會找秦梧幫這個忙。」

「好了，我已經跟你說清楚了，你快放人吧。」

「你騙我，還要我放人？」他不可置信地笑看著她。

「我……我騙你是因為……恆岳，我病了……」她低下頭，不讓他看見自己的臉色。

「是，」他依舊微笑著，「你病了，多半還是無藥可治的絕症，雖然杜若仙是你們的人，也治不好你的病，所以你不得已才騙我，你不想讓我做那隻飛回來撞地殉情的燕子。而他呢，恰巧尋到一個偏方，所以冒死為你送來，哦，不，這個偏方是杜若仙尋到的，這樣更合情理些。」

陶花啞然，仰頭望他半晌，笨拙開口，「啊，原來你都知道了？」

趙恆岳看著她，不說話，笑容漸漸斂去，眼神越來越冷。

她低下頭去，羞赧地笑笑說：「我還以為騙過你了呢，原來沒有。」

「沒有？你早就騙了我整整十五年！」他氣得低吼一聲，一腳飛出正踢在她胸口。

陶花當即倒地，鮮血自口中噴出，衣襟同地上血跡斑斑。

秦文和秦梧兄妹倆嚇得驚呼一聲。

秦文被縛，仍奮力從地下挪近對她說：「藥草在我衣袋裡，快拿出來吃了，能讓你好受點。」

陶花已經氣血翻湧，胸口煩悶至極。劇烈病痛折磨中什麼也顧不上，半睜著眼睛伸手到秦文胸前去探摸，好一陣子拿不出來。

秦文低聲說：「你先幫我解縛！」

他的鐵索縛雖然堅固，卻也易解，她一拉即開。

他急急到懷中去找藥。

她卻是撐不住了，一口血又吐到他胸前白衫上，人向後頹倒過去。

秦文痛呼一聲：「陶花！」將她緊緊抱在懷中。他知道，每一刻對她都是鬼門關，他只能緊緊抱住她，「你撐住！你想想榕兒！」

趙恆岳再也不願看著這兩人，這一對苦情鴛鴦，真是可歌可泣！只是，那卻是別人的故事，再與他無干了。他轉身而去。

兵士侍衛們都等著他下令，他卻一句話不說就往外走。

秦文已經拿出藥草，餵入陶花口中。

這個笨姑娘終於明白過來了，終於知道此刻局勢險惡到什麼程度，她跟他說眞話，他並不信了。她自己當然不怕死，可是她不能連累飛飛和秦文。

她在背後微弱叫了一聲「恆岳」。

趙恆岳背對著她停下。

「你放過秦文和飛飛，我求你了。看在我於雪山解衣救你的分上，看在我於吳越宮中爲你擋箭的分上……」

他背對著她，不說話。

「看在我們兩人南征北戰爲你打下萬里江山的分上……」

他舉步前行，對兩旁吩咐：「女的收監，男的殺了。」

他才冷冷吩咐完這句話，忽然語調轉暖，「你們怎麼來了？」

寧致靜抱著趙松一路走來。旁邊是羅焰，他方才看到趙恆岳拿刀背削陶花的手臂，便知不妙，立刻去請魯王前來化解。到了近前看見如此慘狀，陶花吐血倒地，羅焰一把抱過趙松，遞到伏擊圈中。

趙松當然看不出危險與否，歡呼一聲「娘」，笑嘻嘻跑過去。

趙恆岳只猶豫一瞬，便錯過了攔孩子的良機。那廂奉命斬殺秦文的士兵頓在那裡，進也不是，退也不是。

趙松看見他的娘親一臉絕望，猛然探手一撈將他抱過去。趙松「哇」的一聲驚叫，而後哈哈大笑。

陶花把趙松攬在懷中，右手探出扣在趙松後腦上，大叫一聲：「趙恆岳！」

他緩緩回頭。

她強撐而起，撇嘴驕橫一笑，「要你放人！一命換三命！」

趙恆岳暴起大罵：「蠍子餵出的毒婆娘！你不得好死！」

冬季再臨。

草原上只剩一望無際的枯土。

陶花下馬，把趙松遞給一路跟過來的寧致靜。趙松仍不懂發生什麼事，只高高興興回到了寧致靜的懷抱。

陶花說：「靜兒，這兩個人我都交給你了，希望你好好待他們。」說著她俯頭又去親了一下趙松，「寶寶，娘走了。娘希望你一生順意，聽寧媽媽的話，最好忘了我，省去思念之苦。」

說完她果斷回到馬上，由秦文手中接過飛飛，放在自己馬上。她低頭對飛飛說了幾句話。

飛飛向後大喊：「喂——那邊有沒有個叫小滿的，姑姑走啦——這回是真的走啦——希望你記得答應過姑姑的話——多生幾個兒子——姑姑說，下輩子她等著你——」

陶花一夾胯下戰馬，與秦文並騎遠去，未復回頭。

草原的另一側立著大周國鐵騎軍。

那裡有個叫小滿的，在眾人簇擁中圈轉馬頭，吩咐下：「命沿途哨卡回報這二人去向。飛鴿傳書給前線的幽州軍和京郊軍，只要遇見，格殺勿論！李將軍帶輕騎兵，輪換戰馬沿蹄印去追，帶回一個人頭即賞銀千兩！」

隊伍各自分散執行任務。他往回走了幾步，忽又轉身，貼伏於馬上向前狂奔，親自帶領隊伍追擊。

火雲追遠遠快過陶花的戰馬，總要不停回頭等她。陶花終是勒韁，「咱們到此分開吧，也分散一下追兵。」

秦文回頭，「你帶著小孩，把火雲追給你吧。」

「不、不，」陶花一笑，「他不會眞的殺我。只要你能逃掉，咱們就算勝了。」

他不置可否，「那……你打算去哪兒？」

「他往南走，那我便往北去吧。我回上京，上無牙山，那一帶應該有契丹舊部，我把飛飛交給他們。」

「不如去我家，我再幫你找藥草，總能拖延些時候。」

陶花笑笑搖頭，「不了，承謝好意，該做的我都做了，再拖延只是折磨。」

他縱馬到她身側，「陶花。」

她粲然一笑。

他伸過手。

兩人在馬上雙手一握。一起並肩作戰這麼多年，雖然未成眷屬，雖然經歷了許多起伏，也曾拔刀相向，但他們到底是出生入死的好夥伴。

「下輩子，你可得跟我。」

「喂，我還沒死呢，別亂說話。」

「下輩子都不肯跟我，你……」

他還不及說完，她在火雲追背上一拍，「快走吧！」

火雲追跑出去數丈，她大喊：「保重！照顧好榕兒！」

飛飛抬頭，「姑姑你哭了？」

「沒，」她搖搖頭，「姑姑是高興，總得有人百年好合是不是。」

哨探回報：「那兩人在前面分開了，男的往東去了，女的帶小孩往北去了。」

皇帝下令：「不分兵，跟著那女的。」

周軍的大隊輕騎兵，每人帶兩匹戰馬，遠遠向這一婦一孺掩追過去。

一支十人小隊先追近了，陶花射死八人、手刃兩人，自己的戰馬也受了傷，追兵馬匹卻都跑散了。

這些人全都是置她於死地的打法，毫不容情。這本是她所希望的，她恨不得讓他們帶回自己的腦袋，可是，眼下她帶著飛飛，她得先把他送到安全之地。

遠處又隱隱傳來馬蹄聲。陶花看看受傷的戰馬、漸空的箭囊，有些心急。

她望天一嘆，「難道我真要連累飛飛死在這兒了嗎？」

飛飛向前一指，「姑姑，你看那裡有些東西。」

第五十五章　情殤

這是一座火燒過的觀音廟，如今只剩斷壁殘垣。因為草原地廣人稀，觀音金身又被請走了，破廟遺址也就一直沒人修繕清理。

陶花走進廢墟當中，找到石洞的位置，用力一提。

石板被挪開了。一切都如舊日模樣。

飛飛拍手笑道：「姑姑你真厲害，能看到地底下啊。」

陶花走到外面，把戰馬趕走，希望牠能引開追兵，而後帶飛飛進入石洞，重新蓋上石板。

石洞裡漆黑不見五指，那時候也是這樣的。

陶花把飛飛抱在懷裡，低聲說：「記住，別說話。若石板被掀開，你就拚命跑，別管姑姑了。」

飛飛抓住她的肩膀，「我不跑！」

陶花輕輕一掌打在他嘴巴上，「你敢！難道想兩個人都死在這裡？」

飛飛不再說話，蜷縮進她的懷抱中，一邊還捂住嘴巴，怕自己打嗝咳嗽。

外面傳來隱隱踏蹄聲，越來越響，如奔雷聲轟然過去。

陶花緊緊抱住飛飛，不動不語。

過了一盞茶工夫，這陣馬蹄聲又回來了，緊接著傳來雜亂的腳步聲，似是兵士們在四處搜尋。然而他們什麼都找不到，慢慢腳步聲也就弱了下去。

只聽見一個人在外說話：「奇了，明明看見他們朝這邊來，前面的馬匹上又沒人。」

另一個立刻發話：「在此地方圓五里警戒搜索！這天寒地凍的，我就不信他們能飛了。等捉到人，我非得把他們做成凍肉不可！」

飛飛微微顫了一下，陶花緊緊擁住他。

雜亂的腳步聲又四處散開，顯然是在仔細搜找。

遠遠地又傳來一簇馬蹄聲，這次人數眾多，大地爲之震顫，石洞內撲落落往下落了些土。

震耳蹄聲中仍可聽見一個士兵叫道：「這裡有腳印！」

立刻有同伴圍攏過來，沿著那腳印搜索。

腳步聲越來越近，那幾個人到了左近開始查摸地面。

陶花手執腰刀抵在洞口，回頭拍拍飛飛，示意他準備逃跑。

一個士兵站在石洞旁說：「這裡的泥土……」

陶花知道快被發現，拉住飛飛的手腕準備帶他躍出的時候，那士兵的語聲驟然停住，轟然的馬蹄聲也停住，洞外鴉雀無聲。接著就聽見「撲通」一聲，那士兵跪在了地上。

與此同時，是紛紛跪地拜禮的聲音。剛剛發令的人朗聲回稟：「皇上，那女人帶著小孩往這個方向跑過來。馬匹受傷，他們下了馬不知躲在何處。馬已經在前面三里外被射死了。」

皇上低低「嗯」了一聲，翻身下馬。

陶花屏住呼吸，連大氣都不敢喘。

他的腳步聲慢慢趨近。他沒有四處尋找，逕朝著石洞的方向走來。

陶花低頭抵在飛飛的髮間，握著他的手控制不住地微微用力。飛飛仰頭，黑暗中兩人看不清彼此，只聽見劇烈的心跳聲。飛飛在陶花懷中微微點了點頭，他是讓她放心——他會聽話，他會逃跑。

腳步聲越來越近，到石洞邊上頓停了下來。

跪在石洞邊上的士兵啓稟道：「皇上，這裡的泥土略顯異常，旁邊還發現了一大一小兩雙腳印。」

他沒有答話，繞著石洞踱了一圈。又是一圈。他的腳步聲異常粗重，顯然猶帶著怒氣。

飛飛忽覺到一股涼意，他抬手探摸自己頭頂，是兩滴水珠。陶花緊緊抱著他，緊到讓他覺得窒息。

趙恆岳的聲音：「全都退出去。」

似有人沒聽明白，問了一聲：「皇上？」

他大喝：「退下！」

所有人都起來，石洞旁的士兵也趕緊站起來，紛亂的腳步聲退出了廢墟。

許久的寂靜。

難耐的沉默。

他趨前兩步走到了石洞正上方，聲音極輕：「欠你的好夫婿也還給你了，咱們，眞的兩清了。」

草原上下了薄薄的一場驟雨，來去匆匆。

等到雨點聲停歇的時候，飛飛悄聲附到陶花耳邊：「那個大壞蛋走了嗎？」

陶花點頭，「大壞蛋走了。」

「他還會回來嗎？」

「我想他不會了。」她欣慰地說。

飛飛也高興得拍手，擔驚受怕的日子終於過去啦！

燕子河邊石橋渡，淮南軍正在過河。

幾艘船架成浮橋，簇擁著中間一座石橋，大隊人馬分成幾股小隊依序走過。

趙恆岳已經過了河，站在河對岸眺看著。他過這座橋的時候想著，這輩子都不會再回來了，這一路經歷的傷心，這一輩子都不想再重溫。

他遠遠看著這座石橋，想起來那時爲了過這座橋，跟她在岸邊苦守，最後碰見了「他」。想起來她的一顰一笑，每一個表情都越來越清晰。她在這石橋邊看見「他」時，那滿心仰慕的眼神，讓他現在想來猶覺心傷……不，不是心傷，只是憤怒、不屑、痛恨。可是，這當中，這眼神的當中，總仍有些什麼東西讓他覺得不對，並且越想，就越覺得不對。

趙恆岳猛然縱馬，後頭的侍衛們未能反應，他已奔到在橋邊守著的林景雲身邊。

「景雲，那天早晨她從我帳裡走，你去攔她，她跟你說了什麼？」

林景雲忽然有些臉紅。

「沒事，你放心說。」

「她……她說要親我，莫名其妙的，我一閉眼，她就跳上我的馬走了，然後跟我說：『你的情意，陶花來世再報吧！』」

趙恆岳一轉韁繩，飛奔到另一側的羅焰身旁。

「羅將軍，那天在北營門口的箭垛，她過去的時候跟你說什麼沒？」他聲音甚急。

「她拿刀指著脖子逼我放她走，離去之時好像說了一句什麼『好好保重，來生再會』。」

她在草原上跟他分別，讓飛飛喊過來的話，是——「下輩子姑姑等著你」。

趙恆岳在馬上「哎呀」一聲，抬手照著額頭一記重拳。他一世聰明、事事周密，卻還是有此一疏。

他的情緒太過衝動，一直沒發覺何處不對。而她恰知他這一顆心最脆弱的地方在哪裡、他們兩人深情最薄弱的一環在哪裡，她就是照著這一點準確出擊了，讓他失去了冷靜理智的判斷。

他曾經對她說過，兩人之間要有完全的信任和依賴，沒能做到的是他，他對她從懷疑到忿恨。而她做到了，她始終眞心對他，笑著受他那一掌、那一刀、那一腳。

林景雲察覺不對，跟著趕了過來，驚道：「師傅，你……你……你流淚了……」他驚得說不出話來。這是他第一次看見師傅的眼淚，小商河邊上師傅眼睛濕過，那天早晨陶花走時師傅眼睛也濕過，卻從沒見過眞的流出淚來。

趙恆岳雙手顫抖握住韁繩，「崗哨回報說她往哪裡去了？」他早沒太在意她的去向了，所以不怎麼記得。他以爲她已經變成一個永遠的過去，不願意去觸碰的屈辱過往。

「說是早過了錫蘭，繼續往北，應該是往上京了。」

「她不是去上京，她一定是去……無牙山。」趙恆岳圈馬向著橋頭，「景雲，你跟我帶兩股小隊去無牙山，即刻走。她連水都沒有帶，身上一錢銀子都沒有……」

「羅焰，你去放飛鴿，讓前線軍士不可傷害他們兩人，然後你親自快馬趕赴前線，傳達同樣軍令。

不、不，不是不可傷害，而是要假裝傷害卻不得，她苦心布局，咱們……」他的聲音哽咽，「怎忍心不陪著她演完……」

天色漸暗，終是飄飄揚揚灑下雪花。

下雪天鮮少出月亮，可總有例外，就像下雨天也有出太陽的時候。

她記得她遇見他的那天，雪花裡就能看得見月亮。今天也是。

月華中一地茫茫。

她攬緊飛飛，「姑姑本想等找到你們契丹的餘部把你交給他們，現下不知道還能不能做到。」

飛飛也攬緊她，「姑姑不怕，咱們剛剛把那幾個人全都殺死了，不會有人知道咱們上這兒來了。」

「可是這裡天氣冷，不知道還能不能撐得住。」

「姑姑你冷嗎？」

「不是，姑姑是睏了，該睡覺了。唉……」

她仰頭看看月亮，「飛飛，你聽著，上京城內外都是周軍，無牙山是個躲避的好地方，只可惜天冷。這山上有幾處砍柴人的山洞，你冷了，就進去避一避，燒些柴火取暖。你會生柴火嗎？」

「不會。」

「沒關係，姑姑告訴你。」

「姑姑，那邊山腳下好像有旗幟過來。」

她靜了許久，才緩緩說：「那是大周的皇旗，難道，他這麼恨我？」

飛飛知道是誰來了，一定是那個大壞蛋！

他靠到姑姑懷裡，「姑姑，我們怎麼辦？是不是要死了？」

山腳下。

林景雲是南方人，受不慣這大雪天氣，一邊撲落身上的雪珠一邊說：「她確實上去了，這是剛剛從屍體上拔下的箭，正中咽喉。」

趙恆岳接過箭來看了看，沒有桃花，只是周軍用的普通箭枝。她窮途末路了，哪裡還有桃花箭用？她的桃花箭，是才情滿腹的耶律瀾向她示愛用的；她的桃花箭，是在千鈞一髮戰場上救萬夫莫敵的將軍用的；她的桃花箭，是周王把大周舉國之兵交到她手中用的；她的桃花箭，是她在武林大會上笑傲群雄用的。

他拿著箭枝，幾步就要奔上去找她，但迅即又停步回頭，「你們先上吧，她現在定懼怕朕。」

林景雲帶了一支小隊往上走。趙恆岳攔住他們，問：「你們誰帶著饅頭在身上？」

急速行軍，大家都帶著乾糧的，立刻有幾人拿了饅頭出來。

趙恆岳拿過一個掰開，遞了一半給林景雲，「她要是跟你們動手，就把這個給她，她會明白的。」

林景雲接過饅頭，迎著風雪帶隊快步前行，他何嘗不是滿心焦急。

趙恆岳卻又在後面叫住：「景雲，你慢點，別嚇著她。」

陶花把自己的大紅襖脫下來，讓飛飛穿上。

她說：「姑姑實在累了，想睡一會兒，你先走。」

「那我在哪兒等你？」

「再往上走一陣，右邊有處砍柴人的山洞，你在那裡等姑姑吧。」她把飛飛攬到懷中來，「我答應過你的阿媽，定要照顧好你。」

飛飛抱住她。她拍拍他的後背，「姑姑會救你，你也要聽姑姑的話，知道嗎？」

她附在飛飛耳邊，囑咐了幾件事。

林景雲在風雪中上山，快到半山腰時，前面探路的先頭部隊折回來。

哨探跪在地上，報道：「林將軍，那女人死了。」

「哪個女人？」林景雲一時摸不著頭腦。

「就是咱們在找的那個。前面的弟兄走路時被絆倒，挖開雪堆一看，那個女人死在雪地多時，屍體都凍僵了。」

哨探沒聽到回音，抬起頭來，林景雲一個踉蹌跪倒在雪地上，他緊緊咬住牙，咬得鮮血四溢，滴滴答答順著他嘴角流下來，他卻還不自知，彷彿已經沒了痛覺。

哨探趕忙站起去扶他。他搖搖頭，抓住哨探的手臂，「先別告訴皇上。」

哨探點頭，正要離去。

他卻又改了主意，斷然說：「速飛步趕下山，告訴皇上陶姑娘死了，請聖駕趕見最後一面。」

沒有必要隱瞞，早晚也瞞不住。更何況，隱瞞下去，又怎麼對得起此刻躺在雪地中的她？

飛飛聽姑姑的吩咐，在山洞裡生了一堆火，乖乖地等著。等到火堆快燃盡了，山下走上來一道身影。他想著：「姑姑說得眞準啊。」於是他立刻聽話地從山洞裡走出來，字正腔圓唱那一首山歌。姑姑說了，如果他唱得好，也許，說不定，那個惡狠狠的大壞蛋就會念一下舊，然後饒他一命。

太陽出山明堂堂，照著我的新嫁娘，
新嫁娘有個高鼻梁，比我過去的姑娘強。
月亮出山亮晃晃，照著我的新嫁娘，
新嫁娘一天能織布五丈，比我過去的姑娘強。

新嫁娘的頭髮長，舊姑娘的頭髮黃，
新嫁娘的手腳暖，舊姑娘的手腳涼。
人人都知道新的好，可我還是忘不了，
忘不了我過去的那個舊姑娘！

大壞蛋聽他唱到這裡，向他笑了笑。大壞蛋以爲他唱完了，可是沒有。這首歌阿陶唱過好多次，每次都留住了這最後的一句。
飛飛接著大聲地唱下去：

新嫁娘坐在熱炕上，舊姑娘葬在荒山崗，
新嫁娘笑得花一樣，舊姑娘忍下淚千行。
人人都知道新的好，可我還是忘不了，
忘不了我那荒山崗埋著的舊姑娘！

飛飛終於唱完了，惴惴地看著停在面前的大壞蛋。大壞蛋正把姑姑抱在懷裡，微笑地看著他，眼神癡茫一片。

大壞蛋蹲下身來，小心翼翼地把姑姑放到雪地上，然後問他：「你的阿陶姑姑哪裡去了？」

飛飛從來不知道，這個掃平契丹的惡魔說話也可以這麼溫柔。

「阿陶姑姑睡覺了，她說，她太睏了，只好先睡覺了。」

「她還說什麼了？她有沒有說，什麼時候再醒過來跟咱們一起玩？」

「嗯，她說了。」

「眞的？」大壞蛋眼睛中瞬間燃過狂熱的驚喜。

「她說，等那大壞蛋娶了新嫁娘帶去看荒山崗裡埋著的舊姑娘時，她就會醒過來，祝福他們。」

那個大壞蛋，眼睛裡亮晶晶的對飛飛說：「大壞蛋才不聽她的！大壞蛋不想讓她醒！大壞蛋要讓她這一輩子，都說話算話！」他說完這一句話，似乎也就耗盡了力氣，慢慢倒在雪地裡，倒在姑姑身上。

雪花漫天遍野灑下來，一片片堆積，終於將他和姑姑全都覆住。

總盼著能和你，有個好結局。
可是我力不足，我的心有餘。

末卷

團圓一夢

團圓一夢，雖然虛妄，仍舊讓人欣喜。

她曾說過：「生為天下君主，命途坎坷、一身傷病、至愛之人也無法相扶到老，都不能害怕抱怨。」

她如此勇敢明斷，上天又怎忍心不眷顧她這一夢？

第一夢　遲遲鐘鼓初長夜

兩聲梆子響過，二更天了。

趙松在睡夢中翻了個身，呢喃喚「娘」。

寧皇后望著孤燈，不發一語。皇上走時未來得及跟她道別，只下令大軍在燕子河南岸駐紮。她已經聽聞消息，陶花死了。

陶花死了，對寧致靜來說本應是天大的好消息，然而此刻她卻無比擔心。皇帝呢？皇帝在哪裡？他會不會……她不敢想下去。

她思念的皇帝正在錫蘭鎮的集市上，穿著一件大紅色袍子。

他說：「我以後都不穿黑色了，穿黑色做甚？跟發喪似的。好不容易見面了，發什麼喪！」

他身旁的侍從抬著一具擔架，不敢辯駁半句。擔架上躺著個面色灰敗的女子，早已氣絕多時。

集市上的人們紛紛迴避、議論，他不加理會，一路慢慢行來。

等走到李半仙的相面攤子前，他止步，在原地站了片刻。劉一刀正削著一顆梨子，霎時嚇得呆住，手上也停了。

趙恆岳逕自走過去，自劉一刀手中拿過梨子和刀子，把剩下的皮削掉，手勢無比熟練，連劉一刀都看得驚訝。

這顆光瑩瑩的梨子被遞到旁邊的擔架上，他的聲音彷若呵護一個嬰兒。

「你渴了吧？飛飛說你一上山就吃了好多雪，準是渴壞了。」

他說完便低頭到她近側，似在等她回答。

擔架上的人兒沒回答他，倒是李半仙清咳一聲緩緩開口了，「呃，客官，這位姑娘前天路過我這小舖子時，我看她實在飢腸轆轆，便給了她點東西吃，沒想到她連錢都沒帶。」

趙恆岳直起身，自懷中隨手掏出一錠金子扔過去，李半仙接住，眼色深深看住他。

「怎麼，還不夠？她能吃你多少。」

李半仙掂了掂手中的金子，「算了，便這些吧，我虧就虧點了。」他收起金子，直直看住趙恆岳，「客官，您聽沒聽說過，有招魂引魄之術曾令明皇會貴妃？」

趙恆岳皺眉，「無稽之談。」

正舉步要走，卻又頓住。須臾之後，他問：「真能見到嗎？」

李半仙在院子裡蹦蹦跳跳、裝神弄鬼半晌，然後進到內室，燃起了一炷檀香。

趙恆岳昏睡過去之前的剎那，心中閃過一個念頭：倘若此人是刺客怎麼辦？

那就認了吧，反正，他也不覺得活著有什麼意思了。

這一覺睡得格外昏沉，等到再有知覺的時候是一隻玉手在解他的大紅袍。這隻手的手勢如此熟悉……趙恆岳本能地立刻抓住這隻手，想把她帶到懷裡來，這時他才發覺自己施不出半點力氣，連拉動一個女人的力氣都沒有。

他睜開眼，映入眼簾的是這女子探究的雙眸，瞧見他醒了，似就放心，專注地繼續解他的衣服。

趙恆岳盯住她的面孔，無比震驚。他想大喊一聲「阿陶」，卻發不出任何聲音，徒勞地張大嘴巴，那女子嬌笑著把嘴唇探了過來。他只覺頭腦昏沉沉難以思考，身體沉重不堪，然而他清楚地感覺到，此女子與他纏綿半日，後在他床頭燃起一炷香，接著他又不省人事了。

翌晨是李半仙叫醒他的。

李半仙閒閒捏著手指，「客官，您試也試過了，往後可就得付錢了。」

趙恆岳活動了一下筋骨，覺得一切如常，彷彿昨晚什麼都不曾發生過。他緊緊皺著眉頭沉思，聽見李半仙問話，隨口答了一句：「你找我帶著的那些人要便成。」

李半仙半笑不笑的，「小錢自然如是，可我怕我要的，非得您才能作主。」

趙恆岳不耐煩地搖搖手，「不管多少，你找他們就行了。」

「西涼十六國，找他們能行嗎？」

趙恆岳一驚，卻不形於色，仍是淡淡問他：「你到底想要什麼？」

「我幫皇上見您想見的人，見一晚，皇上就送我一個西涼的國家爲報酬，可好？」李半仙悠悠閒閒地微笑，一副胸有成竹的模樣。

趙恆岳先沒去想國家能不能分裂送人，即問：「那十六晚之後呢？是否再也見不到她了？」

李半仙還沒回答，院外傳來林景雲吆喝聲。昨晚李半仙授意趙恆岳下了嚴令，禁止任何人踏進這個小院一步，所以林景雲只在院外大聲呼叫。

趙恆岳出了院落，林景雲臉色極其難看，似準備領罰，連「師傅」都不敢再稱，只行跪拜君臣之禮，「皇上，昨晚守營的弟兄睏倦，打了個盹，不知怎的……唉，把人給看丟了。」

「誰丟了？」

「就是……唉，就是公主的屍身。」林景雲深深垂下頭去，準備迎接趙恆岳的一場大怒。

結果半點聲音也沒聞見。林景雲不由一陣心慌，想著：「莫非師傅惱得背過氣去了嗎？」他趕緊抬頭，瞥見趙恆岳嘴角邊浮現一絲詭異笑容，眼中遍佈喜色，他更加心慌地想：「若是師傅失心瘋了，這……豈非要天下大亂啊。」

那一絲詭異的笑容迅速掩起，林景雲待要說話，趙恆岳以眼色止住，眼梢一抬示意他離開。林景雲離去之前望了一眼，只覺師傅的眼珠重又活動起來，不似彼時從無牙山下來時的死氣沉沉了，他不由心底暗嘆：「看來師傅忘記公主的日子也不遠了。」

林景雲的想法果然得證，當晚趙恆岳執意在李家吃飯，席間盯著李半仙剛及笄的女兒李碧雲不放，一會兒問人家年齡，一會兒問人家生辰，倘是都答了，八字豈不就出來了麼。八字那可是定親的時候告訴親家的呀，對陌生男子哪能透露。李夫人嚇得戰戰兢兢，不停向李半仙使眼色。

李半仙皺著眉頭開口：「那個……我跟您提的西涼十六國……」

趙恆岳仍是癡癡盯著李碧雲，彷彿沒聽見。

李半仙重重咳嗽一聲。

趙恆岳急忙轉頭，「什麼？你說什麼？」

「我在說西涼十六國的事，不知皇上想得如何了？」

「哦，西涼，是、是，西涼十六國，」他復又轉回頭盯著李碧雲，「那個，不知道西涼有沒有這般美麗的姑娘？」

他這句癡迷話語才落，院外傳來一聲響亮的叫喚，「喂，李半仙在家不？我說你這兩天不見，怎麼家門口全站滿兵啊？誒，還攔人哩……送謝禮都不行哪？」

李夫人聽見，急忙向李半仙開口，「這是張員外家的阿四，上次咱們幫張員外看相，看得準，他說要送謝禮的。」說著忙朝李半仙使眼色。李半仙狀似不願動作，李夫人大急，「張員外大方出了名的，你怎麼還不快去接東西！」

李半仙無奈，只好對趙恆岳致歉，「我去去就來。」

趙恆岳但笑不語，等李半仙出去了，他轉回頭來，「李夫人，我剛剛問你，你們西涼的姑娘個個都似你們母女這樣貌美嗎？」

李夫人一邊心裡樂開了花，一邊撇嘴表示不屑，「碧雲在我們西涼，根本不算好看的；至於我，呵呵，你這年輕人倒挺會討巧。」

趙恆岳含笑注視她的面孔，明顯帶著悅目欣賞之色，又似忽然起了好奇，「既然西涼美女不勝數，李半仙為甚要到契丹來呢？」

「唉，他的事情我也不明白，只知道他以前跟人學看病，那個時候我們家終日賓客盈門，堪稱當地一富。可是後來他的師弟跟他反目成仇，為了何故我不怎麼清楚，再後來他的師弟常住酒泉，他說要離那師弟遠遠的，就到契丹來了。」

趙恆岳微笑徐徐點頭，看見李半仙抱著一個大盒子回來，笑問：「又發財了？」

李半仙皺眉，「發什麼財？一盒肉包子。」

李碧雲聽見，笑逐顏開，「爹爹，我要吃包子！」他們家境況平平，肉包子並不常吃得。

李半仙微嗔著拍開女兒的手，「姑娘家，矜持些！不然以後怎麼嫁人？」

趙恆岳大笑，「不妨事、不妨事，朕不在乎這些，越是爽快的姑娘朕越喜歡。」他這話說得特別大聲，說完了刻意望向門外，然而，門外只見一片寂寥夜色。

李半仙臉色苦了下來，「皇上您這是什麼意思？我可沒打算把女兒給您，我還等著您把西涼十六國放了呢。」

趙恆岳轉頭看住李半仙，目光灼灼，突然正色問道：「朕把西涼給你，你便好去找仇人報仇，是不是？」

李半仙一怔，看皇帝知道這麼多，無意再隱瞞，只瞪了夫人一眼，回頭對趙恆岳說：「我不是要尋仇，只是西涼乃我故國，如今被大周壓制，過得苦不堪言，請您開恩。」

「這麼說，你倒是個好人？」

「不敢當，只是人人皆有故鄉。」

「你既然眷戀故鄉，合該聽說了五年前西涼風災引發沙暴，孤渠國盡埋入地下，是我大周軍隊冒著風沙前往，救出黎民百姓，還有孤渠皇室一根獨苗。」

李半仙沉下臉來，「若非爲此，你以爲我會給你的婆娘吃東西？我恨不得你們全家餓死才好。」

趙恆岳點點頭，「既然如此，你身在曹營心在漢，怎麼不回家去？」

李半仙頓顯惱怒，「哼！你把酒泉城送給那廝小混帳，酒泉是出關西涼必經之路，我怎麼回去？」

趙恆岳愣了半晌，眼神漸漸清晰，他忽地神祕一笑，拍拍李半仙的肩膀，「其實咱們倆是一幫的。」

「我怎麼跟你一幫？我跟你敵我不兩立！」

「不對、不對，」他大大搖頭，「朕來告訴你，你方才說的那廝小混帳，他收了個更加混帳的小徒弟，而他那個小徒弟，收了一個最最混帳的大混蛋做徒弟！朕跟他誓不兩立！就是因爲他，朕才對西涼苛刻。你說咱們倆是不是一幫？」

李半仙被他彎繞了半天才反應過來，「你是說那個鬼舞娘？她學藝不精……」

「是啊是啊，她怎麼好意思收徒弟的，還收了那麼個混帳徒弟！」

「那人不是她的徒弟，是她的男人。」

「師徒通姦？亂倫啊！朕就知道那廝大混蛋做不出什麼好事情！」

李半仙咳了一聲，瞅一眼李碧雲，「我女兒年紀小，你說話還是清淨些吧。」

趙恆岳帶著一絲古怪笑容，「沒事、沒事，朕這就娶，今晚就娶。」說著竟然挪坐到李碧雲身邊去，大聲驚叫：「碧雲姑娘，你身上好香……」一邊叫喚，一邊在李家四處亂看。

李碧雲是深閨少女，哪裡見過他這潑皮無賴的架勢，立時嚇得快哭出來。

李半仙出聲呵斥，卻是毫無效果，偏又不敢動手，趙恆岳人高馬大的，眞動起手來，他們一家三口都敵不過。

眼看趙恆岳的手慢慢往李碧雲腰上放過去，李姑娘一邊哭一邊向內躲的時候，李夫人把杯子在桌上重重一頓。這位李夫人笑了一聲，聲音竟變得輕柔起來，「年輕人，你別欺負我們家姑娘單純、我們當家的敦厚，就以爲我們家的人都好欺負了。」

趙恆岳仍帶著他的古怪笑容，「岳母大人消消氣。」

李夫人也不著惱，微笑著說：「我雖不懂當家的在玩甚把戲，卻是知道他前天救了一位姑娘，這個姑娘啊，呵呵，」她抬頭定定看住他，「我可告訴你，她大病初癒，一絲氣也受不得，最受不得激將法。」她的聲音越說越輕，幾乎要淹沒在李半仙的呵斥聲中，說完之後靜靜低下頭去喝她的菜湯，旁若無人。

李半仙猶在皺眉，心想夫人怎不快把她的河東獅吼使出，這麼輕聲細語有什麼用啊？眼看著趙恆岳的手就要碰到女兒的腰了，他正要不顧一切衝過去的時候，卻見趙恆岳如火炙般立刻把手收回，規規矩矩放至身側。

趙恆岳起身離座，站到距離李碧雲遠遠的一個角落去，耷拉下腦袋垂頭喪氣，「你們贏了。說吧，到底想要什麼，真的只是西涼十六國？朕把西涼給你，你就把她給朕？」

李半仙頓時恢復趾高氣揚，「先把西涼十六國放了，其他的以後再說。」

「以後再說？傾了十六國，就落個『以後再說』？」

「可你要是不傾這十六國，連『以後再說』的機會都沒有。」

趙恆岳低下頭，「你別虧待她，咱們什麼都好說，你要是敢……」

他話未說完，李夫人截住他下面的狠話，搶先叱道：「你這是什麼意思？還以爲我們綁了那姑娘？當家的治好了她的病，沒告訴她，可也沒害她，只是餵了枚龜息丸而已。她那脾氣你又不是不知道，她要想見你誰也攔不住，可她要是不想見你，那任誰都沒辦法。」

趙恆岳深垂頭顱，半晌抬起眉來，聲音低沉入骨，「原來是她不想見我，那就隨她吧。她身子不好，什麼計策都禁不起。」說是隨她，眉目間卻無比孤單淒涼，徐徐起身走出門去。

李半仙在背後嚷著：「喂，我的西涼！」

他在門口緩緩回頭，「你們要是沒騙朕，你眞的救了她，別說西涼，朕什麼都給你。」

李半仙哼一聲，「我只要西涼，誰稀罕其他！」說著他突向屋頂仰頭大叫，「喂，你還不現身？讓他看看我李半仙從不騙人！」

趙恆岳聽見這句話，一個箭步搶出門去，抬頭往屋頂上看。

然而，寂寂無聲，寥無人影，只有一隻寒鴉被驚起，叫了一聲。

趙恆岳垂著頭徒步走回軍營，背後的侍衛們半點聲響也不敢發出。

三更鼓過了，趙恆岳站在營帳門口仰望天上星辰，嘆口氣說：「天怎麼還不亮啊？」遲遲鐘鼓初長夜，這一夜漫長的相思無眠、痛悔折磨，才剛剛開始呢！

他和衣躺到床上，靜靜地把這兩日來所有經歷、每一處細節全都梳理了一遍。最後，他向外揚聲，讓人把林景雲叫了進來。

林景雲揉著睡眼、打著呵欠，趙恆岳又嘆了一聲，「能睡這麼踏實，多好。」

林景雲一笑，「不做虧心事，不怕鬼敲門。」

趙恆岳微微皺眉，要知道，林景雲剛從無牙山下來時，別說笑，連哭都不會哭了，只是不停猛咬唇，任著鮮血四溢，倒沒想到這麼快就好了，這麼快就能輕鬆歡笑了。他在沉思中亦無多想，只低聲吩咐：「選幾個精幹的兄弟監視李半仙家，飛鴿傳書從燕子河邊調隊過來，整個錫蘭全部戒嚴，但是，不能傷任何人。」

林景雲卻並未如往日一般立刻接令，反倒是勸他，「犯不著這般大動干戈吧？」

趙恆岳目光一轉，語氣急躁起來，「你什麼時候敢抗我的令了！」

林景雲笑笑，「不抗你的令，公主早就被我殺死了不是？」

趙恆岳到此時才覺到了異常，他仔仔細細把林景雲看了一遍，笑了笑，「你見過她了？」

林景雲大搖其頭，「沒見過、沒見過，人都死了，我到哪裡去見？」

趙恆岳看著他，「你怎麼知道我說的是她？」

林景雲張口結舌，一下頓住，半晌回過神來，斬釘截鐵道：「反正就是沒見過！」

趙恆岳不緊不慢地回：「你是我的徒弟，是跟誰學會欺君的？不怕師傅打你嗎？」

林景雲哼了一聲，一拍胸脯，「我等著挨打呢，就朝這兒踢，別偏了。」

趙恆岳側開頭去，嘆了口氣。人人都看不慣他這一腳呢，不知道她得委屈成什麼樣子了。

林景雲看師傅面色無限蕭索哀傷，觸動了些同情之心，又聽其前後語氣恍已猜到，於是安慰說：「沒事，雖然被你踢了，也沒傷到什麼筋骨，這麼些天不見，還豐腴了些呢。」他想著，這總算是既未洩露公主行蹤又安慰了師傅，兩邊都沒得罪吧。

沒想到趙恆岳大怒似的瞪他一眼，「有這樣安慰人的麼！」

「怎麼了？」

「你怎麼知道她豐腴了？」

「她走那天我從後面抱過她，見面的時候太過驚喜，又……又……」他顯知不妙。

趙恆岳一腳踢在他胸前，「我怎麼收了你這樣個徒弟！」

御駕在錫蘭駐了十數天，趙恆岳夜夜輾轉難眠，每天對著空氣嘀嘀咕咕，又不時跑到帳外四處觀望。最後林景雲實在看不下去了，直接下令返京，把皇上給抬了回去。

周軍大勝回到汴京城，國泰民安，繁華鼎盛。

甫過正午時分，隨處可見鶯歌燕舞、豔陽柔情。

趙恆岳一步步走入宮門，歸來池苑皆依舊，到處都是她的影子，卻不知道她還肯不肯回來。他走得一步步越發氣悶。

剛到長寧宮門口，就看見一名紅衣女子正背對著他踢毽子。趙恆岳一聲不響從後掩上，急不可耐地撲將過去，抱住了才發覺手中的人腰身羸弱，不是他要找的那位。

那女子嚇得驚叫一聲，趙恆岳惱怒起來，一把將她推開，喝道：「早就下過令，年輕女侍不得進朕的居處，你好大的膽子！」女子惶急欲啓口解釋時，他快步進了門，不加理會。

室內一切如昔，散發出清爽的木香味道。

她不喜歡任何熏香，所以他也不用，這麼多年來他的居處向是如此。

幾位留待的侍從全跪在原地迎接。雖是初春，天氣亦仍有些微寒，領頭的侍從機靈地遞上手爐。他懶得理人，握住手爐快步跨入內室。

一進門，看見龍榻上斜臥著一個人，繡鞋橫在地面，纖細的足踝正揚於半空顫悠悠晃著。她手裡拿著一份奏摺，正看得聚精會神，恰恰好擋住她的面孔。

這宮中侍女皆由各處遴選而來，多是學富五車的才女，往常他閒著時亦會跟她們說幾句話，看奏摺這種事雖稀罕，也不是沒有過。唯此刻他卻大怒了——閒雜人都敢登堂入室，他怎麼跟她解釋？

趙恆岳把手爐狠力朝那女子擲去，回頭大喝：「長寧宮侍從，連同這個女子，全部下到掖庭去！朕要是不管，你們還……」他的怒喝瞬間停住。

那女子微微側身，展臂接住他扔過來的手爐，不慌不忙地將奏摺擱到床邊的案上。

她側頭含笑望他一眼，笑容彷若三月桃花，黑白分明的眼眸耀著明窗，頭上的玫紅色珠花在陽光下一閃，「掖庭？在什麼地方？是東北角那塊地嗎？」

第二夢 任意車

陶花在掖庭巡視了一圈。

她於這宮中住也有些年頭了，還是頭一次到這裡來。她自己不認得路不敢亂走，侍從們平白無故又怎會帶她到這冷宮煉獄來看。

背後有人躬身抱扶著她走路，她很是羞惱，「說過好幾遍了，我已經沒事了！」

他急忙點頭應聲：「是、是、是，是我的錯。」依然不鬆手。

巡視完掖庭，陶花總結說：「不好玩，哪比巡營有意思。」

「是、是、是，咱們回家。」

「除了『是、是、是』，你能說點別的嗎？」

「是、是、是……啊，不是，看見你太高興，不會說別的了。」

歡喜時光總是過得飛快，轉眼一月有餘，牆外的迎春花全開了。

長寧宮已有大半年未沾過年輕女子的氣息，好不容易才迎來了這一位。

夜已深，燈火朦朧。

她靠臥龍榻上，拿著看上一個月的摺子在燈下細細掐指數著。

摺子上一列長長的名單，雖然她不識字，可是她卻會數數！

這龍榻的主人此刻正跪在地上，仰著那女子的鼻息，連大氣也不敢出。

那女子終於數完了，轉過頭來慢悠悠說：「五十七個，不錯麼。」

他苦笑著看向她，「阿陶，我知錯了。這些人早都遣走了，就連靜兒……」

「啪」的一聲摺子摔落地上，他立刻住了口。

陶花怒不可遏地瞪著他，「你、你、你，你居然還敢提……啊呀，我胸口好疼，可別再吐血了。」

他急忙起身抱住她，「你看你，氣壞了身子怎麼辦？」

她眼角一橫，「誰讓你起來的？」

他只好重又跪下去，半晌後輕言細語說：「阿陶，你不能總這樣對我。都一個月了，還不許我碰你，你生病我便忍了，可李半仙明明說你大好了。阿陶，你要是生氣，就在我身上扎個十七、八箭吧，再折騰下去……」他伸手握住她的腳踝，「我早晚會跟秦文一樣。」說著他小心翼翼往她身邊靠過去。

她即刻向內一閃，「你可別血口噴人，人家秦文現下生龍活虎著呢。」

他握在她踝上的手不自主地一用力，「你怎麼知道！」

她「哎喲」一聲踢開他的手，「我在他們夫妻隔壁住了大半年，怎麼能不知道？」

趙恆岳微微起身，半伏到她身上去，「阿陶，求你垂憐……」

陶花推開他，「先把小鄭丞相的摺子撿回來，我還沒看完呢。小鄭丞相說了，你的情事罄竹難書，他只能撿要緊的說了。」

他只好把剛剛摔落的那張摺子撿拾呈上，陶花裝模作樣看了半天，然後指著後面看起來不似人名的字問：「這是什麼？」

他抬頭看了看，「這個，是說原來請軍械司造任意車的事。景雲那天撮合咱倆的時候不是拿我比隋煬帝麼，我回去一不做二不休，就請軍械司造了任意車，惹得鄭丞相大罵我暴虐。」

陶花好奇起來，「任意車是什麼玩意兒？還要請軍械司來造，是很厲害的武器嗎？啊，我知道了，肯定是你殺人取樂的東西，是不是？暴君！」

趙恆岳瞅了陶花一眼，見她果然是天眞無知，不由微微一笑，「這任意車麼，是個好玩的車子，坐上去舒適無比，前進、後退、停止、轉彎都不費力氣。我想，用來打仗也不錯，困住個名將不成問題。」

陶花驚奇地坐起來，「是麼，那你帶我去瞧瞧。」

趙恆岳握住她的手，「去瞧瞧無妨，但我須先告訴你，別人沒進過這車子，你是頭一個，也不會再有第二個了。」

陶花不明所以地問：「你自己不玩的嗎？」

他搖搖頭，「我自己不玩，也沒跟別人玩過，就是知道你脾氣大，打算陪你玩的。」

軍械司長官在家打了個噴嚏，對家人說：「大王是明君，我爲他製過無數兵器，只有那任意車，唉，不知困住多少幼弱處子，造孽啊造孽。」他若知道他的任意車此刻要困住的是大周國拔尖的名將，不曉得是不是能心安一點。

陶花在機關甫動之時驟知不妙，她雙手雙足頃刻間被扣住。

若是尋常女子，此時已然哀哭無路，然而桃花箭到底是桃花箭，名將到底是名將，便是此時也未顯出慌亂。她急急看了看趙恆岳手勢的方向，察知樞紐所在。縱使雙手雙足被扣，她的手指尙能抽出一支袖箭，穩穩地向著那樞紐射過去。

機關頓解，陶花在車中魚躍而起，一把擰住趙恆岳將他壓到車中去，厲聲喝道：「你這傢伙好大的膽子！」

他並非打不過她，只是這滿腔愛意早讓他失卻力氣，於是輕輕攬住她，「要不，阿陶，你把我鎖在這車裡吧。」

陶花卻未如他一般情昏，他們兩人打鬥時早無人管這車子的動向，她低問了一句：「東邊地勢低，這車子一直向東滑行，那裡是什麼？」

她問完後便想了起來，兩人對視一眼，「東邊是……淨心湖！」

話音未落，車子已經失去平衡，直挺挺往湖裡落下去。這般情事他自然不會容得侍從在左右，一時竟是無人來救。

趙恆岳百忙間抽取陶花的佩刀，將車艙斬裂，帶著她浮上水面。陶花連連嗆了好幾口水，他才想起她不識水性。他心中一動，有意要在這水中制住她，卻終是看湖水太過寒涼，先喚人來救了。

長寧宮內立著一個半人高的大木桶，侍從們舉起水盆才能往裡添加熱水。氤氳熱氣充滿室內，一切如夢似幻。

陶花早把濕衣除下，此刻單裹著毯子等候。兩名侍女在旁幫她解開頭髮，解到一半時，趙恆岳不勝耐煩將她們遣退了。

他移到陶花身側，親自動手將她頭上釵環一只只取下，秀髮披散，髮絲撓得人心癢癢。

他俯首再以唇舌取下她的耳環。她迷迷糊糊地說：「那只金環我實在找不到了。」

他笑著應了一聲，「我幫你收著呢，明天給你戴上一對。」說著將她自毯中抱起，往木桶走去。

陶花仍是不太順從，推推他手臂說：「我不要跟你泡在一個桶裡。」

他佯裝聽不懂，「那你要跟誰泡在一個桶裡？這千里萬里的，我可叫不來他。」說著把她扔進了溫水中。

她急急撲騰起來，「誰？你說誰？唉，你怎麼放了這麼多水？我站不住了……」

站都站不住了，饒是驍勇名將，也只能任人宰割……

第三夢　傳說中的宮鬥

小商河燈火通明，沿岸盡是列隊手執火把的御林軍，倒也將這京郊軍事重地照得華彩耀目。

陶花站在船頭，身上猶穿著輕甲，向岸邊凝視片刻後，回身問林景雲：「落霞山側也有小商河的支流，爲什麼不把京郊軍營地駐到那裡去？」

林景雲躬身回答：「落霞山已屬下游，夏季乾旱時不夠士兵用水。」

陶花點頭說：「那應該多鑿幾口井，有高山依傍，萬一有戰事也可多支撐些時候。」

林景雲答聲「是」，陶花還要開口說話時，驀然發覺身邊似乎少了一人，於是轉頭四顧一圈，問眾人：「皇上呢？」

身後的侍女寶珠笑起來，「娘娘，說好了來此遊玩，您偏要去京郊軍巡防。別說皇上不高興，就連京郊軍將領也埋怨被您帶到這裡來熬夜。」

林景雲忙答：「不妨、不妨，難得皇后娘娘有興致。」

陶花一笑，問兩人：「他到哪兒生氣去了？眞是小心眼。」

寶珠朝船艙內一努嘴，「您跟林將軍一路談得那麼親密，皇上插不上話，只好獨自先到裡頭坐著去了。娘娘您倒是不小心眼，就怕大方得過了頭，全然不顧有多少人心裡頭惦記著您這皇后之位呢。」

陶花哈哈大笑，「這『皇后』二字，不過只是你們叫叫罷了。我早已不是什麼皇后了，我的夫君姓謝呢。」

話音剛落，船艙內鶯歌燕舞間歇，傳出一聲斷喝：「別成天胡說八道！」

陶花旁若無人繼續談笑：「瞧這人的脾氣，要是有誰惦記他的后位，那便請吧。」

林景雲卻未笑，如老友般柔聲進言：「皇后之位那是非你莫屬，只是平日合該當心些，要是一不留神……你又是這樣不容人的脾氣……」

林景雲還沒說完，陶花的袖箭已指住他咽喉，「你再說一遍？」

船艙內那人立刻趴在窗口，一字字重複了一遍：「你、這、樣、不、容、人、的、脾、氣！」

陶花轉頭，冷冷說聲：「我看你敢不敢『一不留神』！」

艙內倒是立刻沒了聲音，林景雲又輕聲勸道：「非定是有心，人都有走神的時候，師傅至今還不許年輕侍女進長寧宮，那是專心對你好，就怕自己有疏忽。」說著他指指船艙，「今天這船上可不止帶了長寧宮的人，更有些歌舞藝女在其中呢，你總在外頭跟我囉唆可不是個事。」說著他一笑。

陶花衝林景雲冷哼了一聲，「你嫌我煩了就直說，別跟我拐彎抹角的。」

林景雲皺住眉頭，這話不好再說下去了。

陶花命遊船前行，一直順流到了落霞山側才停下。她細細看過兩岸地勢，跟林景雲商議了營地新址，這才兩人同進船艙。

趙恆岳看見她進來，立刻歡喜無限拉到身邊來攬著。

陶花抬頭看看在正中歌舞的幾位女子，那領舞之人十分嫵媚，便多瞧了幾眼。

趙恆岳急忙說：「這是右相陳大人家裡帶過來的，他說遊船要歌舞助興，我看也確實，不然讓大家都聽你們這些武將論兵嗎？」

陶花懶洋洋打個呵欠，含糊應了一聲「是」，就伏到身側人懷中去。他以為她是有了危機感來親近自己，心裡喜慰得很，連連揮手遣散歌舞與眾臣。誰知，大家陸陸續續還沒退畢的時候，他已聽見懷中鼾聲漸起，不由大嘆了口氣。

趙恆岳把陶花放在內艙室裡安頓妥帖，本欲躺下同眠，又想了想自己沒這般定力，畢竟等了她足足一個晚上，只好又往外走到船頭上吹吹冷風。

他站在船頭上觀賞兩岸風光，甫站了片刻，背後走來一名宮女低聲悄問：「皇上，您是不是嫌底下悶氣？頂艙的臥室已收拾好了，您到那裡就寢嗎？」

趙恆岳連頭也沒回，短短答了句：「不必。」

那宮女並未離去，猶豫片刻，想要察窺他面色卻是看不見，只能試探著說：「奴婢看皇上方才望了那領舞的梅香姑娘好幾眼，便把人留下了，此刻正包在毯子裡等著皇上臨寵呢。」

趙恆岳聞言，緩緩轉回身來，「你這奴才如斯膽大，竟自作這等主張？若此女子是刺客，你必株連九族！」聲音威嚴冷峻，在暗沉的夜色中令人不寒而慄。

那宮女有些沉不住氣了，慌忙解釋：「梅香姑娘是陳大人帶來的，身家清白，請皇上安心。」

趙恆岳盯住她，心中已然明白此事乃非一小小宮女的臨時起意，也就不是自個兒拒絕能夠安置妥當的。他思慮片刻後，臉色緩和許多，甚至有了些微微笑容，「這本是好事，朕卻怕辱及大臣家眷，會令陳大人不快。」

那宮女笑著答道：「皇上誤會了，梅香姑娘只是陳大人府中養著的舞女，並非大人家眷。此俱是陳大人一番好意。」

他點了點頭，臉上笑容更盛，「你不是在長寧宮聽差的吧？朕身邊沒見過你這麼伶俐的。」

那宮女聽見皇上誇賞立時笑逐顏開，連聲音都有些激動發顫，「奴婢是在昭陽殿侍奉皇后衣著的，不過皇后不常在昭陽殿住，總共也沒服侍過幾回，上一回……那還是兩年前寧皇后得幸的那日了。」

「所以你想著，說不定今夜這舞女得幸，明日又有了新后。」

她已意識到話鋒不善，不敢接口。

他仍舊帶著笑容，緩聲問道：「你跟陳大人交情必然匪淺，是進宮之前，還是進宮之後開始來往的？」

她聽見這句問話，立知今日已然失策，忙不迭跪下磕頭，涕淚交下泣道：「奴婢自幼賣入陳府，十四歲被送入宮中。」

趙恆岳點點頭，「看你還算坦誠，朕赦了你家人。」

宮女聽見這話，知道是要問罪自身，嚇得渾身顫抖，「皇上，奴婢並無惡意。」

「你並無惡意？你身在昭陽殿，不知迴護皇后，竟受朝臣差遣，死罪難道還冤枉你嗎？」

她聽見要取自己性命，立時抖得釵環叮噹作響，又涕淚交下哀求道：「陳大人對奴婢說，皇上從不殺女人。靖玉皇妃背棄婚約您沒有殺她，皇后與人通姦產子您都沒有殺她，她叛夫投敵，粗劣不解風情，人人都在背後笑皇上軟弱……」她話音未落，趙恆岳一把捉住她的頸子扔落河中。

她臨死求情還詆毀陶花，終於讓趙恆岳生出殺心。右相陳裕曾是寧氏門生，這個宮女也曾服侍過寧致靜，想來是陳、寧兩家的親信，才冒死替人爭寵。

趙恆岳起手間傷掉一條人命，臉上神色仍未變過分毫。從他很小的時候，寄父就告訴過他後宮爭鬥有多麼艱深可怖，他知道陶花應付不了，也從沒打算過讓她去應付。他很想看看，這據說可怕的宮鬥，他能不能應付得來？

皇帝斜倚在船欄上，拍拍雙手，對著漸漸歸於沉寂的水面說：「沒殺靖玉，是因爲怕皇后不高興。沒殺皇后，是因爲朕自己怕死，她死了，朕當然也要陪著。」

陶花在夢中打了個噴嚏，翻身想蹭進總在身旁的那個溫暖懷抱中，卻是撲了個空。她立刻驚醒，睜開眼看，榻上只有她一人。

窗外仍是黑夜，外艙裡沒有燈光，只隱隱傳來趙恆岳的聲音。她揉著惺忪睡眼，穿著半開的中衣，逕自往外艙走去。

走到門口了，才看見外艙的黑暗夜色中跪著一地內宮侍從，每個都微微發抖。趙恆岳刻意壓低了聲音，在這寂靜深夜中越發顯得森嚴冷厲，「皇后甫歸半年，朕天天忙著陪皇后，沒空管這後宮，你們竟如此妄爲！是欺皇后仁善嗎？別怪朕沒提醒你們，皇后手上鮮血只怕比你們一生見過的都多！」

陶花也沒聽清他說些什麼，只一看到有旁人就立刻停步避了回來，忙忙先繫好衣帶，再去找外衣穿著。還沒找到的時候，趙恆岳已踏進來，柔聲道歉：「是不是吵醒你了？」與剛剛那個將人嚇得發抖的聲音判若兩人。

陶花笑了笑，「不是，你不在我旁邊，我睡得不習慣。」

他近前抱了抱她，而後抬頭看看天色，「該準備上朝了，你也梳洗穿衣吧。」他們兩人早已是並坐朝堂，同決國事。

陶花嘟起嘴巴，「你糊塗了，跟大家說好了昨夜盡興，今晨免朝的。」
趙恆岳皺皺眉頭，「剛剛去四處召人了，今晨上朝，我有要緊事宣告。」
陶花聽他如此嚴肅，微微一驚，「出什麼事了？」
他搖搖頭，「跟你沒關係，只是，從明天起你要獨自上朝幾天。」
「爲什麼？你不理我了？」
「別胡說！我要幫你理理這後宮。」
「不是，」她抓住他的手，不忿地糾正，「你不是幫我理，這麼大的後宮都是你造的業！」

天子臨時召集早朝，人人心內驚慌。趙恆岳並不安慰眾人，淡淡說起，昨夜陳大人獻上的舞女十分討人喜歡，本有意寵幸，卻是有將領夜醉將此女玷污了，讓他掃興之至。
陶花在旁聽得一驚一乍，趙恆岳伸手過來捏了捏她的手背，她還是不怎明白，卻也知道該閉口不言。
趙恆岳大怒著斥責眾人，要將這個夜醉的將領斬首。等陶花看到押上來的人是林景雲時，忍不住出聲求情，趙恆岳遂就順水推舟允了她這份人情。而後他開始斥責這個女子，雖然此女並不在金殿之上，他卻斥得有板有眼，說當年皇后爲人所擒，絕食不肯受辱，這個女子既知要侍奉天子，爲何不抵死反抗？
右相陳裕當即跪在了階下。
趙恆岳不令陳裕起身，也不去責問，只不停說這個女子不明道義、不敬聖駕。
陳裕在階下險些將頭磕破了，御史大夫褚大人看不過，出列諫道：「皇上，陳大人選人不淑有罪，欲獻美人於聖前卻是好意，還請皇上寬容。」

趙恆岳抬頭看看褚大人，停頓片刻後說：「朕並無問責陳大人之意，只是請爾等選秀之時多添些心思，莫魚目混珠！」

褚大人躬身道：「那是自然，不過這選秀之事如今只能偷偷摸摸，哪裡敢多添心思？」說著他跪地一拜，「微臣有一事冒死相諫！」

趙恆岳不語，殿內一片靜寂，褚大人硬著頭皮往下說：「此事微臣諫過多次，今日復又冒死進言！皇后居於長寧宮實不合大周禮法，昭陽殿才是中宮居處，如今卻門可羅雀。長寧宮乃皇上住所，皇后住在那裡，還有誰再敢近前，再能近前？皇上現下只得一個皇子……」

他話未說完，趙恆岳猛然一拍案子站起身來。褚大人這才意識到失言，朝臣中雖也少不了議論猜測，卻從無人敢當眾質疑趙榕的身世，他竟是將平日只在心裡盤算的這些話，一緊張當庭給說了出來。

趙恆岳手指著他，一字字對左右說：「立斬無赦！」

此言一出，殿中立時跪倒了一片。褚大人為人耿直，在朝中頗受敬重，大家紛紛求情。

「褚大人只是一時口誤失言，求皇上寬容。」

「皇上歷來寬待下屬，怎可因一字之失錯殺大臣？」

趙恆岳厲聲說道：「你們這麼說話，是逼著朕收回成命了，是不是？」他額上青筋都在跳動，顯然動了大怒。

眾人一起停口，皆不知道該如何接話。

金殿上靜似禪堂，陳裕又開始不停磕頭，一向口若懸河的褚大人自知理虧說不出話來，小鄭丞相跟褚大人素來不和，瞪著眼袖手旁觀。

趙恆岳冷冷招手，喚侍衛過來將褚大人帶走，再無人敢開口。

侍衛們押著褚大人剛走到門口，陶花側頭問了一句：「今天初幾了？」

趙恆岳此刻連對陶花都沒什麼好氣，冷著臉淡淡答了一句：「初八了。」

陶花點點頭，「嗯，本宮正猜著今天是初八。上個月也是初八，褚大人來諫本宮回昭陽殿住；再上個月也是初八，褚大人諫本宮不要常在長寧宮。本宮就說麼，褚大人這御史諫辭，跟女人的月事一樣準。」

她此言一出，立時有幾名武將沒屏住笑出聲來。緊接著，文臣們越想越覺好笑，也笑出聲來。

小鄭丞相大笑著說：「皇后妙語！」

趙恆岳面色緩和下來，側頭微嗔：「你呀，眞是口沒遮攔。」再向殿門口招招手，「算了算了，回來吧！」

陶花笑道：「褚大人，本宮幫你數著，看你下月初八還諫不諫這回事。」

褚大人回來跪到階下，「皇后娘娘，下個月微臣不諫了，微臣總算明白緣何娘娘能常住長寧宮。」

娘娘若搬到昭陽殿，怕是下月初八，微臣得諫皇上回長寧宮去了。」

趙恆岳冷哼一聲，「算你識相。」

下朝之時，陶花把趙恆岳拉在一側，悄聲問他：「要不，我再給你生兩個孩子？」

他大驚搖頭，「別，別，這兩個小子已害得我苦忍五年，再生兩個你還不如殺了我吧。」

她撇撇嘴，「你可以找那美貌舞女去啊。」

他笑著低頭，「你怎什麼都信！我說來擠對右相的，又不想眞的跟他發脾氣，只能殺雞儆猴罷了。」

她仍舊撇著嘴，「我明明看到你瞧了她好幾眼！別以爲我睡著了就啥也不知道。哼，反正你們都不是好人，我最沒想到的是景雲……」

趙恆岳怔了一怔，有心要解釋景雲是聽他差遣行事的，卻又忽覺不如什麼都不說最好。果然，凡此以後，陶花對林景雲便格外戒防，再不敢與之親近，更不敢兩人獨處了。

自此開始，趙恆岳親自治理後宮。陶花在感情上一向傻乎乎的不夠敏覺，聽見什麼便信什麼，易受奸人讒言所惑，他也因此不敢留一絲隱患。

好在當今天子歷練得很，軟硬手段兼施，用在這宮闈之中雖說是牛刀殺雞，倒亦能應付自如。數日之後內宮侍從噤若寒蟬，再無人敢動這盛年天子的主意，大家怕的不是皇后，原是皇帝本身。

第四夢 小菜

宮內倒是整治了，日子卻益發無聊得緊。

晚膳桌上，陶花對著碩大的桌子發著呆，趙恆岳繞到桌子這側輕聲問她有甚心事。陶花皺著眉頭說：「每天淨是這些菜，煩都煩死了！」

他十分不解，「昨天不是這些菜啊，單月之內菜式不會重複的。」

陶花更加皺眉，「可是我吃起來明明是一種味道！膩死人了。」

他小心翼翼地問：「要麼換一批廚子？」

她不耐煩地擺擺手，「換什麼廚子？還是換換丈夫來得新鮮。」

侍從恰在此時來報林景雲求見。

趙恆岳笑說：「要不你跟他過兩天新鮮？」

陶花急忙搖頭，嘀咕著說：「他太好色了，我竟還曾讓他近身相處，想想都駭怕。」

林景雲前來傳話，說是當年的侍衛馮大年調入了京郊軍，問問能不能請得動聖駕到家中一聚。

趙恆岳手按額頭，「我這陣子忙得很，你也看見了，連早朝都常常讓阿陶自個兒上。」

林景雲答道：「那我跟他說，暫等一陣子再看吧。」

趙恆岳還未答話，陶花一縱撲到他身上來，「我要去、我要去！我要出去透透風，也想念京郊軍的弟兄們了。」

他笑著側頭，「我很累呀，你把我服侍好了才有力氣陪你去。」
陶花怯怯望著他，「你要我做什麼？」
林景雲知道自己再聽下去實是不宜，未行禮就趕緊退去通知馮大年。

大夥兒先赴京郊軍巡防，再去了附近的馮大年家。
陶花一入軍營便歡聲笑語，格外熟絡開心，到了馮家則被幾個小丫鬟圍住講自己的軍中盛事，興高采烈又得意非凡。晚飯時刻，她與那幾個小丫鬟坐在一桌，趙恆岳、林景雲和馮大年夫婦坐在另一桌。
趙恆岳隨和得很，席間氣氛儼如家宴一般。
酒飯吃得差不多時，馮大年低聲開口：「聽說前陣子皇上為右相家裡的一個舞女生氣？」
林景雲半諷著冷笑回答：「是，因為被我給占先了。」
趙恆岳溫和地看了他一眼，但笑不語。
馮大年連連點頭，「我知道皇上的脾氣，從來不碰別人碰過的女人。要說起來，我家女兒今年剛滿十三，自幼養在深閨，可是連見都沒見過幾個外人哪。」
林景雲正在飲酒，猛然頓了頓，側望一眼旁桌的陶花，她正在那裡口沫橫飛講到烏由詐降一戰，有個小丫鬟驚聲問道：「娘娘您真的要殺了秦將軍嗎？」
陶花大笑，「本宮怎敢殺他？殺了他，還不得被汴京城的小姐們攔在路上噴淚淹死。」
那小丫鬟看了一眼馮大年，馮大年不動聲色地眨了兩下眼睛，那小丫鬟便回頭笑著大聲說：「奴婢看娘娘是自己不捨得！」

陶花抓抓頭，認眞想了一想，「是嗎？好久以前的事了，本宮都不大記得當下作何想的，只記得那時候跟皇上住在一起……」想起往事她笑了，「那時候他老實得很，裝得跟乖寶寶似的，哪像現在？」

趙恆岳笑著側頭，「你說話留點神，你那一桌上都是年輕姑娘，不似你身經百戰。」

林景雲被他這句「身經百戰」給嗆了一口酒，伏在桌沿咳嗽。

陶花羞怒交加，忿忿然回道：「反正，你總是比我多五十七個！」

眾人哄笑聲中，趙恆岳轉回頭來，聽見馮大年在旁低聲說道：「將領麼，是身經百戰越戰越勇，可女人麼，還是年輕少經人事的水嫩些。」

趙恆岳微微皺眉，抬頭看了看馮夫人，年華漸逝的她嗔望了自己夫君一眼，走出門去。

片刻之後，馮夫人帶著一名少女進來。少女溜肩細腰，身材清瘦嬌弱，彷彿一陣風都能吹走的模樣，眉目猶未長開，越發顯得童稚。她一看見房內這麼多外人，迅即低下了頭，連脖頸都紅起來。

馮夫人把她領到夫君身旁，馮大年拿過酒壺遞給她，「青兒，你給皇上敬杯酒吧。」又向著趙恆岳說：「她還是小孩，不懂得行大禮，您別怪罪。我膝下只有這一個女兒，養得嬌，別說外人，十歲以後連我的手都沒碰過。」

馮青兒顫抖著雙手接過酒壺，自趙恆岳跟前拿起他的酒杯斟上，再把這杯酒遞到他跟前去。她一直深深低著頭，露出一截光潔的脖頸，白淨中透著紅暈，髮梢散出幾絲垂在額前，隨著她發抖的身軀微微顫動。

趙恆岳看她如此緊張，便隨和一笑，伸手去接酒杯。酒杯狹小，他去接時雙手難免就拂過她的指尖，她的手頓時一顫，半杯酒溢灑了出來，落在趙恆岳的袍子上。

馮大年斥道：「怎這麼不小心，也不看看是誰！」

馮青兒越發抖得厲害，慌忙放下酒壺和酒杯，拿出手帕來，半跪下身去擦拭趙恆岳的袍子。

她深深低著頭，頸子伏在趙恆岳面前，雙手到他腿上去小心翼翼擦拭。她久在深閨，心思純潔，既未想過君臣禮儀，也未想過男女之別。

林景雲在旁邊看著，面上微微顯出憂慮之色。他常在趙恆岳身邊，知道他對何樣女子最易動情，馮大年這個女兒，渾身上下每一點都是最能撩動皇帝的那種，每一點俱是最恰到好處，不是假裝的，也沒過了火頭。而馮大年同樣在趙恆岳身邊當差多年，必然也深知此些關竅，再沒人比他們這批近身侍衛更摸得透皇帝的心思了。

陶花正講著她扣人心弦的故事，對這邊的情形絲毫不察。

趙恆岳欲起身避開，竟是一站沒站得起來。馮青兒的手在他袍上時彷彿察覺到有些異狀，偏偏她一點也不懂得，手未拿開就那麼抬頭去看她的母親，一雙黑漆漆的眼珠似打獵時被捕獲的小鹿般忐忑。

馮夫人倒是微微臉紅了，過來把女兒扶起拉走。

馮大年滿意地笑著，輕聲詢問：「皇上是不是累了？我帶您歇歇去吧。」

趙恆岳深吸一口氣，轉過頭來看向陶花。她剛講到那吳越皇宮是如何華麗、秦淮風光是如何旖旎，一個小丫鬟問道：「聽說秦淮河邊有間夫子廟，是最熱鬧的去處了。」

陶花張口結舌一陣，有些忸怩地答道：「本宮……本宮也沒仔細看。」

趙恆岳淡淡一笑，向她低喝：「你過來！」

她一驚側頭，他從未在人前如此呼喝過她，當下只好挪步過去。

他並不避諱室內眾人，一把將她攬到膝上，低低在她耳邊說了句話。她神色越發忸怩，悄悄答道：「今天不成，褚大人又來諫了。」

他稍稍一怔，立刻明白她所指，不由大笑起來。這一笑，欲念乍減輕了不少。

陶花仍坐於他懷中，在他盤中赤手拿了塊排骨啃著，口齒不清地對馮夫人說：「貴府飯菜眞可口！」

馮夫人笑說：「我們家的廚子擅烹無錫菜，這排骨尤其道地。」

馮大年卻打斷夫人，「別淨說些沒見過世面的話！宮裡頭哪樣山珍海味沒有？」說著他望一眼皇帝，「只不過，這山珍海味天天吃麼，難免吃膩，偶爾也會想念民家的清涼小菜。」

趙恆岳剛要答話，陶花搶在他前面大大點頭，仍是滿嘴食物咕噥著：「正是、正是！其實本宮早就吃膩了……」她還沒說完，趙恆岳一把推開她，聲音裡帶著些負氣，「朕還沒吃膩呢，這輩子也不會膩。你給我滾回去吧！」

陶花無端被他責罵，大是不滿，瞪他兩眼，回到自己位子上去再也不理這邊了。

馮大年趕緊在旁說：「我先帶皇上到裡屋歇歇去吧，臣特地爲您留了一間沒用過的新房呢。」

趙恆岳遠遠瞪了陶花兩眼，也不跟她招呼，站起身就走了。他出去了有須臾，林景雲看陶花無半分著急的樣子，不由替她著急起來，過去幾番提醒，陶花只是不理。

又過了一陣，外面進來一個侍衛，到陶花身邊來請，她仍是不理。那侍衛只好在旁邊等著，直等到夜深，馮府眾人都安睡了，她才懶洋洋跟著侍衛走。

侍衛幫她推開房門，陶花剛踏入門檻，赫見屋內一抹女子身影正往外走。她立時驚住，站在原地氣得渾身顫抖。那女子卻並不慌張，近前來拜倒說：「寶珠奉召來此探查屋子。」

陶花怒道：「他自己不會查嗎？外面那麼多侍衛不會查嗎？非要你過來查！」

寶珠微微皺眉，跪在地上不答言。

趙恆岳在帷帳內出聲：「寶珠你走吧，不用理這個瘋婆娘。」

寶珠即刻起身出門，臨走把門好好關嚴了。陶花早已經走到床前，一把掀起帳簾喝道：「我早疑心寶珠這人不尋常，根本不像一個內宮侍女的見識，卻原來是與你有私！」

趙恆岳嗔道：「你整天瞎疑心什麼？該當心的不當心，不該當心的亂編派！」

陶花大怒，使出推雲手毫不留情逕朝他胸前推將去。這次他沒有讓她，在床上一側身避過，抓著她探出的右臂按到床上去，接著翻身而起膝蓋壓住她後背，冷聲說道：「這屋裡方才藏了個女子，所以我叫寶珠來查房。不能叫侍衛進來，是因爲那女子衣衫不整，這裡到底是別人的家，總得給人留些情面。」

陶花不語，片刻後想明白是自己錯怪了他，嘴上偏不肯服軟，只「哎喲」叫喊著呼痛。她是個剛強的女子，但並非不懂得叫喊，她忍起痛來比別人硬氣，叫起痛來時更比別人大聲。

趙恆岳卻不放她，仍擰著她的手臂，用力絲毫沒有留情。陶花痛得眼淚都快落下，到後來哀叫中帶了哭聲，那是刻意要讓他心疼。

馮大年夫婦就住在附近的院落，兩人正在枕邊商議，不知爲何皇上明明對青兒動了情欲，竟又把人完璧送了出來。

馮夫人聽見陶花一聲聲帶著哭泣的哀叫，猛地有些心驚，沉默一陣後嘆口氣。枕旁的夫君問她怎麼了，她附在他耳邊低聲說：「我曾問過宮內那些服侍過皇上的嬪妃，她們說皇上身材魁梧，異於常人，脾氣也粗暴得很，眾口一詞跟我說『苦不堪言』。」

馮大年也嘆口氣，「皇上喜愛處子，尤喜看她們受苦的樣子。」
馮夫人雙手合十念佛，「幸好皇上沒眞看上咱們家的青兒。」
馮大年皺眉道：「婦人之見！受苦不過初夜，等青兒封了妃便有享不盡的榮華富貴，你沒瞧見皇上待皇后那體貼周到的樣子。」
馮夫人冷哼一聲，「你是聾子麼，可沒聽見皇后哭叫？她都生過兩個孩子，又是馬上的將軍，尚且如此。」
馮大年仍舊皺著眉頭，不置可否。
馮夫人又想起來一事，帶著駭怕說：「我曾聽說有個姓周的宮女，一夜之後流血不止，竟就斷送了性命！」
馮大年也怕了，他們夫妻二人只有這一個女兒，愛若掌珠。他遍視周圍男子，沒有一人能比得上趙恆岳對待妻子的親昵寵愛，他也想讓女兒有個這樣好的丈夫，故才布了今夜之局。他是疼愛女兒，可不想送掉她的性命。
陶花手臂被擰得痠痛，趙恆岳幫她揉了半夜、說盡軟話才緩和些，翌日早晨便起得遲了。她起床時看見自己身下一片殷紅，立時連聲抱怨，怪她這個貼身奴僕不早點叫她起來。
他側頭看一眼，笑道：「這才正好。」
等兩人穿戴整齊，他悄悄叮囑：「我自己去用早膳，你在屋裡等著，等會兒我帶回點東西給你。」
「不成、不成，」陶花嚷嚷起來，「我愛吃這家的飯菜呢！」

他笑著捏捏她的面頰，「那我幫你把他們的廚子帶回宮。」

早膳桌上，趙恆岳皺著眉頭說：「皇后嬌弱，竟下不了床了，有擔架沒？等會兒抬皇后上車。」

馮氏夫婦對望一眼，馮夫人衝口而出，「需否請個大夫？」

馮大年瞪了夫人一眼責怪她出言無忌，他自己說出來的話卻更加直爽：「這種事要請甚大夫？」

趙恆岳淡淡一笑，問二位：「昨夜見過令嬡，真是一見傾心，不如此番跟朕回宮？」

兩人一起大驚搖頭，馮夫人忙說：「小女已經定下親了。」

趙恆岳佯裝失望，帶些怒氣說：「那就帶上貴府的廚子吧。女兒和廚子，你們選一個送給朕！」

第五夢　苦心

爭寵風波之後，內內外外無人敢再染指這一對帝后的夫妻關係。趙恆岳心內大是安慰。他心安了，陶花卻沒有。她從很早就開始疑心某人，那便是在馮府被她喝問過的寶珠。尤教她疑心者，為每次她跟趙恆岳提起相干疑惑之處，他總是耐心解釋且毫無原則地迴護寶珠，這讓她越來越覺得他兩人間八成有問題！

她決定設個圈套好捉住他們。想來想去，陶花偏想不出別的好辦法，只能常常把寶珠送到他身旁多讓兩人獨處，等著捉姦在床。這是個奇險無比、奇蠢無敵的辦法，陶花卻一次次樂此不疲，趙恆岳被她氣得想殺人，唯面前有寶珠，他也不能動手。

前兩次，陶花都沒捉到任何把柄，還平白無故落一頓罵。然而，第三次的時候，她在外聽到了他在屋裡跟寶珠交談，說的淨是埋怨她的話！

陶花想，這豈不就是明證麼！她怒氣沖沖闖進，正看見趙恆岳仰臥床榻，寶珠坐在床側與他說話。她心裡的醋罈子「哐當」翻倒，一掌往寶珠胸前推過去。

趙恆岳大驚著伸手來擋，已然不及——

寶珠左手探出擰住陶花的手腕，右手往她肩上一按，陶花霎時被壓至地上。她肩膀劇痛，硬咬住牙不出聲叫喚。落入對頭手中，尚有什麼可說的？

趙恆岳俯在床邊嚷著：「輕點，輕點，輕點……」

陶花抬起頭來怒斥：「你別在這兒假仁假義了！我早知道她是你的人！」

寶珠長嘆一聲鬆開陶花，伸手在臉上一抹，青春玉顏頓成雲煙，露出一張滿是皺紋的面孔來，而後轉到陶花身前跪下，「赤龍會謝三娘，見過會主陶大小姐。」

陶花自地上爬起，愣了一瞬，轉頭看看趙恆岳。他對著她苦笑。

謝三娘跪在地上說：「我自朱雀門兵變後聽戚二哥差遣保護小姐，戚二哥說，陶氏滿門滅盡，僅存你一個孤女，無論如何亦要護你周全。後來戚二哥歸隱，臨行前交代我說，赤龍會內務本該聽命於小姐，就怕小姐顧不上，只要你們兩位還在一起，那便仍聽命於皇上吧。」

陶花皺眉聽著，滿臉尷尬，半晌想起來了救命的稻草，「那個……我今天說好了教松兒騎馬的，你們慢慢聊、慢慢聊……」

趙恆岳一把將她抓回來，「你給我坐下！自己惹的攤子自己收拾。」

陶花硬著頭皮看看謝三娘，見人還跪著，趕緊過去扶起來，卻尷尬得語塞一時。

謝三娘笑道：「如今我不消擔心小姐安危了，恕老身年邁，這就想歸鄉安居。老身方才已跟皇上請命過，還請小姐答允。」

陶花忙忙地點頭，又忙忙地道謝。

謝三娘起身，對陶花說：「請小姐送我一程。」

陶花一怔，未料有此一請，遂跟著謝三娘出去。謝三娘走到門外，悄聲說：「我雖是聽命於皇上，卻只為了會主你。有些事情，臨走須與你交代一遍。」

陶花默默點頭聽著。

「第一件事，我剛在小姐身邊沒多久時，皇上求我幫個忙，偷出一幅畫。那是送給小姐的一幅桃花圖，我擊暈了你的侍衛拿到那幅畫，交給皇上後他在上頭添了幾個字，然後讓我重又交還於侍衛手中。後來我才明白，這幾個字，竟然將寧公子和秦將軍兩人的機會一併葬送了。那時我並不十分明白，不知小姐會否生怨？」

陶花低頭微笑含嗔：「這怎能怪你？分明就是他欺人純眞，哼！」

「第二件事，令姚碧君留住秦文，乃我奉命潛入吳越皇宮傳的消息。我知道此舉會令小姐和秦文不和，可是那時我在你身邊，聽見你夜裡迷糊時喚人端茶送水，叫的都是皇上的名字，連近身侍女都不叫，更別提旁人了，我便無告訴你這件事。」

陶花一笑，「無妨，反正早早晚晚都是落入他手中，逃也逃不脫了。」

「第三件事，兵變初定時皇上與你冷言冷語，你夜夜難眠。我將此情狀稟報皇上了，還問他，萬一你要自盡該怎麼辦？皇上跟我說，若眞的到了那一步，那他裝也要裝出喜歡你的樣子來，陪小姐共度後半餘生。」

陶花聽到這裡驀然怔住。

謝三娘接著說下去，「這般仁至義盡的一個男子，世間罕見……」話未說完，忽聽陶花大哭起來，一刻不停轉身往回跑。謝三娘皺眉看著她的背影，「唉，竟然還是如此脾氣！」

陶花一邊哭哭啼啼，一邊咕咕噥噥，似在問他話，卻實在聽不清問的是什麼。趙恆岳幾番想要打斷，問問到底怎麼了，都被她兇狠的眼神給擊退。

到後來他終於聽出個梗概，她反反覆覆問著的是：「你是不是假裝喜歡我的？」

他心裡又好氣又好笑，反問她：「你覺得呢？」

她大聲哭：「我覺得像！」

他冷笑一聲，乍然答道：「不錯，我就是假裝的！」

陶花一下怔住，她原以爲他會斷然否認，聽到這般回答，她倒是手足無措了。半晌之後，她滿面哀色說：「我早該猜到的。當初在烏由我立過誓，若是違背了，就讓所愛之人恨我入骨，看來我這後半生，眞的只能獨自淒涼了。」

他本是要戲弄她，看她如此較眞，立刻就繃不住了，趕緊蹭近他的心肝寶貝身邊，和聲細語解釋，指天指地說盡甜言蜜語、山盟海誓。

陶花半信半疑。

他又柔聲說：「咱們封禪祭天時，向老天爺說明白你違誓的苦衷，求祂開恩原諒你，你以後便不用成天想著那件事，安心地名正言順做我的皇后。」

封禪大典選在了暮春之日，待落霞山上的天地兩壇修建完畢，一行人即踏春而去。

趙恆岳先在山下的地壇祭地，又棄車駕，步行登山上天壇祭天，不顧禮部尚書的苦諫，與陶花同祭，相偕拜謝蒼天。陶花終於放下了當年對蕭照影發過的毒誓。

儀式完畢已是午後，兩人牽手下山，大臣、侍衛們皆在前後遠遠跟著。

下了沒幾步陶花便呼累不停，耍性子非要趙恆岳抱著她，他只好乖乖照辦。

她笑著說：「還記得上次祭天時，我和景雲在前，護送你和你的皇后下山。」

他低頭扮個鬼臉，「別有事沒事就拎我的小辮子。」

她大笑，「我那時一路想著，總有一天要讓你抱著我下落霞山，累累你這個壞心眼的。」

他頓時苦了臉，「娘娘，這山很高啊。」

她怡然自得不理他訴苦，正閉目享福，忽然聽見他說：「我抱不動了，不如把你扔下去。」

她一驚睜眼，側目望時，身下竟是萬丈深淵。

陶花大叫起來，「別這麼鬧著玩！萬一你失手……」

他不急不緩地笑著，「失手了便怎樣？」

她伸手攬住他的頸子，「失手了便把你也拖下去！不是說了麼，咱們同生共死。」

他點點頭，說聲「好」，忽地放開雙臂。

陶花大驚看著他，十分不解，他爲何要害她？莫非他還懷恨自己？是因爲赤龍、落霞？抑或是因爲他想悄無聲息削奪大臣兵權？

無數念頭轉過心間，終於，她還是一笑。她信得過他，假使不得已要殺，那麼，也就死吧！她放開纏繞他頸間的藕臂，又向後推他一把，輕聲說：「站穩靠後，咱們來世再做夫妻。」

他的面孔逐漸消失在視線中，從頭到尾帶著笑，陶花驟覺留戀不捨，她面上的笑容霎時堆滿傷感。身軀飛速下墜，她剛有些眩暈時，猛然覺到周身一股大力支撐，竟然將她又彈了起來。

陶花定睛一望，原來她落在了一張巨大的繩網之中。正顫顫悠悠之時，聽見崖上人喊：「你害得我跳崖，我要報復一次！」

陶花明白了過來，這必是無情崖，當年他也用這麼一招跳下來。她又被這個壞心眼的捉弄，不由仰頭大罵，喝問那跟她同生共死的人爲什麼不下來。他在山崖上回喊：「那我也跳下，你等著啊！」

此時她卻又掛憂，朝上大喊：「你小心點，別摔著了，喂，你還是別下來了，我擔心你。」

「你擔心我什麼啊？」

「擔心你這個壞心眼的摔死了！」

「摔死了正好，就沒人總捉弄你了。」

一句玩笑話卻惹她大怒，「你敢咒我！」

「我怎麼咒你了？」

「你摔死了，不就是咒我死麼，咱們早說過的——患難與共、生死相依！」

他沒再說話。

於是那八個字在山谷中遠遠傳遞出去。落霞山上上下下、滿天碧草黃花、春日高照的豔陽、天庭地府的神君小鬼，全都聽見他們說的——

患難與共、生死相依。

瀲灩江山（下）誰道無情勝有情／楚妝著．
—— 初版．——臺中市：好讀，2012.12
面：　公分，——（真小說；23）
ISBN 978-986-178-257-7（平裝）

857.7　　　　101019563

好讀出版

真小說 23

瀲灩江山（下）誰道無情勝有情

作　　者／楚妝
總 編 輯／鄧茵茵
文字編輯／林碧瑩
美術編輯／鄭年亨
行銷企畫／陳昶文
發 行 所／好讀出版有限公司
台中市 407 西屯區何厝里 19 鄰大有街 13 號
TEL:04-23157795 FAX:04-23144188
http://howdo.morningstar.com.tw
（如對本書編輯或內容有意見，請來電或上網告訴我們）
法律顧問／甘龍強律師
承製／知己圖書股份有限公司　TEL:04-23581803

總經銷／知己圖書股份有限公司
http://www.morningstar.com.tw
e-mail:service@morningstar.com.tw
郵政劃撥：15060393 知己圖書股份有限公司
台北公司：台北市 106 羅斯福路二段 95 號 4 樓之 3
TEL:02-23672044 FAX:02-23635741
台中公司：台中市 407 工業區 30 路 1 號
TEL:04-23595820 FAX:04-23597123

初版／西元 2012 年 12 月 1 日
定價／ 250 元
如有破損或裝訂錯誤，請寄回知己圖書更換

Published by How-Do Publishing Co., Ltd.
2012 Printed in Taiwan

ISBN 978-986-178-257-7

讀者回函

只要寄回本回函，就能不定時收到晨星出版集團最新電子報及相關優惠活動訊息，並有機會參加抽獎，獲得贈書。因此有電子信箱的讀者，千萬別吝於寫上你的信箱地址

書名：瀲灩江山（下）誰道無情勝有情

姓名：____________ **性別：**□男 □女 **生日：**____年____月____日

教育程度：________________

職業：□學生 □教師 □一般職員 □企業主管

□家庭主婦 □自由業 □醫護 □軍警 □其他____________

電子郵件信箱（e-mail）：________________ **電話：**____________

聯絡地址：□□□ ________________________

你怎麼發現這本書的？

□書店 □網路書店（哪一個？）____________ □朋友推薦 □學校選書

□報章雜誌報導 □其他____________________

買這本書的原因是：____________________

□內容題材深得我心 □價格便宜 □封面與內頁設計很優 □其他________

你對這本書還有其他意見嗎？請通通告訴我們：

____

你買過幾本好讀的書？（不包括現在這一本）

□沒買過 □ 1 ～ 5 本 □ 6 ～ 10 本 □ 11 ～ 20 本 □太多了

你希望能如何得到更多好讀的出版訊息？

□常寄電子報 □網站常常更新 □常在報章雜誌上看到好讀新書消息

□我有更棒的想法____________________

最後請推薦五個閱讀同好的姓名與 E-mail，讓他們也能收到好讀的近期書訊：

1. ____________________________
2. ____________________________
3. ____________________________
4. ____________________________
5. ____________________________

我們確實接收到你對好讀的心意了，再次感謝你抽空填寫這份回函

請有空時上網或來信與我們交換意見，好讀出版有限公司編輯部同仁感謝你！

好讀的部落格：http://howdo.morningstar.com.tw/

請填妥後對折黏貼，直接投郵即可，無須貼郵票。

廣告回函
台灣中區郵政管理局
登記證第 3877 號
免貼郵票

好讀出版有限公司　編輯部收

407 台中市西屯區何厝里大有街 13 號

電話：04-23157795-6　傳眞：04-23144188

沿虛線對折